पत्थर की देवी

रानू

www.diamondbook.in

© प्रकाशकाधीन

प्रकाशक : डायमंड पॉकेट बुक्स (प्रा.) लि.
             X-30 ओखला इंडस्ट्रियल एरिया, फेज-II
नई दिल्ली : 110020
फोन   : 011-40712200
ई-मेल   : ebooks@dpb.in
वेबसाइट   : www.diamondbook.in
मुद्रक   :

Patthar Ki Devi
By : Ranu

पत्थर की देवी

संत अंड्रूज कालेज का नया सेशन आरम्भ हुआ तो मानो 'कालेज के सूने वातावरण में बहार आ गई। लड़के-लड़कियां भंवरों तथा तितलियों समान प्रशासनिक इमारत के चारों ओर मंडराने लगे। सभी काऊंटरों पर भीड़ लगी हुई थी। संत अंड्रूज कालेज में प्रवेश मिल जाना ही बड़े भाग्य की बात थी। इस कालेज में प्रवेश के लिए क्या अमीर और क्या गरीब, सभी को एक बराबर अवसर दिया जाता था। प्रवेश मिलने की केवल एक ही शर्त थी, पिछले कालेज से विद्यार्थी का प्रथम श्रेणी में उत्तीर्ण होना। परन्तु ऐसे विद्यार्थियों की गिनती भी कम नहीं थी इसलिए सभी को 'मेरिट' पर प्रवेश दिया जा रहा था।

इसी 'मेरिट' को लेकर नीलिमा रस्तोगी को बहुत दौड़-धूप करने के बाद इस कालेज में एम.ए. के प्रथम वर्ष में प्रवेश मिल गया तो उसने चैन की सांस ली—केवल चैन की सांस, कोई प्रसन्नता उसे नहीं मिली। प्रसन्नता न मिलने का एक कारण था। उसे कानपुर में अपना पिछला कालेज छूटने का बहुत दुख था जहां से उसने बी.ए. किया था तथा जहां उसकी अनेक सहेलियां अब भी पढ़ रही थीं। वह कालेज ही नहीं बल्कि उसे अपने माता-पिता के साथ कानपुर शहर भी छोड़ देना पड़ा था क्योंकि उसकी छोटी बहन के अचानक घर से भाग जाने के कारण उसके खानदान की बहुत बदनामी हो गई थी।

उसकी छोटी बहन पूर्णिमा जिसे घर में सब प्यार से पम्मी कहते थे। पूर्णिमा कानपुर में नीलिमा से केवल एक ही कक्षा पीछे थी—अर्थात बी.ए. पार्ट वन में। आयु में डेढ़ वर्ष कम परन्तु आवश्यकता से अधिक चंचल तथा स्वतंत्र विचारों वाली। यही कारण था कि उसका सम्बन्ध मोहन से ऐसा बना कि प्यार में वह अपने सगे रिश्तेदारों को भी भूल गई।

नीलिमा ने अपनी बहन को बहुत समझाया—मोहन चरित्रहीन है, पिछले दो वर्ष फेल हो चुका है, कालेज में बदनाम है, प्रधान अध्यापक उसे अन्तिम चेतावनी दे चुके हैं कि यदि वह इस वर्ष उत्तीर्ण नहीं हुआ तो वह उसे कालेज में नहीं रखेंगे। परन्तु चढ़ती जवानी में पूर्णिमा पर प्यार का जाने कैसा रंग चढ़ा कि वह अपने प्रेमी की एक भी बुराई सुनने को तैयार नहीं थी। विवश होकर पूर्णिमा के माता-पिता ने सख्ती आरम्भ कर दी।

पूर्णिमा पर उसका प्रभाव उलटा ही पड़ा। नीलिमा अपनी छोटी बहन को जितना प्यार करती थी उतना ही वह उसकी दृष्टि में बुरी बन गई। माता-पिता ने पूर्णिमा को घर बिठा लिया। ऐसा न हो कि वह कोई अनुचित पग उठा ले जिसका भुगतान पूरे कुटुम्ब को चुकाना पड़े। तब

नीलिमा की बी.ए. पार्ट टू की परीक्षा आरम्भ होने वाली थी, पूर्णिमा का एक ही गलत पग उसका भविष्य भी अन्धकारमय बना सकता था।

नीलिमा के पिता गंगा प्रसाद रस्तोगी एक सरकारी विभाग में सहायक अधीक्षक थे। उन्होंने पूर्णिमा पर जितनी भी पाबदिन्यां लगायीं, पूर्णिमा उतना ही स्वतन्त्र होकर उड़ जाने को तड़प उठी। नीलिमा की परीक्षा समाप्त होते ही गंगाप्रसाद ने पूर्णिमा का विवाह एक अच्छे घर में तय कर दिया, नीलिमा का विचार अभी आगे पढ़ने का था। परन्तु पूर्णिमा प्यार में कुछ ऐसी दीवानी थी कि ठीक विवाह की शाम बारात आने से पहले ही अपने घर से भाग गई, उन गहनों सहित जो उसे दुल्हन बनाकर पहनाए गए थे।

उसके भाग जाने की सूचना तब मिली जब मण्डप में पुजारी जी ने कन्या उपस्थित करने की आज्ञा दी। पूर्णिमा ने एक पत्र लिखकर छोड़ा था–पूर्णिमा ने एक पत्र लिखकर छोड़ा था–उसे वापस बुलाने का असफल प्रयत्न न करे, वह अपनी इच्छा से जा रही है–अपने उज्जवल भविष्य की खोज में–अपने प्रेमी के साथ। यदि कोई उसके प्रेम के रास्ते में आएगा तो वह आत्महत्या कर लेगी।

गंगाप्रसाद ने सुना तो उन्हें दिल का दौर पड़ गया। अपनी बेटी से उन्होंने स्वप्न में भी ऐसी आशा नहीं की थरी। मां ने चीख-चीखकर छाती पीट ली, बेटी ने जाने किस जन्म का बदला लिया था, नीलिमा तो रो-रोकर मानो पागल हो गई थी। बारातियों के ताने सुन-सुनकर उसके कान पक गए थे। वह स्वयं तसल्ली की भूखी थी परन्तु दिल पर पत्थर रखकर मां को संभाला। पिता के लिए डाक्टर का प्रबन्ध किया।

सारे बाराती चले गए। केवल नीलिमा की मजबूरी को समझते हुए ऐसे कोमल समय पर उसकी सहायता की। विवाह की सारी वस्तुएं धरी की धरी रह गयीं और मण्डप की आग में जल रहा था दूल्हे का सेहरा जिसे बहुत घृणा के साथ फेंककर वह अपनी बारात वापस ले गया था।

यह कारण था कि कानपुर में किसी को मुंह न दिखाने के लिए गंगाप्रसाद ने अपने कुटुम्ब के साथ वह शहर सदा के लिए छोड़ दिया। पूर्णिमा के भागने की सूचना उन्होंने पुलिस को भी नहीं दी। बात जितनी बढ़ेगी, कलंक उतना ही फैलेगा। उन्होंने सोच लिया कि पूर्णिमा मर गई, अब उनके पास केवल एक ही लड़की है–नीलिमा–घर की नीलू। कानपुर से तबादला लेने में उनके अधिकारी ने उनकी मजबूरी समझते हुए उनका पूरा साथ दिया, उन्हें गंगाप्रसाद से पूरी सहानुभूति थी। परन्तु कानपुर से यहां आने के पश्चात नीलिमा ने अपने पिता को रात के एकान्त में पूर्णिमा के लिए आंसू बहाते देखा है। बेटी के लिए मां की छाती भी फड़क उठती है।

एक मां होकर वह उस संतान को कैसे भूल सकती है जिसे उसने अपनी कोख से जन्म दिया था, पूर्णिमा का निधन हो गया होता तो बात अलग थी। सबको सन्तोष हो जाता। परन्तु

पूर्णिमा इस समय जाने कहां है, किस हालत में है, उसके दिन कैसे बीत रहे हैं, कोई नहीं जानता था? पुलिस की सहायता से जानने का प्रयत्न भी नहीं किया जा सकता था। बहुत बदनामी होती, इसी बदनामी से बचने के लिए तो गंगाप्रसाद ने कानपुर छोड़ दिया था। अब सब यह समझते थे कि उनके पास एक ही सन्तान है—नीलिमा।

नीलिमा स्वयं अपनी बहन को एक दिन भी नहीं भूल सकी, भूल भी कैसे सकती थी? एक ही बहन थी उसकी। बचपन से साथ खेली-कूदी—पढ़ी-लिखी। बच्चों के समान स्वयं ही आपस में लड़ती और फिर एक हो जाती थी, अपनी पढ़ाई की मेज पर उसने पूर्णिमा की फ्रेमदार तस्वीर लगा रखी थी जिसे देखती तो आंखों में आंसू छलक आते थे। मन-ही-मन उसने प्रण कर लिया था—वह कभी किसी से प्यार नहीं करेगी, यह आयु प्यार करने की नहीं, पढ़ने-लिखने की है। प्यार करने के लिए सारा जीवन पड़ा है।

नीलिमा प्यार शब्द से ऐसा डर गई थी कि उसका स्वभाव बहुत गम्भीर हो गया था, यह कारण था कि उसे सन्त अंड्रूज में प्रवेश मिलने के बाद केवल सन्तोष प्राप्त हुआ। प्रसन्नता नाम की वस्तु तो उसके लिए संसार में रह ही नही गई थी। पूरे संसार में वह अपने आपको बिलकुल अकेली समझती थी, उसकी बिछड़ी हुई सहेलियां उसे जब पत्र लिखतीं तो उसे अवश्य थोड़े समय के लिए सन्तोष मिल जाता था। उसकी कितनी ही सहेलियां विवाह के सूत्र में बंध चुकी थीं। कोई कहीं चली गई थी तो कोई कहीं।

कक्षा लगना आरम्भ हुई तो नीलिमा ने अपना पूरा ध्यान पढ़ाई की ओर समेट लेना चाहा फिर भी बहन की याद मस्तिष्क को छेदती रही। परन्तु जब उसे रूबी नामक एक छात्रा का साथ मिला तो ऐसा लगा मानो उसे उसकी बहन दुबारा मिल गई है। परन्तु उसने अपनी बहन के बारे में उसे कभी कुछ नहीं बताया। रूबी इस कालेज की पुरानी छात्रा थी। स्वभाव की बहुत चंचल तथा खेल कूद में सबसे आगे। यही कारण था कि वह कालेज में बहुत लोकप्रिय थी।

रूबी का साथ नीलिमा को इसलिए भी भाया क्योंकि रूबी का विषय वही था जो उसका था। कक्षा में भी दोनों अगल-बगल बैठती थीं। रूबी कालेज के हॉस्टल में रहती थी, परन्तु नीलिमा अपने घर से ही कालेज आया करती थी—बस द्वारा। जब किसी दिन अध्यापक के न आने पर एक साथ दो पीरियड खाली मिल जाते तो नीलिमा लड़कियों के हॉस्टल में रूबी के कमरे में चली जाती थी, लाइब्रेरी में बैठकर पढ़ते हुए भी नीलिमा अपना समय बिता लेती थी। कालेज में लड़के लड़कियों का हॉस्टल अलग तथा काफी दूर-दूर था।

अन्य खेलों के साथ कुछ दिनों बाद क्रिकेट का अभ्यास करने के लिए खिलाड़ी मैदान में जाने लगे तो एक दिन रूबी ने दूर से नीलिमा को एक लड़का दिखाया। बोली—'वह रवि है।'

'रवि!' नीलिमा ने आश्चर्य से कहा। रूबी को उस लड़के का नाम बताने की क्या आवश्यकता पड़ गई।

'हां।' रूबी ने उसके मन में उठते प्रश्न से निश्चित होकर कहा–'वह एम.ए. फाइनल का छात्र है। क्रिकेट का बहुत ही अच्छा खिलाड़ी है। शायद इस वर्ष उसे भारत के टेस्ट मैच में भी खेलने का अवसर मिल जाएगा।

नीलिमा को खेलों से कोई रुचि नहीं थी फिर भी उसने दृष्टि उठाकर उस लड़के को देख लिया। रवि उसकी ओर से निश्चित अपने रास्ते की ओर जा रहा था। गोरा रंग, लम्बा कद। शरीर से ही एक अच्छा खिलाड़ी लग रहा था। नीलिमा को उससे कोई रुचि नहीं हुई परन्तु थोड़ी प्रसन्नता अवश्य हुई। जिस कालेज में वह पढ़ रही है वहां का एक छात्र भारत क्रिकेट टेस्ट का उम्मीद-वार भी है। इसके अतिरिक्त नीलिमा रवि के प्रति कोई भी बात नहीं सोच सकी। सोचने का प्रश्न ही नहीं उठता था। उसकी बहन पूर्णिमा के प्यार ने उसे एक बहुत बड़ी शिक्षा दी थी। प्यार जब बढ़ जाता है तो दीवाना बन जाता है। फिर दीवानगी में प्यार करने वाला आगे-पीछे कुछ नहीं सोचता और यही कारण था कि नीलिमा बहुत सावधानी के साथ अपने दिल पर काबू किए हुए थी। उसका एक भी गलत पग उसके माता-पिता के लिए जानलेवा सिद्ध हो सकता था।

कालेज में छात्रों की अनेक संस्थाएं थीं। किसी-न-किसी संस्था की एक 'एक्टिविटी' सप्ताह के अन्त में अवश्य होती थी। एक दिन कालेज का 'फेस्ट' भी हुआ। शाम का समय था। लड़कियां ने अनेक प्रकार की वस्तुएं मेज पर सजाकर दुकानें लगा रखी थीं। मनोरंजन का भी साधन था–उपहार प्राप्त करने के लिए घड़ी समान बने एक बड़े चक्र पर कांटा चलाकर अपना मन पसन्द नम्बर जीतना एक तीली से छत्तीस मोमबत्तियां जलाना चलती-फिरती बत्तखों की गर्दन में दूर से लकड़ी के छोटे-छोटे रिंग फेंककर पहनाना आदि। लाटरी के टिकट अलग थे जो कई दिन पहले से ही बिकना आरंभ हो गए थे तथा जिनका परिणाम 'फेस्ट' समाप्त होने के बाद निकलने वाला था।

'फेस्ट' में विद्यार्थी तथा विद्यार्थियों के नातेदार ही नहीं अन्य कॉलेज के विद्यार्थी भी आए थे। इसलिए 'फेस्ट' में रौनक छाई हुई थी। रंग बिरंगे वस्त्रों में लड़कियां तितलियों समान छाई हुई थीं तथा लड़के भंवरों समान। एक दुकान पर रूबी तथा बिन्दू नामक एक छात्रा के साथ नीलिमा भी खड़ी हुई थी। रूबी की जिद पर ही वह 'फेस्ट' में योगदान देने को तैयार हुई थी। तैयार नहीं होती तो छात्राएं उसे असामाजिक समझती, इन तीनों छात्राओं का स्टाल चाय तथा 'स्नैक्स' का था। नीलिमा अपने हाथों से चाय बनाकर ग्राहकों को देती, बिन्दू स्नैक्स बढ़ाती जाती तथा रूबी कूपन ले जाती थी। 'फेस्ट' में पैसों के स्थान पर कूपन ही उपयोग में लाया जा रहा था जिसे 'फेस्ट' के मुख्य द्वार में प्रवेश करते ही हर ग्राहक को अपने पैसों से खरीदना आवश्यक था, केवल लाटरी का टिकट ही पैसों से खरीदा जा सकता था।

नीलिमा एक ग्राहक के लिए चाय बनाती हुई प्याले में चम्मच द्वारा पलकें झुकाए चीनी घोल रही थी कि जाने क्यों उसने ऐसा महसूस किया मानो कोई उसे बहुत ध्यान से देख रहा है

और उसकी पलकें ऊपर उठ गयीं। परन्तु तभी वह ठिठक गई, उसके सामने रवि खड़ा हुआ था, वह नीलिमा के मुखड़े को नहीं उसकी प्यारी-प्यारी गुलाबी अंगुलियों को देख रहा था जो प्याले में चम्मच द्वारा चीनी घोल रही थी। नीलिमा की अंगुलियां रुक गई, रवि तब भी नीलिमा की अंगुलियों को देखता रहा। उसे यह जरा भी अनुमान नहीं हुआ कि नीलिमा उसे देख रही है, नीलिमा को रवि पर बड़ा क्रोध आया, यह छात्र तो बड़ा बदतमीज लगता है उसके मस्तक पर बल पड़ गए।

'हैलो रवि !' रूबी बोली, 'चाय पीओगे क्या?'

रवि मुस्कुराकर बोला - 'हां, चाय तो अब पीनी पड़ेगी।' उसने अपनी कमीज की पाकेट से एक कूपन निकाला और रूबी की ओर बढ़ा दिया, फिर मुस्कुराती दृष्टि से नीलिमा को देखने लगा। घनी लटें सादगी से खींचकर नीलिमा ने एक जूड़ा बना रखा था, फिर भी लटों का एक छल्ला बाहर आकर उसकी कनपटी को शरारत से चूम रहा था। काली आंखों में अपनी ओर आकर्षित करती हुई चमक - सफेद गुलाब के समान बेदाग मुखड़ा - कलियों जैसे गुलाबी होंठ। रवि का दिल धड़क उठा। उसे ऐसा लगा मानो पूरे 'फेस्ट' की सुन्दरता इसी स्टाल पर सिमट आई है।'

'यह नीलिमा है - मेरी सहपाठिनी।' रूबी ने तुरन्त नीलिमा की भेंट उससे कराई। बोली इसी वर्ष कॉलेज में प्रवेश लिया है।'

नीलिमा ने बनाई हुई चाय का प्याला एक ग्राहक को थमाया और फिर मानो न चाहते हुए एक बहुत ही हल्की मुस्कान के साथ हाथ जोड़ते हुए नमस्ते कर दिया परन्तु होंठों से शब्द एक भी नहीं कहा। रवि के कान कलियों का संगीत सुनने को तरस गए। उसने हाथ जोड़कर नमस्ते किया और मुस्कराया हुआ भेद भरे ढंग से बोला - 'जितनी प्रसन्नता मुझे आज आपसे मिलकर हुई उतनी प्रसन्नता इससे पहले कभी नहीं हुई थी। इसी बात पर अब आप अपने हाथों से एक कप फर्स्ट क्लास चाय बनाकर पिला दीजिए।'

नीलिमा को अपने प्रति उनकी यह बातें जरा भी पसन्द नहीं आयीं। फिर भी उसने धीरज से काम लेते हुए चाय बना दी। 'चीनी?' चीनी प्याले में डालने से पहले नीलिमा ने पूछा।

'कोई आवश्यकता नहीं।' रवि ने उससे छेड़खानी करना मानो अपना अधिकार समझा। बोला - 'आपको हाथों से बनी चाय यूं ही शहद समान मीठी हो गई होगी!'

नीलिमा का मन हुआ वह चाय का यह प्याला उठाकर रवि के मुंह पर दे मारे। यह छात्र अपने आपको समझता क्या है? परन्तु उसने हल्के से होंठ चबाते हुए दिल पर पत्थर रख लिया। वह इस कालेज की नई छात्रा है और रवि पुराना छात्र है। फिर भी वह अपने आपको इस बात की आज्ञा जरा भी नहीं देना चाहती थी कि रवि उससे मजाक करे। उसने बिना चीनी मिलाए ही चाय का प्याला उठाया और रवि की ओर बढ़ा दिया।

रवि ने बिना चीनी के चाय का प्याला लेने को ले लिया परन्तु पीने को मन नहीं किया। परन्तु वह अब मजबूर था। कड़वा - सा मुंह बनाए वह एक मेज के समीप आया और चाय का प्याला उस पर रखकर कुर्सी पर बैठ गया नीलिमा की ओर मुखड़ा करके। नीलिमा उसकी ओर से लापरवाही बरतकर दूसरे ग्राहकों के लिए चाय बनाने में तल्लीन रही।

कुछ देर बाद कुछेक लड़कियां चहकती हुई रवि के पास आयीं और खड़ी हो गयीं, एक लड़की के हाथ में एक बड़ा तथा अत्यंत सुन्दर केक था - दिल के आकार का। दूसरी लड़की के हाथ में एक रजिस्टर पर कुछ नामों की लिस्ट थी। तीसरी लड़की कैश सम्भाले हुए थी।

'सुनिए - एक लड़की ने मुस्कराते-सकुचाते मानो निवेदन किया -'आप भी इस केक का व्हेट ट्राई कीजिए न।'

केक का भार केक को हाथ में लेकर अन्दाज से बताना था।

'फेस्ट' के अन्त में यह केक उसी को उपहार में मिलना था जिसका बताया हुआ भार सही हो या केक के भार से सबसे अधिक समीप हो। रवि ने खड़े होकर केक अपने हाथों में लिया। उसने भार का एक अनुमान लगाया - चौदह सौ पच्चीस ग्राम। उसने लड़की को केक वापस कर दिया, फिर रजिस्टर में अपना नाम तथा हॉस्टल का पता लिया दिया। रजिस्टर में अगणित नाम पहले से ही लिखे हुए थे। रजिस्टर वापस करने के बाद उसने पाकेट से एक रुपए का कूपन निकालकर लड़की को थमा दिया। लड़कियां धन्यवाद करके अन्य ग्राहकों को पकड़ने चली गयीं।

रवि ने कुर्सी पर बैठकर झटके में चाय का एक बड़ा घूंट मारा। वह भूल गया था कि चाय में चीनी नहीं है, उसने बुरा-सा मुंह बनाकर नीलिमा को देखा और दृष्टि बचाकर, अपनी चाय नीचे फेंक दी और कुछ देर बाद दुबारा चाय के लिए नीलिमा के सामने उपस्थित हो गया। नीलिमा के मस्तक पर बल आते-आते रह गए। रवि ने कहा - 'एक कप चाय और मिलेगी?'

'अवश्य मिलेगी...' नीलिमा के बजाय रूबी ने उत्तर देते हुए कहा -'क्या चाय बहुत पसन्द आई?'

'हां चाय अवश्य पसन्द आई...' रवि ने पहले कड़वा सा मुंह बनाया फिर शरारत से मुस्कराकर नीलिमा को देखा। बात उसने जारी रखी। बोला - 'चाय से अधिक...'

शायद रवि कहना था चाहता था कि चाय से अधिक चाय बनाने वाली पसन्द आई परन्तु नीलिमा उसका मतलब समझ गई थी, उसने घूर कर रवि को देखा तो रवि खामोश हो गया, रूबी ने एक बार रवि को देखा...फिर नीलिमा को। नीलिमा ने एक कप चाय किसी अन्य ग्राहक के लिए अभी-अभी तैयार की थी। रवि को शीघ्र-से-शीघ्र यहां से हटाने के लिए उसने चाय का वह कप मेज पर रवि के आगे बढ़ा दिया - इस बार रवि के हाथ में उसने चाय नहीं थमाई। रवि ने विवश होकर चाय का मूल्य कूपन में रूबी को थमाया तथा चाय का प्याला अपने हाथों में उठाने से पहले नीलिमा ने पूछा - 'चाय में चीनी तो है ना?'

नीलिमा ने क्रोध पर काबू करते हुए चीनी का बरतन भी मेज पर झटके से आगे बढ़ा दिया। रवि ने मानो कुछ न समझते हुए एक बार शरारत से गाल फुलाया और फिर चाय का प्याला उठाकर अपनी मेज की ओर बढ़ गया।

'अजीब पागल व्यक्ति है?' नीलिमा मानों स्वयं से बड़-बड़ाई।

'लगता है बेचारा गया काम से' रूबी ने भय प्रकट किया।

नीलिमा ने कोई उत्तर नहीं दिया। कोई उत्तर देती तो बात बढ़ जाती। बात बढ़ती तो कॉलेज में उसका नाम रवि के नाम के साथ तुरंत जुड़ जाता खामोशी में ही उसने भलाई समझी। यूं भी उसका स्वभाव खामोश ही था।

रवि के पास उसके कुछ मित्र आ गए तो उसे यह बात बहुत अखरने लगी। उसने तो यहां बैठकर अनगिनत चाय पीने का विचार कर रखा था - अपने मित्रों की दृष्टि से छिपकर। सबके सामने नीलिमा में रुचि प्रकट करके वह स्वयं को नीचा नहीं दिखाना चाहता था। कॉलेज में कौन लड़की ऐसी थी जो आगे होकर उससे बातें नहीं करना चाहती थी। केवल नीलिमा उसे ऐसी लड़की दिखाई पड़ी जो इस समय उसकी जरा भी चिंता नहीं कर रही थी। यह बात रवि के लिए एक चुनौती सिद्ध हुई तो उसकी रुचि नीलिमा में बढ़ गई। वह उठकर अपने मित्रों के साथ अन्य स्टालों की ओर बढ़ गया तो नीलिमा ने एक चैन की सांस ली।

धीरे-धीरे शाम डूब गई अंधकार छा गया। यद्यपि रंगीन बल्बों से मैदान जगमगा रहा था। फिर भी फेंट की रंगीनी मद्धिम पड़ गई। चहल-पहल कम हो गई। 'फेस्ट' में केवल विद्यार्थी तथा वे लोग रह गए जिन्हें लाटरी खुलने की प्रतीक्षा थी। अन्त में शहर के एक आदरणीय व्यक्ति की देख रेख में लाटरी के निकट खुलने का समय आया तो 'फेस्ट' में उपस्थिति उम्मीदवार अनाउन्सर के मंच के चारों ओर एकत्र हो गए। स्टाल पर चाय तथा स्नैक्स समाप्त हो गए थे इसलिए वहां रूबी तथा बिन्दू के साथ नीलिमा भी चली आई। लाटरी के नामों के साथ केक भी सम्मिलित हुआ, सबसे पहले केक का ही परिणाम बताने के लिए अनाउन्सर ने केक साथ में लेकर ऊपर उठाया। अनाउन्सर कालेज का एक अध्यापक था। उसने माइक से कहा, 'योर अटेन्शन प्लीज।'

भीड़ में खामोशी छा गई। उम्मीदवारों की आंखें चमक उठीं। अपने मित्रों के साथ रवि भी इधर चला आया। अनाउन्सर ने कहा इस केक के विजेता एक नहीं दो हैं जो इसके बराबर के अधिकारी हैं। इस केक का बिल्कुल सही भार कोई भी उम्मीदवार नहीं बता सका फिर भी जिन दो विजेताओं ने इसका भार बताया है वह केक के सही भार से आगे-पीछे एक बराबर है। इस केक का सही भार है 'चौदह सौ अस्सी ग्राम।'

एक किनारे मित्रों के मध्य खड़े रवि का दिल उछल गया। नीलिमा का भी दिल धड़क गया। केक का भार उसने भी तो लिखा था - चौदह से पचहत्तर ग्राम। अनाउन्सर कह रहा था— विजेताओं के नाम यह हैं। मिस्टर रवि, रूम नम्बर पच्चीस, न्यूब्वायज हॉस्टल, सेण्ट अंड्रूज

कालेज। इन्होंने केक का भार चौदह सौ पच्चासी ग्राम बताया हैं सहसा रवि के साथियों के मध्य बहुत जोर का शोर उठा। ताली बजाकर लड़कों ने उसे बधाई दी। एक छात्र ने तेज स्वर में चिल्लाते हुए अनाउन्सर से मजाक किया - 'अब दूसरा नाम न बताएं तो अच्छा है।'

परन्तु अनाउन्सर ने बात जारी रखी। बोला - 'दूसरा नाम है, कुमारी नीलिमा रस्तोगी, एम.ए. पार्ट वन, सेण्ट अन्डूज कॉलेज। इन्होंने केक का भार चौदह सौ पछत्तर ग्राम बताया है।

चंचल रूबी नीलिमा का कंधा पकड़कर प्रसन्नता से उछलती हुई चीख पड़ी, 'हुर्रे?' परन्तु नीलिमा को मानो केक जीतने की कोई प्रसन्नता नहीं हुई। उसे प्रसन्नता मिलती - अवश्य - यदि केक के साझे में रवि के बजाय किसी और का नाम होता। रवि उसी को देख रहा था...शरारत भरी मुस्कान लिए नीलिमा ने अपनी दृष्टि फेर दी। अनाउन्सर कंह रहा था - 'इन दोनों विजेताओं को यह केक आधा-आधा काटकर दिया जाएगा।' अनाउन्सर ने केक मेज पर रखा और फिर एक छुरी पर केक आधा-आधा काटना चाहा।

'सर...' तभी भीड़ में एक मनचला छात्र जोरों से बोला। अनाउन्सर की छुरी केक के समीप पहुंचकर रुक गई। छात्र ने आवाज लगाई, 'सर, केक काटने की प्रथा आपके बजाए यदि विजेता स्वयं एक-दूसरे का हाथ पकड़कर पूरी करें तो अधिक अच्छा होगा।'

विद्यार्थियों के मध्य एक ठहाका गूंज उठा। मंच के ऊपर पीछे बैठे अध्यक्ष महोदय भी मुस्कराए बिना नहीं रह सके। उस छात्र ने तो मानो रवि के मन की बात कह दी। मुस्कराकर उसने नीलिमा को देखा। लाज की मारी वह सिमटी हुई अपने आपको सखियों के बीच छिपाने का प्रयत्न कर रही थी। मन कह रहा था यहां से भाग जाए। शायद भाग भी जाती परन्तु रूबी ने उसका हाथ पकड़ रखा था।

अनाउन्सर नवयवुक था - मनचला भी। उसने हंसते हुए कहा, 'अरे भाई, यह किसी ईसाई जोड़े का विवाह थोड़े ही है जो हाथ पकड़कर केक काटा जाए।'

ठहका एक बार फिर ऊंचा हुआ। नीलिमा लाज से पानी-पानी हो गई। अनाउन्सर केक काटने लगा तो एक लड़के ने फिर आवाज लगाई, 'सर आपको इस प्रकार दिल पर छुरी नहीं चलानी चाहिए।'

परन्तु केक कट चुका था। केक उसने आगे बढ़ाया तो रवि ने जाकर अपने भाग का केक ले लिया। नीलिमा केक लेने नहीं जाना चाहती थी परन्तु उसे जाना पड़ा - रूबी के जोर देने पर। पलकें झुकाए वह मंच के पास पहुंची - कांपते हाथों से केक लिया और बिना किसी की ओर देखे वापस लौटने लगी, तो एक लड़के ने बहुत तेज स्वर में खंखर दिया, 'हुंह हूं हूं।'

नीलिमा के हाथ से केक छूटते-छूटते बचा। रूबी ने लपक कर केक अपने हाथ में ले लिया, दूसरी ओर जब रवि केक लिए अपने मित्रों के पास पहुंचा तो सबने मिलकर झपट लिया। केक हाथ से ही तोड़कर सबने तुरंत खा डाला।

उस रात जब रवि हॉस्टल में अपने कमरे में किताब लेकर पढ़ने बैठा तो उसका दिल जरा भी नहीं लग सका। किताब के पृष्ठ पर नीलिमा का मुखड़ा आकर ठहर गया। काली घनें लटें - गोरा रंग - आंखों में असीमित चमक...होंठों में कलियों समान खामोशी। क्या नीलिमा वास्तव में इतनी सख्त स्वभाव की है जितनी आज वह दिखाई पड़ी थी? क्या उसकी छाती में दिल नहीं पत्थर है जो आज शाम मेले की इतनी सुन्दर घटना के पश्चात एक बार भी नहीं मुस्करा सकी।

अपने घर में पढ़ाई करते समय नीलिमा भी रवि के लिए ही सोच रही थी ... परन्तु उसके पक्ष में नहीं...उसके विरुद्ध। आवारा कहीं का। जाने अपने को क्या समझ रखा है? समझता है कि उसके खेल के कारण हर लड़की उससे मिलने की इच्छुक रहती है तो वह भी रहेगी। हुंह ! नीलिमा ने मुंह बनाया। नीलिमा को उस मुंहफट छात्र पर भी बहुत क्रोध आ रहा था जिसने कहा था कि केक काटने की प्रथा विजेता एक-दूसरे का हाथ पकड़कर पूरा करें। परंतु धीमे-धीरे नीलिमा को महसूस होने लगा कि वह कुछ अधिक ही क्रोध कर रही है - अपने आपको संतोष देने के लिए। कालेज के विद्यार्थियों में तो ऐसी बातें चलती ही रहती हैं। न चले तो कालेज की रौनक कैसे स्थिर रहेगी? उसने अपने बारे में भी सोचा...वह प्यार में अपनी बहन का परिणाम देखकर इतनी डरती है कि पुरुष की छाया से भी दूर रहना चाहती है। फिर भी वह अपने इरादों पर अटल रही - वह कभी किसी को प्यार नहीं करेगी। कभी किसी लड़के का विचार भी मन में नहीं लाएगी।

दूसरे दिन रविवार था इसलिए छुट्टी थी। सोमवार को जब कालेज में रवि का सामना हुआ तो, वह दूर ही से कतरा गई। नीलिमा को मानो स्वयं पर भरोसा नहीं था, शायद इसीलिए वह ऐसा कर रही थी। परन्तु अपने दिल का यह भय उसने रूबी पर जरा भी प्रकट नहीं किया। वरन उसने ऐसा प्रकट किया मानो 'फेस्ट' वाली घटना एक स्वप्न थी - और कुछ भी नहीं। वह शाम आई और चली गई और अब उसका प्रभाव उस पर जरा भी नहीं रहा। दिन इसी प्रकार बीतने लगे।

कुछेक दिनों बाद कालेज की एक संस्था की ओर से पिकनिक का प्रोग्राम बना। रवि इस संस्था का सदस्य था परन्तु नीलिमा नहीं। इसलिए वह नीलिमा के पास जा पहुंचा। तब नीलिमा ब्रेक में लाइब्रेरी की ओर अकेली जा रही थी कि लपककर उसके सामने चला गया। नीलिमा एक पल के लिए बौखला गई। रवि ने मुस्कुराते हुए नीलिमा की ओर एक लिफाफा बढ़ाया।

'यह क्या है?' नीलिमा ने लिफाफा लेने से पहले डरते-डरते पूछा।

'निमन्त्रण है।' रवि ने बहुत आशा से कहा।

'कैसा निमन्त्रण?'

'हमारी संस्था के सदस्य पिकनिक पर जा रहे हैं। उनमें मैं आपको अपना मेहमान बनाकर ले जाना चाहता हूं।' रवि ने कुछ चौड़ी मुस्कान के साथ कहा।

नीलिमा को बड़ा क्रोध आया। उस दिन 'फेस्ट' में इस छात्र के साथ उसका मजाक क्या बन गया कि अब यह उससे अन्य लाभ भी उठा लेना चाहता हैं फिर भी उसने अपने क्रोध पर काबू किया। बात बढ़े नहीं इसलिए हल्की-सी मुस्कान होंठों पर जबरदस्ती लाकर बोली, 'आई एम सॉरी। मुझे कालेज की किसी भी एक्टिविटी में कोई रुचि नहीं है।'

'लेकिन क्यों? रवि के मुंह से मानो अनायास ही निकल गया।

नीलिमा को रवि पर बड़ा क्रोध आया। यह छात्र कौन होता है उसके व्यक्तित्व जीवन के बारे में पूछताछ करने वाला? उसने बहुत सख्त स्वर में कहा, 'आपको मतलब?'

'मेरा मतलब...' नीलिमा के तेवर देखकर रवि कुछ बौखला गया। परन्तु शीघ्र ही अपनी बौखलाहट पर काबू पा लिया। एक जूनियर छात्र का ऐसा व्यवहार उसे पसन्द नहीं आया। बल्कि उसने इनमें अपना अपमान समझा तो बोला, 'मतलब नहीं है तो हो जाएगा - आज नहीं तो कल। शायद पिकनिक में ही हो जाए।'

'बदतमीज...' नीलिमा क्रोध सहन नहीं कर सी तो उसने दांत पीसे। बिफरती हुई बोली, 'मैं अभी तुम्हारी रिपोर्ट प्रिंसिपल से करती हूं।' नीलिमा पलटकर चलने को तैयार हुई।

'कोई लाभ नहीं होगा।' रवि ने लापरवाही से उत्तर दिया।

नीलिमा के बढ़ते पग रुक गए। पलटकर उसने रवि को देखा - बहुत आश्चर्य के साथ, जैसे पूछ रही हो क्यों कोई लाभ नहीं होगा?'

'जी हां मेमसाहब...' रवि ने नीलिमा का ध्यान प्राप्त करे कहा, 'क्योंकि प्रिंसिपल के लिए मेरी यह शिकायत पहली होगी। सभी जानते हैं मैंने आज तक किसी लड़की को नहीं छेड़ा। आपसे अधिक वह मेरी बात का विश्वास करेंगे। उलटे मुझे आपकी शिकायत करनी पड़ेगी क्योंकि आपने मुझे बदतमीज कहा है।' रवि ने कृत्रिम क्रोध प्रकट किया।

'क्या?' नीलिमा का पासा पलटते देखकर बौखला गई।

'जी हां!' रवि ने बात बनती देखकर और क्रोध प्रकट किया।

'हुंह!' नीलिमा ने मुंह बनाया। आंख भी चढ़ायीं। वह अपनी बौखलाहट पर काबू पा चुकी थी। उसने कहा, 'यह तो प्रिंसिपल के पास जाने के बाद ही पता चलेगा कि किसको किसकी शिकायत करनी है।' नीलिमा चलने को तैयार हुई।

'शिकायत करने से पहले यह तो सोचिए कि आपकी बदनामी कितनी होगी?' रवि ने तुरंत कहा, 'यदि मुझे कालेज से निकाल दिया गया तो सारे विद्यार्थी आपको ही दोष देंगे कि क्रिकेट में कालेज का नाम ऊंचा करने वाला सबसे अच्छा खिलाड़ी केवल आपके ही कारण निकाला गया है।'

नीलिमा चलते-चलते रुक गई। व्यंग्यात्मक ढंग से मुस्कुराकर बोली, 'बहुत गर्व है आपको क्रिकेट पर?'

'जी हां - और कालेज को मुझ पर।' रवि ने बड़ी अदा से अभिनेताओं समान सिर झुकाते हुए कहा, 'और एक दिन आपको भी मुझ पर गर्व हो जाएगा।'

'अच्छा।' नीलिमा मन-ही-मन रवि की मूर्खतापूर्ण बात पर मुस्कुराई।

'जी हां।' रवि ने मानो चुनौती दी। बोला, 'कहिए तो आपका क्रिकेट में रुचि लेने पर विवश कर दूं?'

'कैसे?'

'जब तक आप हमार खेल देखने मैदान में नहीं आयेंगी, मैं नहीं खेलूंगा।'

'ओह...!' नीलिमा ने बड़ा सा मुंह खोलकर आंखें नचायीं।

'जी हां।' रवि इस पर भी सन्तुष्ट नहीं हुआ। उसने कहा 'और सुनिये - जब तक आप स्वयं आकर मुझसे क्रिकेट में भाग लेने के लिए नहीं निवेदन करेंगी तब तक मैं बाल तथा बैट को हाथ तक नहीं लगाऊंगा।'

'आइने में कभी अपनी सूरत देखी है?' नीलिमा ने पूछा।

'वह तो देख रहा हूं।' रवि ने मुस्कराकर नीलिमा की आंखों के दर्पण में झांका।

नीलिमा क्रोध में भड़क उठी। वहां से हट जाना ही उसने उचित समझा। यूं भी कुछ दूर से आते-जाते लड़के उन दोनों को बहुत भेद भरी दृष्टि से देख लेते थे। कहीं कोई उन दोनों को प्रेमी-प्रेमिका न समझ बैठे। वह रवि से जितना उलझेगी उतना ही उसे उससे और भी अधिक मजाक करने का साहस मिलेगा। वह पलटी और पैर पकड़कर प्रशासकीय इमारत की ओर बढ़ गई। जिधर प्रिंसिपल का दफ्तर था। परन्तु रवि जानता था कि यदि नीलिमा ने उसकी शिकायत की तो प्रिंसिपल उसके पिछले जीवन का रिकार्ड देखते हुए केवल 'वार्न' करके छोड़ देंगे। और अधिक बात नहीं बढ़ेगी। हंसते हुए वह लाइब्रेरी की ओर बढ़ गया।

नीलिमा प्रिंसिपल के दफ्तर में प्रविष्ट होते-होते रुक गई। रवि की बात उसके कानों में गूंज गई। क्या प्रिंसिपल से शिकायत करने में उसकी बदनामी होगी? हां - बदनामी तो होगी ही। रवि को सजा मिलेगी। बात सारे कॉलेज में फैलेगी। यदि रवि को कॉलेज से निकाल दिया तो सारे विद्यार्थी उसे ही दोषी ठहराएंगे। उस पर आते-जाते आवाजें कसेंगे। कक्षा में ब्लैक बोर्ड पर उसका तथा रवि का नाम लिखकर मजाक उड़ाएंगे। उसके कारण यह कालेज एक अच्छे छात्र तथा क्रिकेट के सबसे अच्छे खिलाड़ी से वंचित रह जाएगा।

उसने रवि की शिकायत करना उचित नहीं समझा। परन्तु उसे रवि से कोई सहानुभूति नहीं हुई। वरन उसके मन में उसके प्रति घृणा समा गई। लफंगा कहीं का! कहता है जब तक मैं स्वयं उससे क्रिकेट खेलने के लिए निवेदन करने नहीं जाऊंगी तब वह बैट तथा बॉल को हाथ भी

नहीं लगायेगा। हुंह ! मेरी जूती उसके पास जाएगी। नीलिमा प्रशासकीय इमारत के बजाय अपनी कक्षा की ओर बढ़ गई।

दो दिन बाद पिकनिक थी। नीलिमा पिकनिक में नहीं गई तो रवि भी नहीं गया।

एक दिन नीलिमा अपने खाली पीरियड में लाइब्रेरी में बैठी कुछ नोट्स लिखने में व्यस्त थी। कुछ देर बाद क्लास लगने की घण्टी बजी तो वह अपनी कापी तथा किताब समेटकर लाइब्रेरी के द्वार से बाहर जाने लगी। परन्तु तभी लाइब्रेरी में प्रवेश करते ही वह एक छात्र से टकरा गई। वह गिरते-गिरते बची। परन्तु उसके हाथ की सारी कापी-किताबें अवश्य गिरकर फर्श पर बिखर गयीं।

'दिखाई नहीं देता क्या?' नीलिमा क्रोध में उस छात्र को झिड़क देना चाहती थी परन्तु तभी उस छात्र को देखकर वह चौंक गई। उसके सामने रवि खड़ा था। 'तुम!' उसने तेवर चढ़ाकर कहा।

'आई एम सॉरी - वेरी सॉरी।' रवि ने मानो निवेदन किया फिर उसने झुककर तुरंत नीलिमा की सहायता करते हुए सारी किताबें उठाई और उसके हाथ में थमा दीं। रवि ने दुबारा कहा, 'आई एम रियली वेरी सॉरी।' वह रुका नहीं। लाइब्रेरी में चला गया। आज जिस सभ्यता से उसने बात की थी नीलिमा को उस पर आश्चर्य हो रहा था। परन्तु वह कुछ समझी नहीं। उसने कुछ कहा भी नहीं। वह अपनी कक्षा की ओर बढ़ गई।

उसी रात अपने घर में पढ़ाई करते समय नीलिमा ने अपनी एक कापी खोली। परन्तु तभी वह चौंक गई। कापी के अन्दर एक लिफाफा था - उसी के नाम। उसने लिफाफे को चारों ओर से देखा। आश्चर्य हुआ। वह लिफाफा उसकी कापी में कैसे आया? कब आया? उसने लिफाफा खोला। इसके अन्दर से एक पत्र निकाला। पढ़ा। लिखा थाः

स्वीट नीलू...

नीलिमा ने आश्चर्य से लिखने वाले का नाम पढ़ा। पत्र हाथ में कांप गया। होंठ सख्त हो गए। आंखें बढ़ गयीं। पत्र रवि ने लिखा था। उसकी आंखों के सामने वह दृश्य घूम गया। जब आज वह लाइब्रेरी से निकलते समय रवि से टकरा गई थी। अवश्य उस कमबख्त ने उसे जान-बूझकर टक्कर मारी थी। फिर किताब तथा कापियां उठाते समय बहुत चालाकी के साथ उसने एक कापी में इस पत्र को रख दिया होगा। टक्कर मारकर कितना भोला बन गया था! बड़ी सभ्यता से क्षमा मांग ली थी!! नीलिमा ने पत्र को बिना पढ़े ही फाड़ देना चाहा। परन्तु फिर रुक गई। उसने इसे कालेज में प्रिंसिपल के हाथ में सौंप देना उचित समझा। उस आवारा की पिछली बार शिकायत नहीं की तो समझता है कि वह हर बार ही ऐसा करेंगी। बदमाश! राक्षस! लोफर! नीलिमा ने मन ही मन रवि को गालियां देना आरंभ कर दिया! पढ़ाई से उसका मन हट गया। न चाहते हुए भी उसने पत्र पढ़ा। कहीं ऐसा न हो कि रवि ने पत्र में प्रिंसिपल से शिकायत करने योग्य कोई ऐसी-वैसी बात नहीं लिखी हो। उसने पत्र पढ़ा।

स्वीट नीलू,

पिछली बातों का मुझे सख्त अफसोस है। आशा है कि तुमने उन बातों को अब तक भूला भी दिया होगा।

तुम्हारा तीसरा पीरियड खाली रहता है। क्या ऐसा नहीं हो सकता कि इस पीरियड में तुम लाइब्रेरी के पीछे वाले लॉन में आ जाओ? तुमने बातें करने को तरस रहा हूं।

तुम्हारा और केवल तुम्हारा
रवि

नीलिमा क्रोध से कांपने लगी। उस आवारा का यह साहस कि उसे लाइब्रेरी के पीछे बुला रहा है। नीलिमा ने पत्र प्रिंसिपल तक पहुंचाने का दृढ़ निश्चय कर लिया। चाहे उसकी बदनामी हो, रवि के निकाले जाने के बाद सारे विद्यार्थी उसे दोषी ठहराएं या न ठहराएं परन्तु वह इस पत्र को प्रिंसिपल को अवश्य देकर रहेगी। उसने पत्र अपनी कापी में रख लिया। मन पढ़ाई से हट गया था इसलिए उसने किताबें भी रख दीं। बत्ती बुझा दी और फिर पलंग पर लेट गई। परन्तु अपने मन में उठती क्रोध की ज्वाला के कारण उसे नींद नहीं आ सकी। बहुत देर बाद ही उसकी आंख लगी।

दूसरे दिन नीलिमा कालेज पहुंचते ही आज्ञा लेकर प्रिंसिपल के कमरे में प्रविष्ट हुई। प्रिंसिपल को पत्र थमाते हुए उसने कहा, 'सर, यह लड़का...यह लड़का मुझे कॉलेज में रहने नहीं देगा, यह मुझे बदनाम कर देना चाहता है। जब चाहता है मुझे छेड़ता रहता है।' नीलिमा शिकायत करते-करते रो पड़ना चाहती थी परन्तु फिर उसने अपने आपको संभाल लिया।

प्रिंसिपल ने पत्र लेकर नीलिमा के उतरे चेहरे को देखा। फिर पत्र पढ़ा। पत्र समाप्त करते ही वह चौंक गए। होंठों से बहुत आश्चर्य के साथ निकला, 'रवि!' उसे विश्वास ही नहीं हुआ कि रवि कभी ऐसा भी कर सकता हैं कालेज में यह नाम बहुत लोकप्रिय था। फिर भी उन्होंने पुष्टि करने के लिए पूछा, 'यह वही छात्र है जो एम.ए. में पढ़ रहा है।?'

'जी।' नीलिमा ने उत्तर दिया।

'हूं!' प्रिंसिपल ने एक गहरी सांस ली। रवि कालेज की शान अवश्य है - क्रिकेट में उसका दूर-दूर तक कोई मेल नहीं, परन्तु इसका यह मतलब नहीं कि वह किसी छात्रा को बदनाम करने का प्रयत्न करे। उन्होंने तुरंत चपरासी द्वारा रवि को बुलाने को भेजा। नीलिमा को उन्होंने सामने वाली कुर्सी पर बैठने का आदेश दिया।

'मे आई कम इन सर?' कुछ देर बाद दरवाजे के बाहर से रवि का स्वर अन्दर आया। नीलिमा का दिल धक से कर गया। उसने प्रिंसिपल से रवि की शिकायत करके अच्छा किया या नहीं वह अनुमान नहीं लगा सकी।

15

'कम इन।' प्रिंसिपल कुछ लिखने में व्यस्त थे। उन्होंने कलम पेन होल्डर में रखते हुए कहा।

रवि अन्दर आया। नीलिमा को देखकर वह हल्के से मुस्कराया तो नीलिमा ने अपनी दृष्टि फेर ली। रवि उसके पास ही खड़ा हो गया।

'रवि!' प्रिंसिपल ने सख्त स्वर में पत्र उसे दिखाते हुए पूछा, 'यह पत्र नीलिमा को तुमने लिख है?'

'पत्र...और नीलिमा जी को।' रवि ने आश्चर्य से अपने मस्तक पर बल डाला। बोला, 'जी नहीं मैंने इन्हें कोई पत्र नहीं लिखा है। पत्र तो इन्होंने मुझे लिखा है। देखिए।' रवि ने तुरंत अपने हाथ में ली कापी में से एक पत्र निकालकर प्रिंसिपल की ओर बढ़ा दिया।

'क्या नीलिमा? नीलिमा चौंककर खड़ी हो गई। रवि की बात सुनकर उसे अपने कानों पर विश्वास ही नहीं हुआ।

'व्हाट?' प्रिंसिपल ने भी चौंककर रवि को देखा - फिर नीलिमा को भी।

'जी हां।' रवि ने कहा, 'मैं तो तीसरे पीरियड में इनसे मिलने की आशा किए बैठा था।

प्रिंसिपल ने मस्तक पर बल डालकर रवि को देखा। फिर उसके हाथ से पत्र ले लिया। लिफाफे पर किसी लड़की के हाथों द्वारा ही रवि का नाम लिखा हुआ था। उन्होंने पत्र निकालकर पढ़ा। लिखा था:

डियर रवि,

पिछली बातों का मुझे अफसोस है। जो हुआ उसे भूल जाओ।

मेरा तीसरा पीरियड खाली रहता है। क्या ऐसा नहीं हो सकता कि इस पीरियड में तुम लाइब्रेरी के पीछे वाले लॉन में आ जाओ? तुमसे बातें करने को दिल तड़प रहा है।

तुम्हारी और केवल तुम्हारी
नीलू

प्रिंसिपल ने पत्र समाप्त करते-करते क्रोध भरा मुंह बनाया। फिर नीलिमा को पत्र दिखाते हुए पूछा, 'यह पत्र तुमने लिखा है?'

'मैंने इन्हें कोई पत्र नहीं लिखा - ' नीलिमा ने बिना पत्र देखे ही लगभग रोते हुए कहा, 'इन्हें क्या मैंने किसी भी लड़के को आज तक कभी पत्र नहीं लिखा। आप मेरा विश्वास कीजिए।'

प्रिंसिपल कुछ देर तक सोचते रहे। फिर उन्होंने रवि से कहा, 'इधर लाओ अपनी कापी।'

रवि ने अपने हाथ ही सारी ही कापियां प्रिंसिपल के आगे मेज पर रख दीं। प्रिंसिपल ने कापी की लिखाई से नीलिमा के नाम लिखे पत्र की लिखाई मिलाई। लिखाई कहीं से भी नहीं मेल खाती थी। उन्हें बड़ा आश्चर्य हुआ। उन्होंने नीलिमा की कापी लेकर उसकी लिखाई से

16

रवि के नाम लिखे पत्र की लिखाई मिलाई, पत्र किसी लड़की के हाथ का अवश्य था। परन्तु नीलिमा की लिखाई से बिल्कुल मेल नहीं खाता था। उन्होंने दोनों को ही आश्चर्य से देखा। फिर रवि से पूछा, 'तुम्हें यह पत्र किसने दिया?'

'जी यह पत्र मुझे किसी ने दिया नहीं है। इस कोई मेरे कमरे में दरवाजे के नीचे से डाल गया था - मेरी अनुपस्थिति में।'

'ओह!' प्रिंसिपल ने घटना की गहराई को समझने का प्रयत्न किया। फिर नीलिमा से पूछा, 'और तुम्हें यह पत्र कैसे मिला?'

'यह पत्र घर पर मेरी कापी से निकला था।' नीलिमा ने कहा, 'परन्तु मेरी कापी में ही पत्र इन्हीं ने रखा होगा क्योंकि कल दिन में लाइबेरी केस सामने जब मेरी इनसे टक्कर हुई तो कापी-किताबें नीचे गिर गयीं जिन्हें इन्होंने ही उठकर मुझे थमाई थीं।'

'क्या?' रवि चौंका। कुछ रुष्ट होकर बोला, 'एक तो मैंने आपकी सहायता की, और उसके बदले में आप मुझ पर इतना बड़ा आरोप लगा रही हैं?'

'नाउ, कीप क्वाइट!।' प्रिंसिपल ने रवि को चुप कराया।

'आप स्वयं सोचिए सर, यदि मुझे इन्हें पत्र लिखना होता तो क्या मैं इन्हें डाक द्वारा नहीं भेज सकता था? आखिर इनके घर का पता लगाने में कितनी देर लगती?'

'आई से कीप क्वाइट्।' इस बार प्रिंसिपल ने रवि को सख्ती से डांटा। रवि खामोश हो गया तो उन्होंने कहा, 'ऐसा लगता है इस बात के पीछे किसी छात्र या छात्रा का हाथ है। फिर भी हम इसकी जांच अवश्य करेंगे। अभी तुम दोनों अपनी कक्षाओं में जाओ।' प्रिंसिपल ने दोनों पत्र अपने पास रख लिए।

'जी...रवि ने कहा और फिर नीलिमा पर अपनी दृष्टि डालने के बाद कमरे से बाहर निकल गया।

नीलिमा भी प्रिंसिपल के कमरे से बाहर निकली। उसने देखा, रवि अपनी कक्षा की ओर सिर झुकाए धीरे-धीरे जा रहा है - रवि ने एक बार फिर पलटकर उसे नहीं देखा तो जाने क्यों उसे प्रिंसिपल की बात पर विश्वास होने लगा। कहीं ऐसा तो नहीं कि इस शरारत के पीछे किसी छात्र छात्रा का हाथ है? शायद रवि ठीक ही कहता हैं यदि उसे पत्र लिखना होता तो वह उसे डाक द्वारा क्यों नहीं भेज देता? घर का पता तो वह किसी दिन भी उसका पीछा करके ज्ञात कर सकता था। परन्तु इस शरारत के पीछे जिसका हाथ है हो सकता है? कौन? नीलिमा कोई अनुमान नहीं लगा सकी।

कुछेक दिन शांति से बीतने लगे। अब वह कालेज का लगभग हर पल रूबी के साथ बिताने लगी। रवि से उसे डर लगने लगा था। यदि रवि ने उसे पत्र वास्तव में नहीं लिखा है तो वह उसे अकेली पाकर अब टोके बिना नहीं रहेगा। क्या समझकर उसने उस पर इतना बड़ा आरोप लगा दिया कि उसने उसे जान-बूझकर धक्का लगाते हुए किताबें गिरा दी थीं और

उठाते समय पत्र कापी में रख दिया? बदनामी के डर से नीलिमा ने रूबी को भी अपने मन की बातें नहीं बतायीं। रूबी खोज बीन करेगी तो बात फैलेगी। रूबी रवि के नाम पर छेड़ भी सकती है। इतना अधिकार तो उसे उस पर था ही। उसने हर बात पर परदा डाल दिया था। परन्तु इन दिनों जब नीलिमा को रवि बहुत कम दिखाई दिया तो धीरे-धीरे नीलिमा के दिल का भय मिट गया।

रवि उसे दिखाई दिया भी तो वह दूर से ही स्वयं रास्ता बदल कर चला गया। यद्यपि प्रिंसिपल को रवि के विरुद्ध कार्यवाही करने का कोई परिणाम नहीं मिला था फिर भी रवि केवल एक ही बार प्रिंसिपल के सामने उपस्थित होने के पश्चात सावधान हो गया है, ऐसा नीलिमा को विश्वास था।

कालेज में हर शाम अन्य खेलों के समान क्रिकेट का भी अभ्यास चल रहा था। छुट्टियों में सारे-सारे दिन खिलाड़ी प्रैक्टिस करते परन्तु अभी कप्तान का चुनाव नहीं था। रवि एक बार भी खेल के मैदान में नहीं गया। खिलाड़ियों के बार-बार अनुग्रह करने के पश्चात रवि ने खेल में कोई रुचि नहीं ली तो गेम्स सेक्रेटरी को स्वयं रवि से कहना पड़ा। परन्तु वह उन्हें भी टाल गया - पढ़ाई के बहाने - उसका यह अन्तिम वर्ष है जिसमें वह एक अच्छी 'पोजीशन' लाना चाहता हैं ' गेम्स सेक्रेटरी' निराश हो गए। जल्दी ही यह बात सारे कालेज में फैल गई कि रवि इस वर्ष क्रिकेट में भाग नहीं ले रहा है। सारे कालेज को बढ़ा आश्चर्य हुआ। खिलाड़ियों को दुःख भी हुआ। विद्यार्थियों ने रवि को समझाना चाहा परन्तु कोई परिणाम नहीं निकला।

सब यही समझ रहे थे कि रवि इस वर्ष पढ़ाई पर पूरा ध्यान समेट लेना चाहता है, असल कारण केवल नीलिमा ही जानती थी परन्तु उसने विद्यार्थियों की इच्छा की जरा भी चिन्ता नहीं की। उसे क्रिकेट में कोई रुचि नहीं थी। रुचि होती तब भी वह किसी की चिंता नहीं करती। विद्यार्थियों की इच्छाएं पूरी करने के लिए वह किसी भी अवस्था में रवि के आगे झुकने को तैयार नहीं थी यह कहने को तैयार नहीं थी कि वह क्रिकेट खेले और वह उसका खेल देखने को तैयार है। रवि जिस भ्रम में है वह उसकी बहुत बड़ी भूल है। रवि ने क्रिकेट न खेलने का असल कारण उसने रूबी को भी नहीं बताया। वह स्वयं भी एक खिलाड़ी थी। कालेज के यश के लिए वह उसे रवि के आगे झुकने पर मजबूर कर सकती थी और तब यदि वह रूबी की बात नहीं मानती तो दोनों सहेलियों के मध्य कुछ खिंचाव उत्पन्न हो सकता था। सारे कालेज में नीलिमा की एक रूबी ही तो अच्छी सहेली थी।

एक दिन नीलिमा रूबी के साथ एक कक्षा में दूसरी कक्षा में जा रही थी कि अचानक एक मोड़ पर रवि सामने आ गया ... बिल्कुल ही सामने। नीलिमा चौंक गई, उससे अब कोई भय न होते हुए भी दिल धड़क गया। रवि ने अपनी दृष्टि फेरकर आगे निकल जाना चाहा। उसे मानो नीलिमा से अब कोई लगाव नहीं रह गया था। रवि आगे बढ़ने ही वाला था कि रूबी ने उसे रोक लिया। 'रवि!' रूबी ने पुकारा।

रवि ने रुकने के बाद पलटकर रूबी को देखा। फिर नीलिमा को भी, नीलिमा ने आज पहली बार उसकी आंखों में असीमित गम्भीरता देखी। मुखड़ा भी उदास था। उसकी चंचलता जाने कहां खो गई थी।

रूबी रवि के पास पहुंच गई, नीलिमा तीन चार पग की दूरी पर वही खड़ी रही। रूबी ने पूछा....'क्या यह सत्य है कि तुम इस वर्ष बिल्कुल ही क्रिकेट नहीं खेलोगे?'

'इस वर्ष तो क्या शायद अब कभी भी न खेलूं।' रवि ने एक बार नीलिमा का देखने के बाद एक गहरी सांस लेकर कहा।

'अरे वाह! यह भी कोई बुद्धिमानी है?' रूबी को बड़ा आश्चर्य हुआ।

'कुछ बात ही ऐसी हो गई है।' रवि ने उत्तर दिया।

'और यदि कालेज के सारे खिलाड़ी तुम्हें मैच खिलाने के लिए सत्याग्रह कर दें तब तुम क्या करोगे?' रूबी ने चंचलता से पूछा।

'तब? रवि ने एक पल सोचा। फिर बोला, 'तब यदि खेलना पड़ा तो टीम को कोई भी लाभ नहीं होगा क्योंकि दिल तो मेरा कहीं और है।'

'ओ....रूबी समझी। मुस्कराई। बोली, 'तो यह बात है। कहां चला गया तुम्हारा दिल?'

नीलिमा का दिल धक-धक करने लगा, रवि की भावुक आवाज में निश्चय ही उसके प्रति प्यार टपक रहा था। कहीं रवि रूबी को कुछ बता न दे। उसने रवि को देखा। रवि उसी को देख रहा था - बहुत प्यार से - आंखों में आशा तथा निराशा की चमक लिए। उसने रूबी से कहा - 'खो गया है।'

'कहां खो गया?' रूबी ने पूछा - 'किसके लिए खो गया?'

रवि ने नीलिमा को फिर देखा, नीलिमा के दिल की धड़कन और तेज हो गई। रवि के होठों पर एकदम तोड़ती मुस्कान आई और चली गई। उसने कहा, कहीं नहीं।' उत्तर देने के बाद रवि वहां से तुरंत चला गया।

रूबी को बड़ा आश्चर्य हुआ। रवि जैसे चंचल लड़के का इस प्रकार अचानक गम्भीर हो जाना कोई अर्थ रखता था। रवि की पहेलियों जैसी बातें भी बहुत विचित्र थीं, उसका इस प्रकार नीलिमा का देखना तथा फिर बातें एकदम समाप्त करके चला जाना भी बहुत भेद भरा था। जिसे रूबी ने समझने का प्रयत्न किया तो वह इसमें काफी सीमा तक सफल भी हो गई। उसने नीलिमा को देखा। नीलिमा के दिल में चोर था इसलिए वह पलकें झुकाए चुपचाप खड़ी अपनी चप्पल में पैर का अंगूठा मोड़-मोड़कर रगड़ रही थी, रूबी उसके पास आई, उसके मुखड़े को उसने बहुत ध्यान से देखा। नीलिमा का दिल धड़क रहा था। रूबी ने भेद भरे भाव में पूछा - 'क्या बात है नीलू? रवि के साथ कोई बात हो गई है?'

जाने क्यों दिल के अन्दर जज़्बात की एक अज्ञात टीस उठी तो नीलिमा की पलकों के कोने भीग गए। रूबी को एक बार देखने के बाद उसने अपनी पलकें फिर झुका लीं। रूबी कुछ

19

समझी...कुछ नहीं भी। उसने नीलिमा का हाथ पकड़ा....बहुत प्यार से। फिर बोली, 'आ चल हम लोग हॉस्टल चलते हैं। यह पीरियड हम लोग मिस कर देंगे।

रूबी नीलिमा को अपने साथ हॉस्टल ले गई...अपने कमरे में। वहां एक मेज पर अपनी पुस्तकें पटकने के बाद उसने नीलिमा के हाथ से भी पुस्तकें लीं और मेज पर रख दीं। फिर उसे अपने साथ पलंग पर बिठाया। बोली, 'हां, अब बता यह सब क्या गड़बड़ है?'

नीलिमा कुछ देर खामोश रही। वह रूबी को अपने दिल का भेद नहीं बताना चाहती थी परन्तु रूबी उसके दिल का चोर पकड़ चुकी थी। उसने रूबी को एक-एक बात बता दी...'फेस्ट' की घटना से लाभ उठाकर रवि उसे पिकनिक के लिए अपना मेहमान बनाना चाहा था। फिर उसके इनकार पर बात कहां से कहां पहुंच गई थी, किस प्रकार उसने चुनौती दी कि वह तब तक बाल तथा बैट को हाथ नही लगाएगा। जब तक वह स्वयं उससे क्रिकेट खेलने का निवेदन करने नहीं आएगी...आदि-आदि। नीलिमा ने पत्र वाली बात भी रूबी को बताई तो रूबी ने पूरे विश्वास से कहा, 'रवि ऐसा काम नहीं कर सकता। अवश्य ही किसी और विद्यार्थी की शरारत होगी जिसने 'फेस्ट' वाली बातों का अर्थ लगा लिया होगा। मगर खैर...रूबी ने एक गहरी सांस ली। फिर बोली, 'तेरा अब उस चुनौती के बारे में क्या विचार है?'

'विचार?' नीलिमा को रूबी के प्रश्न पर आश्चर्य हुआ, वह मानो भड़ककर बोली - 'मेरी जूती आएगी उससे कहने क्रिकेट खेलने को कहने के लिए। बड़ा आया है अपने आपको हीरो समझने वाला।'

'देख नीलू....' रूबी ने उसे समझाया, 'यदि रवि चाहेगा तो तुझे वास्तव में उसके पास निवेदन के लिए जाना ही पड़ेगा। कालेज में उसकी धाक ही कुछ ऐसी है।'

नीलिमा ने चौंककर रूबी को देखा। उसे विश्वास नहीं हुआ।

'यदि रवि विद्यार्थियों को बता दे कि वह केवल तेरे कारण क्रिकेट में भाग नहीं ले रहा है तो विद्यार्थियों में जो खिलाड़ी हैं ना, वह सबके सब तेरा घेराव कर देंगे। उसके बाद जानती है क्या होगा?'

'क्या?' नीलिमा ने कांपकर भोलेपन से पूछा।

'उसके बाद खिलाड़ी नारा लगाएंगे-

'इन्कलाब-जिन्दाबाद।'

'ऐसी मुहब्बत नहीं चलेगी - नहीं चलेगी।'

'नीलिमा रस्तोगी - मुर्दाबाद।'

'रवि हाय-हाय।' रूबी ने अपनी छाती पर हाथ रखकर हाय-हाय किया।

नीलिमा ऊपर से नीचे तक कांप गई। हे भगवान! इस प्रकार तो वह कालेज में बहुत अधिक बदनाम हो जाएगी।

'मान ले यह सारे नारे खिलाड़ी खुले तौर पर न लगा सकें, फिर भी इसका प्रदर्शन ब्लैक बोर्ड पर सभी कक्षाओं में देखने को मिलता रहेगा क्योंकि सभी चाहते हैं कि रवि हर वर्ष के समान इस बार फिर कालेज का नाम ऊंचा करे।'

'तो फिर रवि ने अब तक अपने खेलने का कारण विद्यार्थियों को क्यों नहीं बताया?' नीलिमा ने चिंतित होकर पूछा।

'आज नहीं तो कल बता ही देगा।' रूबी ने उसे विश्वास दिलाया - 'अभी कालेज में 'मैचेज कहां आरंभ हुए हैं?'

नीलिमा की चिन्ता और बढ़ गई। रवि ने उसे चुनौती दी है। जिन परिस्थितियों के आधार पर उसने चुनौती दी है उसको पूरा करने के लिए वह कुछ भी कर सकता है। यदि विद्यार्थियों ने कक्षाओं में ब्लैकबोर्ड पर भी नारे लिखने आरंभ कर दिए तब भी वह किसी को मुख दिखाने योग्य नहीं रहेगी। जिस बदनामी से बचने के लिए वह फूंक-फूंककर कदम रख रही थी। वह उसका पीछा करके उसके गले पड़ जाना चाहती है। अब? अब वह क्या करे? और क्या न करे? उसने रूबी से सलाह मांगी। बोली, 'तू ही बता अब मैं क्या करूं?'

'देख नीलू - ' रूबी ने उसे समझाया, 'जहां तक मैं रवि को जानती हूं वह एक बहुत ही हंसमुख, अच्छा तथा गुणी विद्यार्थी है। आज उसकी गम्भीरता देखकर मुझे ऐसा लगता है जैसे उसे तुझे प्यार हो गया है।'

'प्यार-व्यार जाए भाड़ में।' नीलिमा ने तुनककर कहा, 'मुझे यह बता यदि कि रवि ने विद्यार्थियों को अपने न खेलने का कारण बता दिया तब मैं किस प्रकार बदनामी से बच सकती हूं।'

'तब तो तू किसी भी प्रकार बदनामी से नहीं बच सकती। बदनामी से तू तभी बच सकती है जब रवि अपने न खेलने का कारण किसी को भी न बताए और यदि रवि को तुझसे वास्तव में प्यार हो गया है तो वह अपने दिल का भेद कभी किसी को नहीं बताएगा। परन्तु जिन परिस्थितियों के आधार पर उसने तुझे ऐसी चुनौती दी है उसको दृष्टि में रखते हुए उससे ऐसी आशा करना व्यर्थ है।' रूबी उसे इस प्रकार समझा रही थी मानो कोई अध्यापक कक्षा में अपने छात्रों को समझा रहा हो। उसने बात जारी रखी बोली, 'इसलिए इस बात के फैलने से पहले यदि तू रवि से क्रिकेट खेलने का निवेदन कर दे तो बात दब सकती है। चाहो तो उससे यह भी कह सकती हो कि वह इन आपसी बातों को अपने तक ही रखे। मेरे विचार में उसे ऐसा कहने में कोई हर्ज नहीं होगा।

नीलिमा रूबी की बात पर बहुत गम्भीरता से गौर करती रही। रूबी ठीक ही कहती है। बदनामी से बचने का केवल एक ही रास्ता है। अपने स्वाभिमान को झुकता देखकर उसकी आंखों में आंसू आ गए। आखिर रवि ने उसे अपने आगे झुका ही दिया, बदनामी का भय दिखाकर। उसे रवि के पास जाना ही पड़ेगा। रूबी उसकी सहेली थी...एक नारी थी। वह

नीलिमा की आंखों में आंसू देखकर तो स्वयं भी तड़प उठी। नीलिमा की इज्जत वास्तव में खतरे में थी। इसलिए अपने उसे ऐसी राय दी थी। परन्तु वह इसके अतिरिक्त और कर भी क्या सकती थी। उसने नीलिमा को तसल्ली दी। बोली , 'तू यह समझ ले कि रवि के आगे अपने लिए नहीं कालेज के यश के लिए झुक रही है। रवि के कारण इस कालेज का दूर-दूर तक नाम होगा तो हमारा सिर गर्व से ऊपर उठा रहेगा। आखिर अपने कॉलेज के प्रति तेरा भी तो कोई धर्म है।

रूबी की बात से नीलिमा को संतोष नहीं मिल सका। फिर भी वह कुछ नहीं कर सकती थी। उसे रवि के आगे झुकना था और उसे न चाहते हुए भी उसके लिए तैयार हो जाना पड़ा।

नीलिमा दूसरे ही दिन कक्षाएं लगने से पहले रवि से मिल लेना चाहती थी...अकेली। वह कालेज आरंभ होने से पहले ही उसकी कक्षा से कुछ दूर एक मोड़ पर खड़ी हो गई जहां से रवि को अपनी कक्षा के लिए जाना आवश्यक था। उसका दिल बहुत तेज-तेज धड़क रहा था। वह किस प्रकार उसकी चुनौती के आगे अपनी हार स्वीकार करेगी? परन्तु उसे अपनी हार स्वीकार करनी थी - हर अवस्था में - इसलिए उसने अपने आप पर बड़ी कठिनाई से काबू बनाए रखा। घंटी बजने से कुछ देर पहले रवि का से उधर जाना हुआ । नीलिमा की धड़कन तेज हो गई। मन हुआ वापिस चली जाए। अपने स्वाभिमान की रक्षा हर मूल्य पर करे । शायद वह वापस चली जाती। परन्तु तब तक रवि उसके सामने आ चुका था -उसके बिल्कुल समीप। रवि उससे दृष्टि मिलाने के बाद कतराकर बगल से आगे निकल जाना चाहता था कि तभी नीलिमा का दिल मानो स्वयं पुकार उठा।उसने कहा, 'रवि बाबू!' उसका स्वर कांप रहा था।

रवि के बढ़ते पग में बेड़िया पड़ गयीं, उसने पलटकर नीलिमा को देखा कहीं उसके कानों ने कुछ गलत तो नहीं सुना? परन्तु नहीं, नीलिमा उसे ही पुकार रही थी। नीलिमा की दृष्टि उसी के लिए बिछी हुई थी। वह नीलिमा के समीप आया....सामने। उसने नीलिमा को ऊपर से नीचे तक देखा। दृष्टि कुछ झुकी-झुकी-सी, आंखों में गहरी निराशा, उदासी, होंठों पर हल्की-फुल्की कम्पन, अपनी हार पर नीलिमा शर्मिंदगी की एक मूर्ति बनी खड़ी थी। रवि को उस पर दया आई। उसने क्यों इस भोली-भोली लड़की को इतना अधिक सताया?

'रवि बाबू...नीलिमा ने स्वयं को संभालकर कांपते स्वर में कहा, 'मैं आपसे कहने आई हूं कि आप क्रिकेट अवश्य खेलें। मुझे समय मिलेगा तो आपका खेल भी देखने आ जाया करूंगी।' अपनी हार स्वीकार करते हुए नीलिमा की पलकें भीग गयीं।

'नीलिमा जी - ' रवि ने कहा। उसका स्वर मानो किसी टूटे हुए साज से उत्पन्न हुआ था। 'क्रिकेट मैं इस लिए नहीं खेल रहा हूं मैंने आपको चुनौती दी। वह तो एक बचपना था, खेल था। मेरे न खेलने का कारण तो केवल यह है कि अब मेरा दिल खेल से हट चुका है। मैंने आपको बहुत सताया हैं ना, शायद इसलिए मेरे दिल का चैन खो गया है।'

'आपने जो कुछ किया था वह सब खेल खेल में था?'

'उस समय यह खेल ही था।' रवि ने गम्भीरता के साथ कहा।

'और अब?' नीलिमा ने रवि का दिल टटोला।

रवि ने कोई उत्तर नहीं दिया अपनी पलकें उसने दूसरी और फेर लीं, इस प्रकार मानो आंखों में बिनाधिकार आने वाले आंसुओं को रोक लेना चाहता हो।

नीलिमा के दिल में टीस उठी। उसने रवि को समझने में क्यों भूल की? क्या एक विद्यार्थी को दूसरे विद्यार्थी से इस प्रकार खेल करने का कोई अधिकार नहीं? नीलिमा ने रवि को देखा। उसकी खामोशी पर ध्यान नहीं दिया। रवि ने पहले उससे खेल किया था परन्तु निश्चय ही यदि अब भी खेल होता तो रवि उसका पीछा नहीं छोड़ता। रवि की खामोशी इस बात की प्रतीक थी कि वह उसे प्यार करने लगा है - दिल ही दिल में। यही कारण था कि उसने अपने दिल का भेद किसी को नहीं बताया, रूबी को भी नहीं।

रूबी की बात उसके कानों में गूंज गई - यदि रवि वास्तव में तुझे प्यार करता है तो अपने दिल का भेद कभी किसी को नहीं बताएगा। नीलिमा रवि के आगे अपनी हार स्वीकार करके जरा भी नहीं पछताई। वरन उसके दिल के अन्दर रवि के प्रति समाई सारी घृणा तुरंत ही समाप्त हो गई।

उसे अपने पिछले प्रश्न का उत्तर मिल गया था इसलिए उसने रवि की आंखों में झांका और फिर पूछा, 'अब तो आप क्रिकेट अवश्य खेलेंगे ना?'

रवि की उदास आंखों में आशा की चमक उत्पन्न हुई। उसने बहुत आश्चर्य से नीलिमा को देखा।

'मैं आपका हर खेल देखने आऊंगी - इसलिए नहीं कि आपने कभी ऐसी शर्त रखी थी, बल्कि इसलिए कि मैं...मैं...' नीलिमा कहने में सकुचाई - कुछ लजाई भी। वह कहना चाहती थी कि मैं स्वयं भी यही चाहती हूं कि आप खेलें।

परन्तु तभी कॉलेज की घंटी बज गई। इधर-उधर चलते विद्यार्थियों के पग तेज हो गए। कुछेक छात्र अपनी कक्षाओं की ओर दौड़ भी पड़े। रवि ने नीलिमा को देखा - बहुत प्यार से - बहुत हसरत से भी। उसने दिल की बातें सुनने के लिए उसका मन अधीर हो गया। परन्तु नीलिमा ने अपनी बात नहीं पूरी की। वह हल्के-से मुस्करा दी। उसकी आंखों में हलके गुलाबी डोरे कांप गए। वह लजाती मुस्कराती अपनी बात अधूरी छोड़कर अपनी कक्षा की ओर भाग गई। रवि के दिल का सूना चमन बहार बनकर खिल उठा।

उस दिन नीलिमा अपनी कक्षा में पहुंची तो बहुत प्रसन्न थी। इतना अधिक प्रसन्न उसने आज तक अपने आपको महसूस नहीं किया था। मुखड़े की प्रसन्नता छिपाए नहीं छिपती थी। प्रसन्नता से उसका रंग गुलाबी हो गया था। आंखों की चमक बढ़ गई थी। होंठ गंभीर होने के पश्चात कांप कर मुस्करा उठे थे। क्या इसी का नाम प्यार है? प्यार? वह भी उससे जिससे वह घृणा करती थी।

रूबी को प्रसन्नता हुई कि नीलिमा तथा रवि के बीच का तनाव समाप्त ही नहीं हुआ बल्कि दोनों एक-दूसरे के समीप ही आ गए है। रूबी ने कहा, 'मैं सच कह रही हूं नीलू, तू वास्तव में बहुत भाग्यवान है, वरना इस कॉलेज में तो एक से एक बढ़कर लड़कियों आयीं, रवि के प्रति आहें भरीं और चली गयीं, परन्तु रवि ने आज तक किसी को लिफ्ट नहीं दी थी। हर बात को मजाक में उड़ा देना उसके स्वभाव में सम्मिलित था। मुझे प्रसन्नता है कि तूने उसे प्यार करना सिखा दिया।'

उसी शाम जब रवि क्रिकेट खेलने के लिए कालेज के मैदान में पहुंचा तो खिलाड़ी उसे देखकर आश्चर्य करने लगे और अब उसने क्रिकेट की प्रेक्टिस आरंभ कर दी तो खिलाड़ियों के चेहरे पर रौनक आ गई। रवि ने जब बताया कि वह इस वर्ष फिर क्रिकेट खेलेगा तो खिलाड़ियों ने उसे कन्धे से उठा लिया। खिलाड़ियों को रवि से कितनी अधिक आशा थी यह बात आज पता चलती थी।

उस रात नीलिमा किताब पढ़ने के लिए बैठी तो किताब के पृष्ठों पर रवि का चेहरा उभर आया। बनी काली लटें, गोरा रंग - तीखा नाक नक्शा... आंखों में लाज की गम्भीरता... दिल पिघलाकर जीत लेने वाली उदासी। आज जिस ढंग से वह रवि के हाथों अपना दिल हार गई उसे वह भी जानती है और रवि भी। दोनों के ही दिलों का हाल एक-दूसरे पर प्रकट हो चुका है। फिर भी क्या वह रवि के सामने आसानी से जा सकेगी? उससे घुल-मिलकर प्यार की बातें कर सकेगी? शर्म और हया से उस की पलकें नहीं झुक जाएंगी?

ऐसा विचार मन में उठते ही नीलिमा का मुखड़ा लाज के मारे गुलाबी हो गया। परन्तु उसके दिल को मिठास मिल रही थी। रवि के बारे में सोचते हुए दिल प्यार से धड़क उठा था। उसने तो रवि के बारे में कभी सोचा भी नहीं था कि वह उसे कभी प्यार कर सकती है। यह प्यार कितनी विचित्र वस्तु है जो बिना अधिकार ही किसी के प्रति दिल में समा जाता है। नीलिमा को अपनी बहन पूर्णिमा का प्यार भी याद आ गया परन्तु उसका दिल अपनी बहन का परिणाम याद करके इस बार जरा भी नहीं कांपा। उसके तथा पूर्णिमा के प्यार में धरती-आकाश का अन्तर है। पूर्णिमा ने एक आवारा लड़के के प्यार में अन्धी होकर अपना जीवन नष्ट किया है परन्तु वह ऐसा कभी नहीं करूंगी। रवि एक अच्छा तथा शरीफ इन्सान है। उसके प्यार में स्वार्थ नहीं। वह स्वयं भी उसे गलत पग उठाने की आज्ञा नहीं देगा। उसकी प्रसन्नता को अपनी प्रसन्नता समझेगा। ऐसा नहीं होता तो वह अपने दिल का भेद दिल में छिपाकर खामोशी से प्यार की आग में सुलगता नहीं रहता।

दूसरे ही दिन कालेज के सभी विद्यार्थियों को ज्ञात हो गया कि रवि ने इस वर्ष फिर क्रिकेट में कालेज का नाम ऊंचा करने की ठान ली है। रूबी ने अकेले में रवि को विशेष तौर पर बधाई दी...नीलिमा तथा उसके मध्य खाई-सी दूर हटने के लिए - और साथ ही प्यार का एक नया फूल खिलने के लिए भी। रवि अपनी प्रसन्नता में सारे संसार को सम्मिलित कर लेना चाहता

था परन्तु इससे नीलिमा की बदनामी होती। पता नहीं नीलिमा इस बात को पसन्द करती या नहीं? कालेज में लड़के या लड़कियों में रोमांस तो चलता ही रहता है परन्तु उसके तथा नीलिमा के प्यार का भेद अपने आप ही खुले तो अच्छा होगा।

दिन बीतने लगे। इसी बीच नीलिमा जब भी रवि के सामने पड़ी, नीलिमा के होठों पर फूलों के समान मुस्कान लहरा गई। परंतु अपने दिल का हाल रवि के सामने खुलने के पश्चात नीलिमा लाज के कारण उससे खुलकर बातें नहीं कर सकी जबकि वह स्वयं भी रवि के दिल की धड़कनों से परिचित थी। तब रवि उसकी इस मीठी मुस्कान को अपने दिल में सुरक्षित कर लेने के लिए उसका रास्ता रोक लेना चाहता। परन्तु वह ऐसा नहीं करता। नीलिमा के साथ उसकी सहेलियां भी होती। उनके सामने बात करके वह उसे लज्जित नहीं करना चाहता था।

परन्तु एक दिन नीलिमा अकेली जा रही थी तो रवि ने उसका रास्ता रोक ही लिया। नीलिमा घबराई हिरनी के समान इधर-उधर देखने लगी। उसके कपोल शर्म से गुलाबी हो गए। वह वहां से भाग जाना चाहती थी। परन्तु ऐसा लगा मानो पग धरती से चिपक गए हैं।

'कैसी हैं आप?' रवि मानो कुछ और पूछना चाहता था, परन्तु होंठों से यही वाक्य निकल गया।

'अच्छी हूं।' नीलिमा उससे एक पल से अधिक दृष्टि नहीं मिला सकी तो लाजवन्ती की मूर्ति बनते हुए उत्तर दिया, बहुत मद्धिम स्वर में।

'अब तो आप मुझसे नाराज नहीं हैं?' रवि ने हल्के से मुस्कराकर पूछा।

नीलिमा ने एक पल फिर दृष्टि मिलाने के बाद पलकें झुका लीं और एक बहुत ही मीठा मुस्कान के साथ नहीं के संकेत पर सिर हिला दिया।

खामोशी...परन्तु मिठास में डूबी हुई, इस प्रकार मानो वातावरण में फूलों की सुगंध सम्मिलित थी। नीलिमा स्वयं एक फूल ही तो थी। फिर वातावरण क्यों नहीं सुगंधित होता? दिल एक-दूसरे के लिए धड़क रहे थे। कुछ कहना चाहते थे, परन्तु शब्द नहीं मिल सके। खामोशी ही एक जबान बन गई थी। रवि को स्वयं आश्चर्य हो रहा था कि नीलिमा से बातें करने के लिए उसे विषय क्यों नहीं मिल रहा है?

परन्तु यह खामोशी उस दिन टूट गई जब शहर के महा विद्यालयों का क्रिकेट टूर्नामेंट आरंभ हुआ। पहला मैच संत अंडूज कालेज के मैदान में ही हुआ...जय सिंह डिग्री के विरुद्ध। उस दिन कॉलेज की छुट्टी थी इसलिए मैच देखने के लिए नीलिमा रूबी के कॉलेज के मैदान पहुंच गयी। वहां लड़कियों के मध्य बैठते हुये पता चाल कि विपक्षी टीम में इस वर्ष प्रांत के दो सबसे गेंदबाज खेल रहे हैं। यदि जयसिंह डिग्री कॉलेज से मुकाबला जीत लिया तो शहर का कोई भी कॉलेज संत अंडूज कॉलेज को पराजित नहीं कर सकेगा।

खेल के बारे में कुछ न जानने के पश्चात नीलिमा का दिल धड़क उठा। वह मन ही मन रवि की सफलता की प्रार्थना करने लगी। टास में बैटिंग जयसिंह कालेज के भाग में आई। खेल

मुकाबले का था, परन्तु रवि 'आलराउण्डर' था। उसने दो ही घंटे में जयसिंह कालेज के खिलाड़ियों को कभी तेज गेंद फेंककर तो कभी बाल 'स्पिन' करके पचासी पर रन आउट कर दिया तो संत अंड्रूज कालेज को खेल जीतने की आशा दिखाई देने लगी। रवि के हाथ सात विकेट लगे। उसकी तेज बाल पर तो स्टम्स उखड़कर दूर-दूर छिटक जाते थे। तब संत अंड्रूज के विद्यार्थी प्रसन्नता से उछलकर ताली बजाते हुए ऐसा शोर करते कि पूरा मैदान गूंज जाता था। नीलिमा भी एक ओर रूबी के साथ बैठी जोश में आकर उछल जाती थी। खेल में उसकी रुचि इतनी अधिक बढ़ गई थी मानो विपक्षी टीम के आउट होने की सबसे अधिक प्रसन्नता उसे ही हो रही हो।

फिर लन्च के लिए सब खिलाड़ी पैवेलियन की ओर आने लगे, रवि ने नीलिमा को लड़कियों के समूह में बैठे देखा तो मुस्करा दिया।

लन्च के बाद संत अंड्रूज कालेज की बैटिंग थी खेल आरंभ हुआ परन्तु संत अंड्रूज कालेज का खिलाड़ी एक भी रन नहीं बना सका। खेल के पहले ओवर की पाँचवी गेंद पर पहला विकेट जीरो पर गिरा। ऐसा लगता था मानो जयसिंह कालेज के खिलाड़ियों ने डटकर मुकाबला करने का प्रयत्न कर लिया था। एक खिलाड़ी के बाद रवि बल्ला लिए हुए 'पिच' की ओर जाने लगा तो कालेज के विद्यार्थियों ने तालियों से उसका स्वागत किया। रवि ने 'पिच' पर अपना स्थान लेते हुए अम्पायर से 'लेग' लिया। 'ग्लब्ज' पहना। सिर झुकाते हुए 'बैट' संभालकर गेंदबाज के हमले की प्रतीक्षा करने लगा, गेंदबाज की यह अन्तिम गेंद थी।

गेन्द आई, बहुत तेजी के साथ, परन्तु रवि ने बहुत संभलकर इसे रोक लिया। इसके बाद 'पिच' के दूसरे किनारे से बैटिंग आरंभ हुई। रवि के साथी ने खेलना आरंभ किया। उसके साथी ने पांच गेंद बहुत संभलकर रोकी। परन्तु छटवी गेंद पर वह 'कैच आउट' हो गया। रन एक भी नहीं बना और दो खिलाड़ी आउट! संत अंड्रूज कालेज के विद्यार्थियों के मध्य सन्नाटा छा गया। नीलिमा का दिल भी डूबने लगा। जयसिंह कॉलेज को जीत की पूरी आशा हो गई।

'ओवर' समाप्त हो चुका था, अब रवि को 'बैटिंग' करना था। उसने अपना स्थान लेकर पूरे मैदान लेकर पूरे मैदान का निरीक्षण किया। फिर बल्ला संभालकर आक्रमण के लिए तैयार हो गया।

गेंदबाजी ने एक लम्बी दौड़ के साथ गेंद फेंकी। दर्शकों की सांस जहां-तहां अटक गई। परन्तु रवि संभलकर खेला। उसने इस गेंद को खेलते हुए बहुत सावधानी से बल्ला घुमाया। गेंद बिना किसी रोक टोक के मैदान में लुढ़कती हुई 'बाउण्डरी' पार कर गई। चार रन! दर्शकों ने प्रसन्नता से शोर मचाते हुए खूब जोर की तालियां बजायीं। गेंदबाज के पास गेंद फिर वापस आ गई। उसने इसे अपने कूल्हे पर रगड़ते हुए चलकर अपनी दौड़ का फासला पूरा किया। फिर वह 'पिच' की ओर पलटा। वह दौड़ा, बहुत तेज। गेंद शार्ट पिच पर गिरी। रवि ने लाभ उठा एक भरपूर बल्ला मारा। गेंद फिर 'बाउण्डरी पार कर गई। संत अंड्रूज कालेज के विद्यार्थी शोर

मचाकर तथा तालियां बजाकर रवि का उत्साह बढ़ाने लगे। अब इस कॉलेज की इज्जत केवल रवि के हाथों में ही थी।

इसके बाद रवि खूब जमकर खेला। डेढ़ घण्टे बाद सन्त अंड्रूज कालेज का स्कोर केवल पचास रन था और उसके सात खिलाड़ी आउट हो चुके थे। परन्तु रवि अभी तक खेल में जमा हुआ था। इन पचास रनों में उसका अकेले का 'स्कोर' अड़तीस था। इस प्रकार रवि ने नवें खिलाड़ी के आउट होते-होते अपनी 'टीम' का 'स्कोर' तिरासी रन खींचा तो सन्त अन्ड्रूज के विद्यार्थियों के दिल धक-धक करने लगे।

इस खेल का अन्त जाने क्या हो? कुछ कहा नहीं जा सकता था क्योंकि विपक्षी दल के खिलाड़ियों ने 'फील्डिंग' और कड़ी कर दी थी। वे किसी भी अवस्था में इस खेल को हारने को तैयार नहीं थे। इस 'ओवर' में गेंदबाज को यह अन्तिम गेंद फेंकना था जिसे रवि को खेलना था। यदि रवि 'रन' नहीं बना सका तो अगली 'ओवर' में उसके साथी को दूसरा गेंदबाज 'आउट' कर सकता था। इस समय स्थिति मरने या मारने वाली थी। इसलिए रवि भी मरने-मारने पर तुल गया। गेंद आई - गुड लेन्थ - परन्तु रवि का बल्ला इस सुन्दर बाल पर बहुत तेजी के साथ सीधा चल गया, गेंद की गति तेज थी - गेंद पर बल्ले की चोट भी भरपूर लगी। गेंद हवा में ऊंची उड़ती हुई बाउण्डरी के बाहर जा गिरी - छक्का! संत अंड्रूज कालेज की जीत हो गई - चार रन तथा एक विकट से। दर्शक मैदान में शोर मचाते हुए दौड़ पड़े। रवि को खुशी से बेकाबू होकर उसके साथियों ने कन्धों पर उठा लिया। इस जीत की सबसे अधिक प्रसन्नता नीलिमा को हुई। यह मानो कालेज की नहीं उसकी अपनी जीत थी। वह दौड़कर रवि को बधाई देना चाहती थी। परन्तु वह ऐसा नहीं कर सकी। छात्रों ने रवि को घेर रखा था। उसने तय कर लिया वह रवि को कल अकेले में बधाई देगी।

दो

वह दूसरे दिन की बात है जब नीलिमा तीसरा पीरियड खाली था। अध्यापक के न आने के कारण रवि को भी यह पीरियड खाली मिल गया। क्रिकेट का मौसम, जाड़े का दिन लॉन में धूप का आनंद लेते हुए वह अपने मित्रों के साथ खड़ा बातें कर रहा था। बातों का विषय पिछला क्रिकेट मैच ही था। तभी उधर से नीलिमा का भी जाना हुआ। रूबी उसके साथ थी। नीलिमा ने रवि को देखा तो उसके बढ़ते पग अपने आप ही धीमे पड़ गए।

'क्या हुआ?' रूबी ने नीलिमा को देखा तो आश्चर्य से पूछा।

'ऊं?' नीलिमा मानो स्वयं चौंकी। उसने रवि को देखा। रवि ने अब तक उसे नहीं देखा था। वह बोली, 'कुछ नहीं। बस यूं ही जरा रुक गई थी।' वह मानो चलने को तैयार हुई परन्तु आगे नहीं बढ़ी।

27

रूबी ने रवि को देखा तो बात की गहराई समझते हुए हल्के से मुस्कुरा दी। बोली -' कुछ नहीं क्यों? बात तो बहुत कुछ जान पड़ती हैं कल के खेल पर तूने रवि को बधाई दी या नहीं?'

'अवसर ही नहीं मिला।' नीलिमा ने अपनी विवशता प्रकट की।

'अवसर मैं अभी निकालती हूं।' रूबी ने कहा और फिर नीलिमा को कुछ कहने का अवसर दिए बिना ही वह वहीं से तुरंत रवि की ओर पुकार, 'रवि?'

'अरे-अरे!' नीलिमा ने रूबी को तुरंत मना करना चाहा। रूबी से उसे ऐसी आशा जरा भी नहीं थी। उसने कहा, 'यह तू क्या कर रही है?'

रवि रूबी का स्वर सुन चुका था। उसने रूबी के साथ नीलिमा को देखकर तो उसके मुखड़े की रौनक बढ़ गई। अपने मित्रों को छोड़कर वह नीलिमा तथा रूबी की ओर बढ़ गया।

रवि को आता देखकर नीलिमा बौखला गई। परन्तु जब रवि सामने आकर खड़ा हो गया तो उसे अपनी स्थिति संभालनी ही पड़ी। रवि को देखकर वह कुछ शरमाती हुई मुस्कुरा दी।

'आपने मुझे याद किया?' रवि ने मुस्कुराकर पूछा, 'रूबी से...परन्तु उसका इशारा नीलिमा की ओर था।

'मैंने नहीं....इसने।' रूबी ने नीलिमा की ओर इशारा किया, बोली -'अच्छा मैं चाहती हूं तुम दोनों बातें करो।'

'रूबी।' नीलिमा ने लजाकर तुरंत रूबी का हाथ पकड़ लिया और उसे रोकना चाहा।

'पागल हो गई हो क्या?' रूबी ने हाथ छुड़ाते हुए बहाना बनाकर कहा, 'अगले पीरियड के लिए मुझे लाइब्रेरी से कुछ नोट्स लेने है। तू बातें कर, मैं चलती हूं।'

नीलिमा ने रूबी का हाथ छोड़ दिया। नहीं छोड़ती तो विद्यार्थी देखकर जाने क्या सोचते? रूबी चली गई तो नीलिमा ने एक बार रवि को आंखों में झांक। फिर सिर नीचा कर लिया। समझ में नहीं आया कि कैसे बात करे या बधाई दे।

रवि ने नीलिमा की मजबूरी समझी तो फिर मुस्करा दिया बोला - 'आपको कल का खेल पसन्द आया?'

'बहुत।' नीलिमा को बातें करने का सहारा मिला।

'मेरा दिल रखने के लिए या...'

'मुझे वास्तव में कल का खेल पसन्द आया।' नीलिमा ने कहा - 'मुझे नहीं ज्ञात था कि क्रिकेट इतना दिलचस्प खेल होता है।'

'अजी साहब, यदि यह खेल इतना दिलचस्प नहीं होता तो लोग क्यों टेस्ट मैच पांच-पांच दिन देखकर अपना समय नष्ट करते?'

'आपने तो कल कमाल ही कर दिया।' नीलिमा ने उसकी प्रशंसा की बोली - 'मेरी ओर से बधाई स्वीकार की।'

'दीजिए।' रवि ने शरारत कीजिए।

'क्या?'

'बधाई।' रवि होंठ दबाकर मुकराया।

'जी!' नीलिमा कुछ समझी नहीं।

'आप क्या समझती हैं कि आपकी बधाई मैं यूं खाली-खाली स्वीकार कर लूंगा। बधाई के लिए तो आपको...ऊं...ऊं...' रवि ने शराफत से एक अंगुली अपने कपोल पर फेरते हुए इधर-उधर देखा। फिर बोला - 'बधाई स्वीकार करने के लिए यह जगह ठीक नहीं है। क्यों न बधाई के लिए हम कल कहीं और चलें। कल रविवार भी है।'

'कहीं और चलें?' नीलिमा अब भी कुछ नहीं समझी, 'परंतु यहां बधाई स्वीकार करने में क्या हर्ज है?'

'मुझे कोई हर्ज नहीं। मैं तो सारे संसार के सामने बधाई स्वीकार कर लूंगा। परन्तु आप यह बधाई नहीं दे सकेंगी।' रवि ने भेद भरे ढंग से मुस्कराकर कहा।

नीलिमा ने बात की गहराई समझी तो उसका मुखड़ा शर्म से गुलाबी हो गया। वह रवि से आंखें भी नहीं मिला सकी। उसने अपने-आप पर काबू करते हुए वहां से भाग जाना चाहा - वह चलते को तैयार भी हुई परन्तु दो पग बढ़कर उसे रुक जाना पड़ा।

'नीलू...' रवि कह रहा था।

'नीलू!' इस नाम से कितना प्यार था - कितना अपनापन था। उसने पलटकर रवि को देखा।

'कल दिन के ग्यारह बजे म्यूजियम के गेट पर मैं तुम्हारी प्रतीक्षा करूंगा।' रवि ने वहीं खड़े-खड़े कहा।

नीलिमा ने कोई उत्तर नहीं दिया। केवल हल्के से मुस्करा दी, रवि को उसका उत्तर मिल गया, नीलिमा तेज पगों से अपनी कक्षा की ओर बढ़ गई, दिल एक मिठास लिए बहुत तेजी के साथ धड़क रहा था।

उस रात नीलिमा अपने घर पर जब किताब लेकर पढ़ने बैठी तो मन आज भी नहीं लग सका। रवि की चंचल बातें उसके कानों में गूंज रही थीं इसलिए उसने किताब रख दी तथा एक दर्पण उठाकर अपने होंठों को बहुत ध्यानपूर्वक देखने लगी। गुलाबी कलियों समान पतले-पतले होंठ - कुंवारे! किसी भंवरे ने इन्हें अब तक छूने का साहस नहीं किया था। वह किस प्रकार रवि को प्यार, करके बधाई देगी? नीलिमा शरम से स्वयं को सिमटकर आंखें बन्द कर लेती। आने वाली उस घड़ी के विचार से नीलिमा की सांसें तेज हो गयीं। होंठ भीग गए। न बाबा न - वह ऐसा काम नहीं करेगी कल वह म्यूजियम न जाएगी। सोमवार को कालेज में रवि से मिलकर म्यूजियम पर न आ सकने का बहाना बना देगी। एकान्त में वह रवि से कभी-भी नहीं मिलेगी। नीलिमा ने मन-ही मन ऐसी प्रतिज्ञा कर ली।

वह अपने इस इरादे पर दूसरी सुबह तक अटल रही। परन्तु जब धीरे-धीरे घड़ी की छोटी सुई ग्यारह की ओर सरकने लगी तो नीलिमा का ऐसा लगा मानो रवि अपने प्यार की डोर द्वारा उसका दिल अपनी ओर खींच रहा है, दिल के अन्दर बेचैनी बढ़ने लगी। अपने आपको काबू में करने के लिए उसने घर का अनावश्यक काम-काज भी करना आरंभ कर दिया, मन तब भी नहीं माना। मस्तिष्क रवि की ओर ही लगा रहा। और जब घड़ी की छोटी सुई ग्यारह के बहुत समीप चली आई तो उसका दिल रवि से मिलने के लिए तड़पने लगा। रवि उसकी प्रतीक्षा कर रहा है; यदि उसने कल ही रवि से अपने न आ सकने का बहाना बना दिया होता तो बात अलग थी परन्तु इस समय तो उसे हर अवस्था में उससे मिलने जाना ही चाहिए। उसने सोच लिया, वह म्यूजियम के गेट पर ही रवि से मिलकर वापस चली आएगी। कहीं और न जाने का बहाना बना देगी। उसने अपने आपको संवारा। वही साधारण बनाव श्रृंगार - फिर भी अत्याधिक आकर्षण, सादगी में लटों को खींचकर बनाया हुआ एक जूड़ा। मुखड़े पर अधिक पाउडर न होंठों पर कोई सुर्खी। साड़ी भी उसने बहुत साधारण पहनी, ठन्ड के दिन थे इसलिए कन्धों पर एक सादा शाल भी डाल लिया। वह मानो अपने प्रीतम से मिलने नहीं, कालेज पढ़ाई करने जा रही थी।

वह म्यूजियम के गेट पर पहुंची। इधर-उधर देखा परन्तु रवि कहीं भी दिखाई नहीं पड़ा। रवि मिल जाता तो वह उससे बहाना बनाकर अपने घर वापस चली जाती। रवि नहीं मिला तो उसका दिल उसके लिए तड़पने लगा।

सहसा समीप ही कार का हार्न बजा - कुछ अधिक ही तेज स्वर के साथ, नीलिमा के ठीक पीछे। क्रोध में पलटकर उसने पीछे कार चालक को घूरा, परन्तु तभी चौंक गई। कार के अन्दर स्टीयरिंग पर रवि बैठा हुआ था।

'तुम!' नीलिमा ने रवि के समीप पहुंचकर कहना चाहा - कार भी खिड़की पर झुकते हुए - मुस्कराकर, परन्तु फिर जबान से निकले शब्द पर वह संभल गई। बोली - 'मेरा मतलब आप - आप इस कार में।'

'आप नहीं तुम।' रवि ने उसका सुधार किया। बोला - 'जो प्यार तुम में है वह आप में नहीं और प्यार की पुकार दिल की गहराई से उठती है जैसे अभी-अभी तुम्हारे होंठों द्वारा दिल पुकार उठा था। आओ बैठो।' रवि ने अपनी दूसरी ओर का दरवाजा खोला।

नीलिमा ने जाने से इनकार करना चाहा - न जाने का का कोई बहाना बना दे, परन्तु दिल साथ नहीं दे सका। उसका मन स्वयं रवि के साथ समय बिताने के लिए मचल उठा। उसने इधर-उधर देखा फिर कार के अन्दर बैठकर दरवाजा बन्द कर लिया। रवि ने कार स्टार्ट करके आगे बढ़ा दी।

'किसकी कार है यह?' नीलिमा ने पूछा।

'मेरे एक दूर के रिश्तेदार है इसी शहर में रहते हैं। रविवार को मैं कभी-कभी उन्हीं के यहां दिन बताने चला जाता हूं। यहां उनका एक जवान बेटा है मेरी ही आयु का, एक लड़की भी है। मुझे भैया कहकर पुकारती है। उन्हीं की यह कार है। अरे हां - 'रवि को अचानक कुछ याद आ गया। बोला - 'तुमसे उन दोनों की भेंट कराना बहुत आवश्यक है।'

'मुझसे? क्यों?' नीलिमा कुछ समझी नहीं।

'अरे भाई - 'रवि ने एक मोड़ पर स्टीयरिंग काटते हुए कहा -'हमारे प्यार के मिलन मैं उन लोगों का भी तो कुछ हाथ है।'

'वह कैसे?' नीलिमा को बड़ा आश्चर्य हुआ।

'प्रिंसिपल के पास जो हमारे तुम्हारे नाम पत्र जमा हैं, वह उन्हीं दोनों से तो मैंने लिखवाए थे।'

'ओह।' नीलिमा चहककर हंस पड़ी। कार के अन्दर का वातावरण घुंघरू में थिरक गया।

कार सड़कों पर चलते-फिरते यात्रियों से कतराती हुई आगे बढ़ रही थी। मोड़ के बाद मोड़ .... आड़े तिरछे रास्ते। नीलिमा खामोश बैठ रही। रवि भी यात्रियों की भीड़ से कार निकालने में व्यस्त रहा, फिर जब कार खुली तथा चौड़ी सड़क पर आ गई तो रवि ने कार को गति में लाकर छोड़ दिया।

'हम कहां जा रहे हैं?' नीलिमा ने पूछा।

'यहां से तीस मील दूर एक बहुत सुन्दर पिकनिक स्पॉट है, वहीं चल रहे हैं।'

'तीस मील।' नीलिमा एक गहरी सांस लेकर चौंकी। बोली - 'तब तो हमें बहुत देर हो जाएगी।'

'तो क्या हुआ?'

'लेकिन मैं अपने घर पर क्या जवाब दूंगी।' नीलिमा चिंतित हुई। बोली, 'रवि, आज नहीं, हम किसी और दिन चल सकते हैं।'

'नीलू...प्लीज...' रवि ने नीलिमा की बात काटते हुए बहुत प्यार से उसके हाथ पर अपना एक हाथ रख दिया।

उस दिन रवि नीलिमा को पिकनिक पर नहीं ले गया। उसके दिल में नीलिमा की बात बैठ गई थी, नीलिमा उसके समान स्वतन्त्र नहीं है। वह एक लड़की है। अपने माता-पिता के प्रति उसकी जिम्मेदारियां हैं। यद्यपि नीलिमा ने उसके प्यार के कारण उसकी बात रख ली थी तथा पहले से कोई प्रोग्राम न होते हुए भी उसके लिए पिकनिक पर जाने को तैयार हो गई थी परन्तु रवि ने इसे उचित नहीं समझा। वह उसे पिकनिक पर ले जाता तो निश्चय ही शाम हो जाती। वह दो धड़कते दिल प्यार की बातें करने बैठते तो समय का पता नहीं चलता। इसलिए वह नीलिमा के साथ ड्राइविंग पर निकल गया और नीलिमा उसके कंधे पर सिर रखे उसी प्रकार सपनों के संसार में खोई रही और तेजी के साथ पीछे भागती धरती को विण्डस्क्रीन द्वारा देखती

रही जो उसके बचपन के समान उसके जीवन से दूर बिछुड़ गया था। - कितनी जल्द! अब वह जवान हो चुकी है। उसे प्यार करने का अधिकार है...और वह प्यार कर रही है, जिससे उसके दिल को प्यार हो गया है। इस प्यार को सार्थक बनाने के लिए वह अपने जीवन की अन्तिम सांस भी बलि चढ़ा देगी।

उसने महसूस किया कि इस संसार में वास्तव में प्यार से बढ़कर कोई वस्तु नहीं है। उसने यह भी महसूस किया ऐसी प्यार में दीवानगी छा जाना कोई बड़ी बात नहीं है और रवि के प्यार में खोकर दीवानी बन चुकी थी। रवि की कुछ ही समय की संगति ने उसे ऐसा बना दिया था। सहसा उसे अपनी बहन याद आ गई...पूर्णिमा भी तो प्यार में दीवानी बन गई थी। इसी कारण तो उसने अपना घर छोड़ा था। परन्तु नहीं...वह पूर्णिमा का बचपना था...मूर्खता थी। नीलिमा ने मानो अपने आपको संतोष दिया और संतोष देने वाली यह बात थी थी। पूर्णिमा ने ऐसे नवयुवक से प्रेम किया था जो आवारा था परन्तु रवि ऐसा कभी नहीं हो सकता। पूर्णिमा अपने प्रेम के साथ घर छोड़कर भाग गई थी परन्तु वह अपने जीवन काल में कभी ऐसा नहीं कर सकती थी। रवि उसके माता-पिता से मिलकर उसका हाथ मांगेगा और वह उसके हाथों में अपनी बेटी सौंपते हुए गर्व का आभास करेंगे। अपने प्यार का विश्वास करने के लिए नीलिमा का ऐसी बातें सोचना स्वाभाविक था।

रवि ने नीलिमा को काफी समय तक खामोश देखा तो पूछा, 'क्या सोच रही हो?'

'ऊं...?' नीलिमा सपनों में जागी। बोली - 'कुछ भी नहीं।'

कुछ तो अवश्य ही सोच रही हो।'

'तुम्हीं बता दो क्या सोच रही हूं?' नीलिमा ने अपनी स्थिति संभाली, वह रवि को ऐसे अवसर पर अपनी बहन के बारे में कुछ भी नहीं बताना चाहती थी। रवि जाने क्या सोचता। अवसर आने पर वह उसे सब कुछ बता देगी। आखिर एक दिन तो उसे सब कुछ बताना ही है। उसमें तथा रवि में अब भेद ही कैसा?'

'बता दूं?'

'हां-हां' नीलिमा सारी उलझनें छोड़कर फिर रवि के प्यार में खोई गई।

'तुम सोच रही हो कि कल तक हम एक-दूसरे को जानते भी नहीं थे और आज कितना समीप हैं। कल और भी समीप हो जाएंगे, क्यों ठीक है ना?'

नीलिमा एक मुस्कान के साथ रवि की छाती से लिपट गई।

रवि जब नीलिमा को लिए शहर की ओर वापस लौटने लगा तो नीलिमा ने पूछा - 'तुम तो पिकनिक जाने वाले थे?'

'हां परन्तु आज नहीं जब तुम फुर्सत से होगी। आज तुम्हारे माता-पिता को चिन्तित होने का अवसर क्यों दिया जाए?

नीलिमा का दिल प्रसन्नता से खिल गया। रवि को उसका कितना ख्याल है। उसने रवि की हथेली अपने होंठों पर रख ली और उसे चूम लिया।

उस दिन के नीलिमा तथा रवि प्रतिदिन ही मिलते - छुट्टियों में कालेज के बाहर तथा पढ़ाई के दिनों में कालेज के अंदर लाइब्रेरी में या लाइब्रेरी के पीछे वाले लॉन में। एक बार जब दोनों पार्क के एकान्त में एक-दूसरे के समीप लॉन में नीचे बैठे हुए थे तो रवि ने उसे बताया - 'जानती हो नीलू, जब मेरी तुमसे भेंट नहीं हुई थी तो मैंने अपने जीवन का क्या उद्देश्य बनाया था?'

'क्या?' नीलिमा ने उसकी एक हथेली को अपनी दोनों हथेलियों के मध्य दबाते हुए पूछा।

'यही, कि मैं एक बहुत बड़ा क्रिकेट प्लेयर बनूंगा चाहे मुझे सारे-सारे दिन ही क्यों न मेहनत करनी पड़े।'

'मैं तुम्हारे उद्देश्य के रास्ते पर दीवार तो नहीं हूं ना?' नीलिमा ने मजाक से पूछा।

'ओ नीलू...' रवि ने चौंककर कहा, 'तुम कैसी बातें करती हो? नीलू, जब तुमने मुझे पहली बार ठुकरा दिया था तब तुम अवश्य मेरे उद्देश्य के रास्ते में दीवार बन गई थी परन्तु अब तो तुम मेरे इरादों का सहारा हो - मेरी मंजिल का रास्ता हो।' रवि ने उसका हाथ चूम लिया।

'मेरी शुभकामनाएं तुम्हारे साथ हैं। तुम अवश्य एक दिन बहुत बड़े क्रिकेट प्लेयर बनोगे' नीलिमा ने कहा। उसे रवि से प्यार था। रवि की प्रसन्नता उसकी अपनी प्रसन्नता थी। इसके अतिरिक्त उसे क्रिकेट से उतनी ही रुचि हो गई थी जितनी किसी ओर को हो सकती थी। यह रवि के प्यार के कारण था या क्रिकेट के रुचिकर खेल के कारण वह स्वयं नहीं जानती।

नीलिमा को उसके जीवन की सबसे बड़ी प्रसन्नता मिल चुकी थी। रवि के लिए भी नीलिमा ही उसकी प्रसन्नता थी। प्यार की पेंग बढ़ाते हुए वे इस संसार की चिन्ताओं से बहुत दूर निकल जाना चाहते थे। रवि नीलिमा को अधिक देर अपने साथ नहीं रखता। वह उसकी विवशता समझता था, नीलिमा को वह शाम ढलने से पहले ही छोड़ देता था। नीलिमा ने अभी तक अपने तथा रवि के बारे में अपने माता-पिता को कुछ भी नहीं बताया था। बताने का साहस ही नहीं कर सकी। पूर्णिमा के भाग जाने के कारण उसके माता-पिता का घाव अभी ताजा था। पूर्णिमा का गम नीलिमा को भी था इसलिए वह किस प्रकार अपने माता-पिता के आंसुओं को देखते हुए अपने दिल की प्रसन्नता प्रकट करती? क्या माता-पिता यह नहीं समझने लगे कि बड़ी बहन अपनी छोटी बहन को इतनी जल्दी भूल गई? एक दिन जब अवसर आएगा तो वह स्वयं ही रवि से उनकी भेंट करा देगी।

कालेज में सभी जान गए थे कि नीलिमा तथा रवि एक-दूसरे को चाहते हैं - प्यार करते हैं। शिक्षा समाप्त होते ही वह दोनों निश्चय ही विवाह सूत्र में बंध जाएंगे।इसलिए इनके मिलने पर किसी को कोई आपत्ति भी नहीं थी। कालेज में प्यार करने वाले जोड़ों की कमी नहीं थी। बीच-

बीच में क्रिकेट मैच चलते रहे। रवि का कोई खेल सन्त अन्ड्रूज के मैदान में होता तो नीलिमा उसका खेल अवश्य देखने जाती। नीलिमा को देखकर रवि को बहुत सहारा मिलता। खेलने का जोश बढ़ जाता।

रवि का चुनाव विश्वविद्यालय की ओर से इन्टरयूनिवर्सिटी क्रिकेट टूर्नामेंट खेलने के लिए भी हो चुका था। प्रान्तीय टीम में भी उसे एक महत्त्वपूर्ण स्थान मिला। इस कारण उसे अपने शहर से भी बाहर खेलने के जाना आवश्यक हो गया। पहली बार जब उसे क्रिकेट खेलने के लिए बाहर जाने का अवसर मिला और उसने यह बात नीलिमा को बताई तो नीलिमा के दिल में एक टीस-सी उठ गई। क्या प्यार में बिछुड़ने का एहसास ही बहुत दर्दनाक है? यदि हां, तो फिर बिछुड़ने के बाद दिल पर क्या बीतती है? नीलिमा अनुमान लगाकर कांप गई थी। मुस्कराती आंखें उदास हो गयीं। तब वे दोनों लॉन में पेड़ की आड़ लिए नीचे बैठे हुए थे। रवि ने उसे समझाया, 'नीलू, जीवन में बहुत से उतार-चढ़ाव आते हैं। प्यार करने वालों के रास्ते में अनेक रुकावटें आती हैं। परन्तु हम कितने भाग्यवान है कि हमारे प्यार के रास्ते में कोई रुकावट नहीं। केवल कुछेक दिनों की ही दूरी है। इसके बाद फिर हम एक हो जाएंगे। है ना!'

नीलिमा ने होंठों से कुछ नहीं कहा। पलकें झुकाए केवल सिर हिलाकर हां कह दी।

'तो फिर इसमें उदास होने की क्या बात है?' रवि ने अपनी अंगुलियों द्वारा नीलिमा की ठुड्डी पर हाथ रखकर उसका झुका मुखड़ा ऊपर उठाया। परन्तु तभी वह चौंक गया। नीलिमा की आंखों में आंसू थे। 'नीलू! अगर तुम चाहती हो तो लो, वास्तव में मैं क्रिकेट खेलने कहीं भी बाहर नहीं जाऊंगा।'

'नहीं-नहीं रवि-' नीलिमा ने तुरंत अपने आंसू पोंछते हुए कहा, 'तुम क्रिकेट खेलने जाओ - अवश्य। मैं भी यही चाहती हूं कि तुम भारत के एक महान खिलाड़ी बनो ताकि मैं गर्व से कह सकूं कि...कि...'

'कि तुम उस पुरुष की पत्नी बनी जो भारत का सबसे अच्छा खिलाड़ी है।' रवि ने उसके मन की बात पकड़ ली।

नीलिमा लजाती-मुस्कराती रवि की छाती में समा गई।

उस शाम जब नीलिमा रवि को स्टेशन पर छोड़ने गई तो बड़ी कठिनाई से अपने आप पर काबू कर सकी। रवि को वह मुस्कुराता हुआ विदा करना चाहती थी ताकि उससे बिछुड़ने के बाद भी उसका मन खेल में लग सके। परंतु जब रवि ट्रेन में बैठकर उसे हाथ हिलाता प्लेटफार्म पर दृष्टि से ओझल हो गया तो नीलिमा अपने आप पर काबू नहीं कर सकी 'वह आंसू बहाती हुई रो पड़ी।

दूसरे दिन वह कॉलेज नहीं जाना चाहती थी, परन्तु चली गई। शायद कालेज की चहल-पहल में उसका मन लग जाए। रवि के चले जाने से कालेज की चहल-पहल में कोई अन्तर नहीं आया था, परन्तु नीलिमा को ऐसा लगा मानो कालेज भी सूना-सूना है। वह कक्षा में बैठी

तो शिक्षा से मन दूर था। रूबी उसकी उदासी देखते ही सारी बातें समझ गई। कक्षा समाप्त हो गई तो उसने उसे दबे स्वर में छेड़ा। बोली, 'मालूम पड़ता है बेचारी का दिल रवि पार्सल बनाकर अपने साथ ले गया है।'

नीलिमा ने रूबी को घूरकर देखा।

'अरे पागल, प्यार में इस प्रकार खोई रहेगी तो पढ़ाई क्या खाक करेगी?' रूबी ने उसे प्यार से डांटा।

नीलिमा की पलकों पर आंसुओं की दो नन्हीं-नन्हीं बूंदें आ गई। उसने अपना सिर झुका लिया।

'देख नीलू...' रूबी ने उसे समझाया, 'केवल प्यार के सहारे ही जीवन नहीं व्यतीत होता। प्यार को सार्थक बनाने की लिए जीवन की अन्य आवश्यकताएं भी पूरी करनी पड़ती है। तेरे लिए इनमें से एक आवश्यक वस्तु शिक्षा है। पहले तू अपनी शिक्षा पूरी कर ले। कल किसने देखा है? जाने कब यह शिक्षा तेरे काम आ जाए। प्यार करने के लिए तो सारा जीवन पड़ा है।'

नीलिमा को अपने 'कल' पर पूरा भरोसा था। उसका भविष्य सुरक्षित है। वह और रवि अंतिम सांसों तक एक-दूसरे को प्यार करते रहेंगे। उन्हें कभी भी कोई एक-दूसरे से अलग नहीं कर सकता। फिर भी उसे रूबी की बात पसंद आई। उसे अपनी शिक्षा अवश्य पूरी कर लेनी चाहिए। प्यार करने के लिए तो वास्तव में सारा जीवन पड़ा है और उस समय के बाद से नीलिमा ने अपने दिल को समझा बुझा कर पूरा ध्यान किताबों की ओर खींच लिया।

नीलिमा के पास रवि का पत्र आने लगा। उसका पत्र घर पर कोई नहीं छूता था क्योंकि उसकी सहेलियों के पत्र बराबर आते रहते थे। पूर्णिमा का कुछ पता चला कि नहीं? वह कहां है? कैसी है? उसकी सभी सहेलियों को उससे पूरी सहानुभूति थी। इसके अतिरिक्त माता-पिता को उस पर पूरा विश्वास था। नहीं तो तब भी शायद विश्वास करना आवश्यक बन जाता। अपनी छोटी लड़की पूर्णिमा पर कड़ी दृष्टि का फल वह भोग चुके थे। रवि का पत्र मिलता तो नीलिमा लिफाफा खोलने से पहले उसे चूम लेती। फिर एकांत में पढ़ती। रवि अपने पत्रों में उसे दिल की तड़प दिखाता तो नीलिमा उसकी छाती में सामने को स्वयं भी तड़प उठती। रवि को वह स्वयं भी पत्र लिखना चाहती थी, परन्तु रवि अपने हर पत्र में ही उसे उत्तर देने को मना कर देता था।उसके खेलों का कोई ठिकाना नहीं था - आज इस शहर में तो कल उस शहर में। नीलिमा समाचार पत्रों में रवि की प्रशंसा पढ़ती तो गर्व के साथ आकाश में झूला झूल जाती थी। यदि समाचार-पत्रों में रवि की तस्वीर छपती तो वह इसे चूम लेती। यद्यपि रवि की तस्वीरें उसके पास थीं फिर भी वह समाचार पत्रों से उसकी तस्वीरें काटकर रख लेती थी।

रवि के पास भी नीलिमा की तस्वीर थी - शीशे के फ्रेम में मढ़ी रंगीन तस्वीर - अत्यन्त सुन्दर, जैसे कोई गुड़िया हो। एक छोटी तस्वीर को देखता तो खो जाता। रात में पलंग पर लेटने के बाद सोने से पहले वह बहुत देर तक तस्वीर को देखता हुआ सोचता कि निश्चय ही नीलू भी

इस समय उसकी तस्वीर को देख रही होगी -साथ ही उसकी सफलता की प्रार्थना भी कर रही होगी। आंखें बंद करके सोने से पहले वह नीलिमा का स्वप्न देखने की आशा में उसकी तस्वीर को चूम लेता था। नीलिमा से बिछुड़ने के बाद उसे पहली बार पता चला था कि प्यार में कितनी तड़प होती है - मीठी-मीठी तड़प - मीठा-मीठा दर्द।

रवि काफी दिनों बाद लौटा। एक सप्ताह बाद उसे फिर दूसरे शहर क्रिकेट का मैच खेलने जाना था। उसका आना अचानक ही हो गया था, कुछ इस प्रकार कि वह पत्र द्वारा नीलिमा से भेंट कर सकता था। हॉस्टल में जब वह सुबह नाश्ते के लिए छात्र भोजनालय में पहुंचा तो उसे छात्रों ने घेर लिया। उसके खेल के बारे में प्रश्नों की बौछार कर दी। कालेज पहुंचा तो वहां भी छात्रों ने उसका पीछा नहीं छोड़ा। ब्रेक हुआ तो वह नीलिमा की कक्षा की ओर बढ़ गया परन्तु वहां भी छात्रों ने उसे घेर लिया। नीलिमा से मिलने के लिए दिल बेचैन हुआ जा रहा था। प्यार की धड़कने यह जानने को अधीर थी कि नीलिमा ने इतने दिन किस प्रकार बिताए?

नीलिमा रूबी के साथ बाहर निकली, परन्तु तभी रवि को देखकर चौंक गई। दिल उछल गया। उदास मुख पर चमक उत्पन्न हो गई। रवि का मन चाहा कि वह नीलिमा के लिए अपनी बाहें फैला दे। नीलिमा का मन चाहा वह लपककर रवि की बांहों में समा जाए - छाती से लिपट जाए। परन्तु यह कालेज था। विद्यार्थी रवि को रोमियो या मजनूं तथा नीलिमा को जूलियट या लैला कहकर मजाक उड़ाने लगते। परिस्थिति को दृष्टि में रखते हुए दोनों ने ही सब्र कर लिया।

रूबी ने रवि को देखा तो वह चहक उठी - नीलिमा के लिए। नीलिमा के साथ वह तुरंत रवि की ओर बढ़ी तो रवि भी अपने मित्रों को छोड़कर उसकी ओर बढ़ आया।

'कब आए?' रूबी ने पूछा। नीलिमा भी यही पूछना चाहती थी।

'कल रात ही आया हूं।' रवि ने नीलिमा को देखते हुए उत्तर दिया।

'टूर कैसा रहा?' रूबी ने पूछा।

'बहुत सफल-' रवि ने उत्तर दिया, 'परन्तु एक सप्ताह बाद फिर जाना है।' रवि ने नीलिमा को देखा।

नीलिमा का खिला मुखड़ा फिर उदास हो गया। अभी तो आए ही हो। कोई बात भी नहीं हुई और जाने का नाम पहले ले लिया।

रूबी ने समय का अनुमान लगाया। ब्रेक थोड़े समय का है। नीलिमा तथा रवि जाने क्या बात करना चाहते हों? उसने कहा , मैं चल रही हूं। फिर मिलूंगी।' रूबी भेद भरी मुस्कान बिखेरकर चली गई।

नीलिमा तथा रवि ने मन-ही-मन रूबी को धन्यवाद कहा।

'कैसे हो?' नीलिमा ने बात आरंभ की।

'तड़प रहा हूं।' रवि ने हल्की मुस्कान के साथ कहा।

नीलिमा भी हल्के से मुस्करा दी। एक लड़की होकर वह अपने दिल की तड़प किस प्रकार होंठों से बताती।

परन्तु तभी रवि ने सामने से गेम्स सेक्रेटरी को आते देख लिया, उसे समझते देर नहीं लगी कि वह उससे ही मिलने आ रहे हैं। उसने तुरंत दबे शब्दों में नीलिमा से कहा, 'कल कालेज आने के बजाय सुबह दस बजे म्यूजियम के गेट पर मिलना और हां, घर पर कालेज से शाम को देर से भी लौटने का बहाना बना देना। हम पिकनिक पर चलेंगे।'

नीलिमा रवि की बात सुनकर हल्के-से मुस्करा दी। प्यार के पीछे माता-पिता को झूठ बोलना ही पड़ता है।

अगले दिन मौसम कुछ बदला-बदला था। फिर भी नीलिमा ने इसकी परवाह नहीं की। वह अपने प्रीतम से मिलने के लिए बेचैन थी। उसे मानो रवि से मिलने का अवसर एक युग बाद प्राप्त हुआ था। यही कारण था कि वह म्यूजियम समय से कुछ समय पहले ही पहुंचकर रवि का इन्तजार करने लगी। तभी रवि ने नीलिमा के पास कार रोकी। द्वार खोला तो नीलिमा साड़ी समेट कर उसके बगल में बैठ गई। कार के अंदर का वातावरण फूलों से सुगन्धित हो गया। रवि ने कार स्टार्ट कर दी। कार शहर के शोरगुल से बाहर निकली तो नीलिमा ने बहुत प्यार के साथ उसके कन्धे पर सिर रख दिया।

वह पिकनिक स्पॉट पहुंचे। रवि ने कार डाक बंगले के पास रोकी और कुछ आवश्यक वस्तुएं लीं। फिर डाक बंगले में लॉन से लेकर पानी की सतह तक बनी लम्बी सीढ़ियों द्वारा नीचे उतरा। नीलिमा तितली के समान सीढ़ियां फुदकती उसके साथ चल पड़ी। रवि ने पानी की सतह के समीप एक बड़े पत्थर की आड़ में स्थान चुना। चौकीदार द्वारा उसने वहीं दरी बिछाई। दरी पर एक किनारे सामान रखा। फिर चौकीदार से बोला, ''तुम जाओ। हमें आवश्यकता पड़ेगी तो हम तुम्हें बुला लेंगे।'

'जी साहब-' चौकीदार ने सलाम किया और चला गया।

चौकीदार पत्थरों की आड़ में जाकर गुम हो गया तो रवि ने बहुत बेचैनी के साथ नीलिमा के लिए अपना हाथ हवा में आगे फैला दिया। नीलिमा को भी मानो इसी की प्रतीक्षा थी। कितने दिनों बाद उसे रवि की बांहों में समाने का अवसर मिल रहा था। वह वहां के झोंके समान आगे बढ़ी और फूलों से लदी टहनी के समान रवि की बांहों में समा गई। रवि ने उसे सख्ती के साथ बांहों में लपेटकर छाती से लगा लिया और उसे चूम लिया - उसके होंठ - पलकें, मस्तक कनपटी, कपोल, ठुड्डी। नीलिमा को भी मानो इसी बात की आवश्यकता थी। रवि उसे खूब प्यार करे और वह रवि को। दो प्रेमियों को बिछुड़ने के बाद मिलन में जो आनंद आता है उसे आज दोनों ने पहली बार प्राप्त किया था। रवि काफी देर तक नीलिमा को इसी प्रकार अपनी बांहों में समाए दीवानों समान चूमता रहा और नीलिमा मानो नशे के संसार में

डूबकर मदहोश होती जा रही थी। उन दोनों को मानो अपने जीवन का सब कुछ प्राप्त हो गया था - 'हां, सब कुछ ही। उन्हें और कुछ भी नहीं चाहिए था - कुछ भी तो नहीं।

सहसा बहुत जोर की बिजली कड़की। बादल भी गरजा। किसी टूटे हुए दिल का स्वर था यह या दिल के टूटने का संकेत? किसी को किसी से इतना अधिक प्यार नहीं करना चाहिए कि पल भर बिछुड़ना भी दूभर हो जाए। परन्तु नीलिमा तथा रवि ने बिजली की कड़क तथा बादल की गरज की ओर ध्यान देने की कोई आवश्यकता ही नहीं समझी, प्यार का संसार ही अलग होता है। जिसमें खोकर न कुछ दिखाई देता है न सुनाई पड़ता हैं इसके विपरीत बिजली को कड़क तथा बादल की गरज प्यार का संगीत बन गई। इस संगीत के साथ वर्षा की फुहार गीत बनकर छा गई, रवि ने देखा, आकाश पर बादल और घने हो गए थे। वर्षा के रुकने की कोई आशा नहीं थी।

नीलिमा अपने-आपको रवि की छाती में छिपा लेना चाहती थी। रवि ने देखा डाक बंगले वापस जाते-जाते दोनों भीग जाएंगे उसने अब डाक बंगले न जाना ही उचित समझा। नीलिमा को लिए हुए वह उसी प्रकार दरी पर बैठ गया। नीलिमा का मुखड़ा उसके सामने करके देखा, उसकी रेशमी काली लटों से वर्षा की बूंदें मोतियों समान चमकती हुई फिसलकर गालों पर चली आ रही थीं। लटों के छल्ले भीगकर गालों पर चिपक गए थे, नीलिमा की सांसों में आग समान तपन थी। नथुने फूल रहे थे। आंखों में गुलाबी डोरे कुछ बढ़ गए थे। रवि ने दीवानों के समान नीलिमा को फिर प्यार करना आरंभ कर दिया।

सहसा उसके कानों में किसी के खांसने का स्वर पड़ा। चौंक कर वह तुरंत नीलिमा से अलग खड़ा हो गया। तभी पत्थर की आड़ से उसके सामने डाक बंगले का चौकीदार प्रकट हुआ, उसके हाथ में एक छाता था। नीलिमा ने चौकीदार को देखा तो वह भी खड़ी हो गई। रवि ने मन-ही-मन सोचा, पता नहीं किस कमबख्त ने इस चौकीदार से यहां आने को कहा था? चौकीदार का आना उसे बहुत अखर रहा था।

'अरे-अरे?' चौकीदार ने पास आते हुए कहा, 'आप लोग तो बिल्कुल भी भीग गए हैं, मैं समझा कि आप लोग वर्षा की बौछार से बचकर पत्थरों की आड़ में बैठे मेरी प्रतीक्षा कर रहे होंगे इसी लिए छाता लिए चला आया था। खैर, आप लोग डाक बंगले चलिए, मैं सारा सामान लेकर आता हूं।'

'डाक बंगले?' रवि ने इस प्रकार पूछा मानो वह वहां में ही संतुष्ट था।

'हां-आं।' चौकीदार ने लापरवाही से कहा -'वहां कमरे में आग जल रही है, यहां तो वर्षा में ठंड लग जाएगी।'

रवि ने नीलिमा को देखा। वह ठण्ड के कारण वास्तव में सिमट गई थी, उसने कहा, -'हां, ठंड तो वास्तव में लग जाएगी, तुम सामान लेकर आओ, हम चलते हैं।' वह खड़ा हो गया,

उसने नीलिमा का हाथ पकड़ा और फिर डाक बंगले की ओर बढ़ गया, इतना भीग जाने के बाद अब उसे छाते की आवश्यकता नहीं रह गई थी।

बरामदा पार करने के बाद डाक बंगले का प्रवेश द्वार का ताला खुला हुआ था। रवि ने द्वार खोला और फिर दोनों लगभग एक साथ ही कमरे में प्रविष्ट हुए तो शरीर में गर्मी - सी दौड़ गई। कमरे में एक और आतिशदान में आग जल रही थी। रवि ने दरवाजा अन्दर से लॉक कर दिया। नीलिमा ने रवि को आश्चर्य से देखा।

'चौकीदार अन्दर न आ जाए।' रवि ने दरवाजा लॉक करने का कारण बताया।'

परन्तु नीलिमा जानती थी कि रवि उसे अपनी बांहों में समाने के ऐसा कर रहा है। उसने स्वयं ही रवि के गले में बांहें डाल दी। रवि ने अपनी अंगुली द्वारा बहुत प्यार के साथ भीगे कपोल का पानी पोंछा। इस पर हल्के से प्यार किया और बोला, 'तुम बहुत भीग चुकी हो। अपने कपड़े उतारकर वह कंबल लपेट लो वरना सर्दी लग जाएगी।' रवि ने एक किनारे पलंग पर रखे लाल कम्बल की ओर इशारा किया, कमरे में पलंग ही नहीं, श्रृंगार मेज, एक साधारण मेज तथा कुछेक कुर्सियां भी थी। दीवार पर खूंटियां तथा फ्रेम में मढ़ी एक तस्वीर भी टंगी थी।

नीलिमा ने भी महसूस किया कि उसके ऊपर सर्दी का छाना आरंभ हो गया है, सर्दी तो रवि को भी लग सकती थी, नीलिमा ने आतिशदान की ओर देखा फिर रवि से बोली -'परन्तु सर्दी तो तुम्हें भी लग सकती है।'

'मेरी चिन्ता मत करो, मैं बिल्कुल ठीक हूं।'

'यदि ऐसी बात है तो तुम फिर उस कमरे में जाओ।' नीलिमा ने इस कमरे से दूसरे कमरे में जाने वाले द्वार की ओर इशारा किया।

'क्यों? रवि ने आश्चर्य से पूछा। फिर बात समझते हुए हंसकर बोला -'ओ...परन्तु मेरे यहां रहने से हर्ज ही क्या है?'

'ऊं...?' नीलिमा ने प्यार भरा क्रोध करते हुए उसे आंखें दिखाई, उसे ढकेलकर वह दूसरे कमरे में जाने वाले दरवाजे तक लाई, दरवाजा दूसरे कमरे की ओर खुलता था, नीलिमा ने दरवाजे पर धक्का दिया ओर फिर रवि को अपने कमरे से बाहर ढकेलने के बाद दरवाजा अपनी ओर से बन्द कर लिया...ऊपर का हुक चढ़ाकर, जो चौखट की लकड़ी में फंसता था, फिर उसने पूरे संतोष के साथ अपनी भीगी साड़ी उतारी। उसे कमरे में एक किनारे निचोड़कर आतिशदान के समीप फैला दिया। उसके अन्य वस्त्र भी भीगे हुए थे। इन सब वस्त्रों के स्थान पर इस समय तन ढकने के लिए कमरे में केवल एक वस्तु थी पलंग पर पड़ा कम्बल।

रवि दूसरे कमरे में प्रतीक्षा कर रहा था कि नीलिमा जल्द - से - जल्द दरवाजा खोले ताकि वह उसके कमरे में उसके साथ आतिशदान के पास बैठ सके, परन्तु नीलिमा ने जब दरवाजा जल्दी नहीं खोला तो उसके दिल की बेचैनी बढ़ने लगी, उसने दरवाजे पर थपकी देना चाहा परन्तु तभी उसकी दृष्टि ऊपर चौखट के बीच में पड़ गई। अन्दर से बन्द किया हुआ हुक

साफ दिखाई पड़ रहा था। जिस छेद में उसे फंसाना था वहां उसकी ओर लकड़ी टूटी हुई थी। रवि ने एक पल सोचा फिर हल्के से मुस्करा दिया दरवाजे से उसने झांक कर देखा, नीलिमा निश्चिन्त होकर अपने शरीर पर कम्बल लपेट रही थी, रवि के शरीर में आग लग गई उसके पग अपने स्थान पर ठहर न सके तो वह नीलिमा के कमरे में प्रविष्ट हो गया। स्वयं पर काबू पाकर उसने शरारत से पूछा, 'क्या मैं अन्दर आ सकता हूं?'

'उई!' नीलिमा अपने समीप आवाज सुनकर चौंक गई, कुछ इस प्रकार कि उसके शरीर पर कम्बल गर्दन से फिसलकर कुछ नीचे तक आ गया। परन्तु उसने तुरंत ही इसे पकड़कर फिर अपने ऊपर अच्छी तरह लपेट लिया। आंखे दिखाती हुई बोली - 'तुम...तुम कैसे अन्दर आ गए?'

परन्तु रवि ने उसकी बात का उत्तर देने के बजाय लपककर उसे अपनी बाहों में उठा लिया...एक बच्चे समान। नीलिमा अपने शरीर पर कम्बल संभाले उसकी बांहों में छटपटाने लगी। बोली -'अरे-अरे! यह क्या कर रहे हो? कोई आ जाएगा तो?'

'कोई नहीं आएगा।' रवि ने कहा और उसे उसी प्रकार अपनी बाहों में उठाए पलंग पर लाकर डाल दिया। नीलिमा को उसने अपनी बाहों में समा लिया। दीवानों समान उसकी गर्दन चूमने लगा। अब मानो उसका दिल काबू में नहीं था। वह बहक जाना चाहता था। उसे अब मानो किसी भी बात की चिन्ता नहीं थी।

नीलिमा के शरीर में भी एक ज्वाला उत्पन्न हो गई। मन करता था वह अपने आपको रवि के हवाले कर दे। परन्तु वह एक नारी थी। वह बहक गई तो बरबादियों के रास्ते खुल जाएंगे, उसे जल्दी ही अपने आप पर काबू किया, उसने रवि को दूर करने का प्रयत्न करते हुए कहा - 'रवि, प्लीज...' परन्तु रवि उससे अलग हटने के बजाय उसके और समीप होने लगा, नीलिमा ने कहा, 'प्लीज रवि - मैं तुम्हारे हाथ जोड़ती हूं।'

'क्यों? क्या तुम्हें मुझसे प्यार नहीं है?' रवि ने उसकी गर्दन पर होंठ रखे हुए पूछा।

'रवि, प्यार तो मैं तुम्हे इतना अधिक करती हूं जितना कोई भी लड़की किसी को नहीं कर सकती। तुम तो मेरी एक-एक सांस में समा चुके हो। तुम देख लेना रवि, मरते समय भी मेरे होंठों पर केवल तुम्हारा ही नाम रहेगा।'

'तो फिर तुम्हें मुझ पर विश्वास नहीं है।' रवि उदास होकर सीधा बैठ गया परन्तु नीलिमा का हाथ वह अपने ही हाथ में थामे रहा।

'नहीं मेरे गुड्डे, ऐसी बात जरा भी नहीं है'। नीलिमा को रवि पर दया आई, वह उठकर बैठ गई, प्यार से उसकी हथेली चूमती हुई बोली - 'मुझे तुम पर पूरा भरोसा है। तुम तो मेरा प्यार हो...प्यार का साकार रूप हो।' नीलिमा एक पल खामोश रही, रवि उसी प्रकार उदास था, नीलिमा से उसकी उदासी देखी नहीं गई तो वह रवि के और समीप सरक आई। बहुत प्यार से बोली - 'यदि तुम ऐसा समझते हो तो लो, मैं तुम्हारे लिए विवाह से पहले ही अपना सब

कुछ तुम्हें सौंपने को तैयार हूं। मुझे अपनी बांहों में समा लो। जितना मन चाहे प्यार करो। मैं कुछ नहीं कहूंगी। परन्तु भगवान के लिए मेरे सामने उदास मत हो। नीलिमा अपने कन्धों से सरकते हुए कम्बल की परवाह न करते हुए रवि की छाती से चिपट गई।

रवि की अन्तरात्मा ने उसे तुरंत धिक्कारा। उसकी नीलू उसे कितना प्यार करती है...कितना अधिक! उसकी उदासी दूर करने के लिए वह विवाह से पहले ही उस पर शरीर से निछावर हो जाना चाहती है और एक वह जो केवल अपने तक तथा मन की ज्वाला बुझाने के लिए उससे अनुचित लाभ उठा लेना चाहता है। उसने नीलिमा के शरीर पर कम्बल ठीक से लपेटा गर्दन तक। फिर प्यार से बोला, 'नीलू, मुझे क्षमा कर दो, मैं भटक गया था।' उसका स्वर लज्जा में डूब गया था।

नीलिमा के दिल में रवि का स्थान और ऊंचा हो गया।

* * *

रवि क्रिकेट खेल के लिए दूसरे शहर चला गया। नीलिमा का संसार एक बार फिर सूना हो गया। परन्तु उसे अपने प्यार पर पूरा विश्वास था...रवि पर पूरा विश्वास था और यही विश्वास उसके जीने का बहुत बड़ा सहारा था...संतोष था, इसके पश्चात जब रात में वह अपने पलंग पर लेटती तो रवि की दूरी उसके मन में कसक बनकर अवश्य उत्पन्न हो जाती थी। वह उसकी सफलता की प्रार्थना करती। रवि की बातें उसके कानों में गूंज जाती, रवि अपने लड़कों को भारत का सबसे अच्छा क्रिकेट प्लेयर बनाना चाहता है, वह अपने पति के इस नेक इरादे में उसका पूरा साथ देगी, क्रिकेट ही तो उन दोनों के प्यार की नींव है। वह इस खेल को कैसे भुला सकती है? इस खेल को तो वह अपना खानदानी खेल बनाकर चैन लेगी। पुश्त-दर-पुश्त उसके बच्चे इस खेल में नाम कमाते रहेंगे, देश का नाम ऊंचा करते रहेंगे। यह गौरव उसी की सन्तानों को प्राप्त होगा।

नीलिमा की आंखों के सामने पिकनिक का दृश्य भी घूम जाता, वह दृश्य कितना प्यारा था जब वर्षा से पहले रवि उसके अंग-अंग को चूम रहा था, डाक बंगले के बन्द कमरे में रवि ने उसके कम्बल से लिपटे शरीर को कितने प्यार से अपनी बांहों में उठा लिया था, उसकी उदासीनता देखकर वह स्वयं भी तो अपना सब कुछ उस पर निछावर कर देना चाहती थी। यह सोचकर उसका दिल कांप उठाता कि उस समय क्या होता यदि रवि ने स्वयं को नहीं संभाला होता। रवि वास्तव में देवता हैं उसे दिल की गहराई से प्यार करता हैं उसके भविष्य का विचार रखता हैं उसकी इच्छाओं का आदर करता है, उसकी मजबूर को समझता है, अपने प्रीतम की एक-एक इच्छा पर वह हजार जान से निछावर हो जाएगी। हां, रवि से उसे भी इतना ही प्यार है - असीमित प्यार।

एक दिन नीलिमा कालेज के लिए घर से निकलने ही वाली थी कि डाक द्वारा उसे एक पत्र प्राप्त हुआ। पत्र उसकी सहेली कान्ता का था बम्बई से, कांता ने उसके साथ कानपुर से बी.ए. पास किया था और फिर विवाह के बाद वह बम्बई चली गई थी मिसेज शर्मा बनकर। कांता का पति बम्बई की एक फर्म में सहायक मैनेजर था, नीलिमा कांता के विवाह में नहीं जा सकती। जाती भी कैसे? कानपुर में पूर्णिमा के जाने के बाद उसके कुटुम्ब की बदनामी ही ऐसी हुई थी नीलिमा किसी को भी मुंह नहीं दिखाना चाहती थी, फिर भी उसने कांता को शुभकामनाएं भेज दी थीं, कांता का पत्र कभी-कभी आ ही जाता था। वह भी उसके पत्र का उत्तर देती तो साथ ही उसके पति को भी शुभ-कामनाएं अवश्य भेज देती थी, उसके पति को नीलिमा जीजाजी के नाम से सम्मानित करती थी।

नीलिमा ने पत्र खोला। लिखा था।

प्रिय नीलू,

तुम लोगों के लिए पूर्णिमा मर चुकी है फिर भी वह तुम्हारी बहन है इसलिए उसके बारे में लिखना मैं अपना धर्म समझती हूं। मैं अपने पति के साथ कार से जा रही थी कि अचानक होटल से निकलती हुई पूर्णिमा दिखाई दे गई। उसके साथ मोहन भी था, मैं रुककर पूर्णिमा से बातें करना चाहती थी परन्तु सड़क वन वे ट्रैफिक की थी और पूर्णिमा को पहचानते-पहचानते हमारी कार आगे निकल चुकी थी। मैंने अपने पति को पूर्णिमा के बारे में बताकर उससे मिलने की इच्छा प्रकट की तो उन्होंने मना कर दिया। कहीं ऐसा न हो कि पूर्णिमा हमें मुंह न दिखाने के कारण उस होटल को छोड़कर कहीं और भाग जाए, उसके बाद मेरे पति अवसर देखकर उस होटल में स्वयं गए तो ज्ञात हुआ कि मोहन ने उस होटल में पन्द्रह दिन लिए कमरा बुक करा रखा है, उन्हें उस होटल में ठहरे अभी केवल तीन दिन ही हुए हैं। इस लिए अभी समय है, यदि तुम आना चाहती हो तो तुरंत हमें तार द्वारा सूचित करो। हम स्टेशन पर तुम्हारी प्रतीक्षा करेंगे। पूर्णिमा तुम्हारी सगी बहन है। उसे नया जीवन देने में अब भी देर नहीं हुई है। वैसे तुम्हारी इच्छा।

तुम्हारी सहेली
कान्ता

नीलिमा एक पल के लिए गुम-सुम रह गई। आंखों के सामने पूर्णिमा की तस्वीर चली आई। सुन्दर-परन्तु मूर्ख लड़की। निश्चय ही अब पछता रही होगी। नीलिमा का दिल पूरे विश्वास से कह रहा था । अच्छा भला घर छोड़कर होटल में रह रही है। रंग रूप भी बिल्कुल बिगड़ गया होगा - तभी तो कांता को उसे पहचानने में देर हुई। नीलिमा के होठ फड़फड़ा उठे -- पूर्णिमा! रक्त जोश मारने लगा। बहन से मिलने के लिए दिल तड़प उठा। पूर्णिमा जैसी भी है

परन्तु है उसकी बहन, सगी बहन, उसे नया जीवन देना उसका धर्म है। उसने अपने माता-पिता को इस पत्र के बारे में बता देना चाहा, परन्तु फिर उचित न समझकर वह रुक गई।

एक विचार उसके मन में तुरंत आ गया। माता-पिता पूर्णिमा का पता जानकर तुरंत उससे मिलने को अधीर हो उठेंगे। मां की छाती फड़क उठेगी। पिताजी उसे तुरंत छाती से लगा लेना चाहेंगे। क्या हुआ उन्होंने अपने आपको पूर्णिमा के मर जाने की झूठी तसल्ली दे रखी है? रक्त तो जोश मारेगा ही वरना उसकी याद में माता-पिता यूं छिप-छिपकर आंसू क्यों बहाते? परन्तु यदि माता-पिता के बम्बई जाने के पश्चात पूर्णिमा ने आने से इंकार कर दिया तब क्या होगा? एक भागी हुई लड़की का क्या भरोसा? जब उसने विवाह पर अपने माता-पिता का विचार नहीं किया तो अब क्या करेगी? क्या जाने वह मोहन के साथ अब भी प्रसन्न हो? यदि उसके घर वापस लौटने से इंकार कर दिया तब तो उसके माता-पिता की हृदय गति सदा के लिए ही बन्द हो जाएगी, एक दौरा उसके भागने पर पहले ही पड़ चुका है। मां रो रोकर पागल हो जाएगी।

बहन की जुदाई का गम वह स्वयं तो सहन कर सकती है क्योंकि वह अपने प्रीतम रवि के प्यार में सब कुछ भूल चुकी है परन्तु माता-पिता का घाव अब यदि दुबारा ताजा हो गया तो निश्चय ही नासूर बन जाएगा। उसने अपने माता-पिता के आंसुओं तथा अपने प्यार की दुहाई देगी। यदि पूर्णिमा आ गई तो ठीक है। नहीं आ सकी तो वह अपना टूटा दिल लिए वापस चली आएगी परन्तु अपने घर वालों को कदापि नहीं बताएगी कि उसकी भेंट कभी पूर्णिमा से हुई थी। परन्तु नीलिमा के लिए प्रश्न यह था कि वह बम्बई जायेगी कैसे? यदि रवि होता तो उस पर अपने घर का भेद प्रकट करके वह उससे कोई सहायता ले सकती थी। आखिर एक-न-एक दिन तो उसे सब कुछ बताना ही है। रवि उसका होने वाला पति है। उससे वह किस प्रकार अपने दिल का भेद छिपा सकती थी?

बहुत सोच-विचार करने के बाद आखिर नीलिमा को बम्बई जाने की एक तरकीब समझ में आ गई।

नीलिमा कालेज के लिए अपने घर से बाहर निकली परन्तु सीधी तार घर पहुंची। कांता को उसने तार द्वारा सूचित किया कि वह अगली सुबह को ट्रेन से बम्बई के लिए चल रही है। वह उसकी प्रतीक्षा करे। फिर उस दिन कालेज से घर लौटने के बाद उसने अपने माता-पिता को समझा दिया कि अगली सुबह कालेज के एम.ए. के विद्यार्थियों का ऐतिहासिक 'साइट' सीइंग के लिए 'एजूकेशनल टूर-' जा रहा है। टूर कई स्थानों पर जाएगा इसलिए वापस आने में तीन-चार दिन भी लग सकते हैं। माता-पिता को अपनी बेटी पर पूरा विश्वास था। एक लड़की पर सख्ती करके वह परिणाम भोग चुके थे इसलिए यदि विश्वास नहीं होता तब भी विश्वास करना ही पड़ता। माता-पिता ने उसे आज्ञा दे दी। नीलिमा को उसके आवश्यकता अनुसार पैसे भी दिए। नीलिमा ने स्वयं भी जो पैसे जमा कर रखे थे सब निकालकर वह दूसरी सुबह कालेज जाने के बजाए स्टेशन पहुंची और बम्बई के लिए रवाना हो गई। यात्रा में रास्ते भर उसका दिल

एक अज्ञात भय से धड़कता रहा। पूर्णिमा का जाने क्या हाल हो? परन्तु नहीं ऐसा नहीं हो सकता। ऐसा सम्भव जान पड़ रहा था। यदि सुखी होती तो उसका एक अच्छा भला घर होता। यूं होटल में नहीं पड़ी रहती। नीलिमा को भी याद किया। यदि रवि होता तो उसे वह अपने साथ बम्बई ले जाती। रवि पूर्णिमा को वापस लाने में पूरी सहायता करता। रवि के साथ बम्बई जाने में उसकी कितनी सारी परेशानियां कम हो जातीं।

नीलिमा शाम चार बजे बम्बई पहुंची। स्टेशन पर कान्ता अपने पति के साथ उसकी प्रतीक्षा कर रही थी। वह नीलिमा को देखते ही चहक उठी। एक युग के बाद दोनों सहेलियां मिली थी। नीलिमा भी कांता को देखकर प्रसन्न हुई परन्तु यह समय चहकने का नहीं था इसलिए वह मुस्करा दी। नीलिमा से कांता के पति की भेंट आमने-सामने आज पहली बार हुई थी। शर्मा एक अच्छे व्यक्तित्व का मालिक था। उसका दिल भी बहुत कोमल था। वह हंसमुख तथा मिलनसार भी था। अपनी पत्नी से उसे कितना प्यार था यह बात उसकी उस रुचि से पता चलती थी जो वह अपनी पत्नी के कारण नीलिमा की सहायता करने में ले रहा था वरना साधारण व्यक्ति तो अपना पत्नी को ऐसे लोगों से से मिलने भी नहीं देते हैं जिनके घर की कोई लड़की किसी पुरुष के साथ घर से भाग गई हो। नीलिमा को शर्मा से मिलकर बहुत प्रसन्नता हुई। नीलिमा को अपनी कर में बिठाकर वह सीधा होटल की ओर चल पड़ जहां पूर्णिमा ठहरी हुई थी। नीलिमा के साथ कान्ता पीछे बैठी हुई थी। शर्मा कार चला रहा था।

कार होटल के समीप रुकी। होटल बहुत छोटे स्तर का था जिसे देखकर उसके अन्दर रहने वालों के स्तर का भी पता चलता था। होटल के अंदर पग रखते ही नीलिमा के दिल की धड़कन तेज हो गई। परन्तु उसे कांता तथा उसके पति का सहारा था। दोनों ही उसके साथ थे।

शर्मा के पूछने पर मैनेजर से पता चला कि मोहन अपनी पत्नी के साथ दिन में ग्यारह बजे निकलता है परंतु शाम को कब आता है, कोई ठिकाना नहीं। मोहन की पत्नी! नीलिमा ने सुना तो चौंक गई। क्या पूर्णिमा ने मोहन के साथ विवाह कर लिया है? यदि उसने विवाह कर लिया है तब क्या होगा? यह बात तो उसने सोची ही नहीं थी। उसकी बहन नाबालिग है। क्या उसकी बहन का विवाह कानूनी है? इन सारी बातों का हल पूर्णिमा से मिलने के बाद ही हो सकता था। पूर्णिमा की इच्छा पर ही सब कुछ निर्भर कर रहा था। यदि पूर्णिमा घर वापस चलने को तैयार हुई तो वह उसे यहां कभी नहीं छोड़ेगी, चाहे इसके लिए उसे पुलिस की सहायता ही क्यों न लेनी पड़े। पूर्णिमा की इच्छा के विरुद्ध मोहन उसे कभी नहीं रोक सकता। शर्मा की सहायता पर भी उसे पूरा विश्वास था।

नीलिमा ने अपनी बहन की प्रतीक्षा करना आवश्यक समझा। कांता तथा शर्मा ने उसका साथ दिया। शर्मा के कहने पर तीनों ने उसी होटल के रेस्टोरेन्ट में चाय पीने के बहाने पूर्णिमा की प्रतीक्षा की, ऐसी जगह बैठकर जहां से होटल के अन्दर प्रवेश करते हुए वे सभी को आसानी से देख सकते थे। परन्तु इन्हें पूर्णिमा की अधिक प्रतीक्षा नहीं करनी पड़ी। एक टैक्सी

मुख्य द्वार पर रुकी। टैक्सी से एक लड़की बाहर निकली दुबली-पतली, नीलिमा ने लड़की को तुरन्त ही पहचान लिया—पूर्णिमा! नीलिमा के होंठों पर एक आह बनकर उभर आई। दिल बहन से मिलने को तड़प उठा। आंखें छलक जाना चाहती थीं। कान्ता तथा शर्मा भी पूर्णिमा को देख चुके थे। दोनों ने नीलिमा को देखा। परन्तु नीलिमा ने उसकी बात की प्रतीक्षा नहीं की। वह उठी और तुरन्त रेस्टरेण्ट से बाहर निकल गई। वह ऐसे स्थान पर जाकर खड़ी हो गई जहां से पूर्णिमा को होटल के कमरों की ओर जाना आवश्यक था।

पूर्णिमा आगे बढ़ी, इस प्रकार मानो उसके कन्धे पर निराशा का मनोबोझ था। शायद होंठों से मुस्कान सदा के लिए छिन गई थी। तभी उसकी आंखों के दर्पण कांप गए। उसके अन्दर एक छाया देखकर वह विश्वास नहीं कर सकी। पग लड़खड़ाकर स्थिर हो गए। उसके सामने नीलिमा खड़ी थी—उसकी सगी बहन, जिसके साथ उसका सारा बचपन बीता था, जवानी में पग रखा था। नीलिमा के पग जब तक संभले हुए थे परन्तु वह भटक गई थी और जिसका परिणाम वह अब तक भोग रही थी। नीलिमा को देखकर पूर्णिमा वहीं खड़ी रह गई।

और नीलिमा देख रही थी—उसकी बहन कितना अधिक बदल गई है। एक सुन्दर शरीर हड्डी का ढांचा बन गया है। आंखों के चारों ओर अन्धकार घना होकर काली रात बना देना चाहता है। इस अन्धकार के मध्य धंसी आंखें टूटे तारे समान टिमटिमा रही थीं। गालों की हड्डियां उभर आई थीं। चंचल होंठ सूख गए थे—पपड़ियां जम गई थीं। शरीर पर एक बहुत ही साधारण साड़ी थी—वह भी मैली-सी। एक भी गहना उसके शरीर पर नहीं था। निश्चय ही सब कुछ बिक गया था। नीलिमा का दिल बहन की बरबादी पर तड़प उठा। आंखें आंसुओं से भर आयीं।

बहन को देखते ही पूर्णिमा की आंखें भी छलक पड़ीं। उसने दृष्टि फेर लेनी चाही। अब वह अपनी बहन से आंखें मिलाने योग्य भी नहीं थी। जवानी की दीवानगी तथा पागलपन में माता पिता को धोखा देने के बाद ठोकरें खाते-खाते तो उसे अब आत्महत्या कर लेनी चाहिए थी। अब तक वह क्यों जीवित है? क्यों? क्या मृत्यु से डर लगता है? शायद हां। आखिर इसीलिए तो अब तक जीवित है। उसने दृष्टि नीचे झुका ली।

'पम्मी...' नीलिमा ने पूर्णिमा के समीप आकर कहा।

पूर्णिमा ने दृष्टि उठाई तो पलकें कांप गयीं। बहन को देखा तो फूट-फूटकर रोते हुए वह नीलिमा से लिपट गई। 'दीदी!' उसके कांपते-सिसकते होंठों से केवल इतना ही निकल सका।

नीलिमा की आंखों से भी आंसुओं का तो सोता जारी हो गया। कुछेक चलते-फिरते यात्री रुककर इन दोनों को देखने लगे, परन्तु इन्होंने किसी की भी परवाह नहीं की। कुछ देर आंसू बहा लेने के बाद जब दिल कुछ शांत हो गया तो नीलिमा ने पूर्णिमा के आंसू अपने आंचल से

पोंछते हुए कहा, 'मैं तुझे लेने आई हूं। मेरे साथ घर चल। मां तथा पिताजी अब भी तेरे लिए आंसू बहाते हैं–तड़पते हैं। मुझसे उनका रोना देखा नहीं जाता।'

'दीदी...' पूर्णिमा ने कांपते होंठों से कहा, 'मैं अब अपने घर कभी नहीं जाऊंगी। इतना बड़ा पाप करने के बाद मैं कैसे माता-पिता को अपना कलंकित मुंह दिखा सकती हूं?'

'संसार में ऐसा कोई पाप नहीं जिसकी क्षमा नहीं, फिर वह तो तेरे माता-पिता है। उन्होंने तुझे जन्म दिया है।' नीलिमा ने प्यार से पूर्णिमा को समझाना चाहा।

'नहीं दीदी, नहीं, मैं अब कभी अपने घर वापस नहीं जा सकती।' पूर्णिमा ने अपने कांपते स्वर पर काबू करते हुए कहा, 'मैं अब ऐसी मंजिल पर पहुंच चुकी हूं जहां से कोई वापस नहीं जाता। मुझे मेरे हाल पर छोड़ दो दीदी, मैं इसी योग्य हूं।'

'शी–ऐसी बात नहीं कहते!' नीलिमा ने अपनी बहन का हाथ पकड़ लिया। अब वह किसी भी अवस्था में उसे बरबादी की मंजिल पर छोड़ने को तैयार नहीं थी। उसने कहा, 'अब भी समय है। जीवन अब भी संवर सकता है। मेरा विश्वास कर, मैं तुझे एक नया जीवन देने में आकाश-धरती एक कर दूंगी। तेरी प्रसन्नता के लिए अपनी जान दे दूंगी बस, अब तो तुझे सन्तोष है ना?'

'दीदी...' पूर्णिमा अपनी बहन का अपार प्यार देखकर जरा तड़प उठी। फिर भी अपने कुकर्म के कारण वह वापस लौटने को जरा भी तैयार नहीं थी। उसे अपने पाप का दण्ड भोगना था। उसने इन्कार कर देना चाहा। परन्तु तभी कांता तथा एक अपरिचित व्यक्ति को अपनी ओर आता देखकर चौंकती हुई रुक गई।

'यहां खड़े होकर इस प्रकार बातें करना उचित नहीं।' सहसा शर्मा ने समीप आकर कहा, 'हम सब फ्लैट पर चलते हैं। वहीं सारी बातें करना।'

पूर्णिमा ने शर्मा को आश्चर्य से देखा। उसके हस्तक्षेप करने का वह कारण नहीं समझ सकी।

'यह मेरे पति हैं।' सहसा कान्ता ने उसे परिचय दिया। फिर बोली, 'मुझे तो पहचानती हो न, कि मुझे भी भूल गयीं?'

पूर्णिमा ने लज्जित होकर पलकें नीचे झुका लीं। कान्ता को वह कैसे भूल सकती थी। अपनी दीदी की सभी सहेलियों को वह पहचानती ही नहीं थी बल्कि सबके साथ उसके मेलजोल भी था। कितनी लज्जापूर्ण बात है कि वह अब किसी को भी अपना मुख नहीं दिखा सकती। कांता से आंखें मिलाने के बजाय वह धरती में गड़ जाना चाहती थी। कांता ने प्यार से उसका एक हाथ पकड़ा और उसे होटल के मुख्य द्वार की ओर ले चली तो वह इन्कार नहीं कर सकी। सिर झुकाए वह उसके साथ बढ़ गई तो साथ-साथ नीलिमा तथा शर्मा भी चल पड़े। मुख्य द्वार के समीप शर्मा की कार खड़ी हुई थी।

कार में पूर्णिमा रास्ते भर सिर झुकाए अपनी शर्मिन्दगी के कारण खामोश रही। किसी ने उसे और शर्मिन्दा करने के कारण कुछ कहा भी नहीं। शर्मा के घर पार चाय के मध्य काफी बातें होती रहीं। सभी पूर्णिमा को समझाते रहे–जो कुछ हो गया उसे भूलकर एक नया जीवन आरम्भ करने में ही बुद्धिमानी है। इसी में उसकी भलाई है तथा घर वालों की प्रसन्नता। नीलिमा ने भी अपनी बहन को बहुत समझाया तो पूर्णिमा को एक नया जीवन प्राप्त करने की आशा मिल गई। पूर्णिमा ने लजाते, पलकें झुकाकर बड़ी कठिनाई से अपनी कहानी सुनाई।

जब वह कानपुर में पढ़ रही थी और जब उसका प्रेम मोहन से चल रहा था, उन दिनों मोहन की बातों में आकर उसे फिल्मी संसार से लगाव हो गया था क्योंकि मोहन सदा फिल्मी संसार की ही बातें करता था। वह कहता था कि उसकी फिल्मी संसार में काफी पहुंच है। अनेक अभिनेताओं तथा अभिनेत्रियों के हस्ताक्षर वह अपनी आटोग्राफ बुक में रखे हैं। एक दिन वह अवश्य स्वयं भी अभिनेता बनेगा। और इस बीच एक दिन वह अभिनेता बनने के लिए गया तो बम्बई में खाक छानने के बाद पता चला कि अगर उसके पास किसी सुन्दरी का सहारा हो तो वह निश्चय ही हीरो बन जाएगा। मोहन की बातों में आकर वह स्वयं भी अभिनेत्री बनने की इच्छुक थी इसलिए जब मोहन से उसे फिल्मी संसार की चमक-दमक का स्वप्न दिखाया तो वह उसके साथ बम्बई भाग निकलने को तैयार हो गई थी और उसे भाग निकलने का अवसर केवल विवाह की रात ही को मिल सका था। कुछ ही दिनों उसके सारे जेवर बिक गए और तब भी उसे तथा मोहन को फिल्मी संसार में पग रखने का अवसर नहीं मिला तो मोहन ने उसकी सुन्दरता तथा इज्जत का सौदा करना चाहा। परन्तु वह मोहन की यह बात किसी भी स्थिति में मानने को तैयार नहीं हुई।

वह मोहन के साथ भागी थी, केवल मोहन की बनकर फिल्मी संसार में पग रखने के लिए। वह मोहन से विवाह भी करना चाहती थी परन्तु मोहन उसे सदा ही टाल गया। उसका कहना है कि फिल्म निर्माता विवाहित स्त्री को अभिनेत्री बनने का अवसर बिलकुल भी नहीं देते हैं। यद्यपि उसका विवाह नहीं हुआ है फिर भी मोहन पर विश्वास रखते हुए उसे अपना पति मानकर वह अपना सब कुछ लुटा बैठी। दिन-रात होटल के एक ही कमरे में बन्द रहकर वह कब तक अपनी इज्जत की रक्षा करती? अपनी बात मनबाने के लिए अब मोहन उसे मारता है, गालियां देता है। कहता है कि यदि वह अपनी इज्जत नहीं बेचेगी तो वह अभिनेता बनने के लिए दूसरी लड़की का सहारा ले लेगा। दो दिन हो गए हैं उसे गए हुए। अब तक वापस नहीं आया। दो-तीन दिन वह उसकी प्रतीक्षा और करती। नहीं आता तो वह होटल के कमरे में छत से लटकर फांसी लगा लेती।

नीलिमा के मन में अपनी बहन के प्रति सहानुभूति और बढ़ गई। उसकी छोटी बहन–अभी उसकी आयु ही क्या है जो आत्महत्या कर लेना चाहती थी। यद्यपि पूर्णिमा का

जीवन नष्ट हो चुका था फिर भी नीलिमा को सन्तोष मिला कि वह विवाहित नहीं है। उसके पाप पर परदा डालकर उसका जीवन बहुत आसानी के साथ संवारा जा सकता है।

मोहन जैसे आवारा लड़कों के चक्कर में फंसकर बम्बई के फिल्मी संसार की ओर जाने कितनी भोली-भाली लड़कियां रोज ही आती रहती हैं।' सहसा शर्मा ने कहा, 'इज्जत लुटाने के पश्चात् इन लड़कियों को बड़ी कठिनाई से ही छोटे-मोटे रोल प्राप्त होते हैं। इससे आगे बढ़ना असम्भव हो जाता है क्योंकि अभिनय करना एक कला है और कला सब में नहीं होती। इसीलिए जाने कितनी लड़कियों ने निराशा होकर आत्महत्या कर ली है। परन्तु अच्छा हुआ कि तुम इस सीमा तक नहीं पहुंची। तुम अपने घर जाओ। सब कुछ भूलकर प्रसन्न रहना सीखो। अभी भी कुछ नहीं बिगड़ा है।'

नीलिमा को उसी रात ट्रेन मिल गई। कांता तथा शर्मा ने उसी रात नीलिमा तथा पूर्णिमा को स्टेशन पर छोड़ा दिया था। नीलिमा दिल की गहराई से अपनी सहेली तथा उसके पति की कृतज्ञ थी जिनके कारण आज उनकी बहन उसे वापस मिल गई थी।

* * *

पौ फट चुकी थी। सुबह की छिटकी सफेदी में बला की ठण्ड थी। पूर्णिमा अपनी बहन के पीछे-पीछे अपने घर के बरामदे पर चढ़ी तो उसके पग कांप रहे थे। घर का प्रवेश द्वार बन्द था। नीलिमा से कुछ हटकर वह दरवाजे के सामने खड़ी हुई तो दिल धक-धक करने लगा। मन कह रहा था वह यहां से भाग जाए—जाकर आत्महत्या कर ले। किस प्रकार वह ऐसी स्थिति में अपने माता-पिता का सामना कर सकेगी। परन्तु, नीलिमा अपनी बहन के दिल के भय से परिचित थी। वह उसे ट्रेन में ही समझा चुकी थी कि यदि माता-पिता कुछ कहें तो सुन लेना। बाद में सब ठीक हो जाएगा। उसने आगे बढ़कर पूर्णिमा का हाथ पकड़ लिया। फिर दरवाजे की 'कालबेल' बजाई। पूर्णिमा के दिल की धड़कन और तेज हो गई।

कुछ देर बाद दरवाजा खुला! दरवाजा उसके पिताजी ने ही खोला था—गंगा प्रसाद ने। पूर्णिमा ने अपनी पलकें झुका लीं। नीलिमा ने अपने पिता को देखा... स्वयं भी कुछ डरते-डरते। कहीं पूर्णिमा को लाकर उसने कोई भूल तो नहीं की है? गंगा प्रसाद पूर्णिमा का देखते ही चौंक गए। उनके मस्तक पर बल पड़ गए। दृष्टि में घृणा समा गई। बोले, 'तुम! तुम अब यहां क्यों आई हो?'

पूर्णिमा ने कुछ नहीं कहा। अपनी दृष्टि भी नहीं उठाई। केवल पलकें कांपकर रह गयीं। आंखों में आंसू छलक आए। जिस पिता के कंधों पर वह झूलती रही थी आज वहां उसके लिए कोई भी स्थान नहीं था। उफ इतनी सख्त नफरत! अपने ही रक्त से! हां, वह इसी योग्य तो है। क्यों नहीं यह धरती फट जाती है ताकि वह उसमें समा जाए? वह क्यों यहां चली आई? क्यों नहीं अपनी जान दे दी?

48

'पिताजी...' नीलिमा ने बात संवारने का प्रयत्न किया।

'तुम क्या यहां से इसीलिए गई थीं कि इसे वापस लेकर आओ?' गंगाप्रसाद ने क्रोध में भड़ककर उसकी बात काटी। बोले, 'अब हमारे घर में इसके लिए कोई स्थान नहीं। यह हमारे लिए मर चुकी है। मैं तो इसके लिए कोई स्थान नहीं देखना चाहता।' गंगाप्रसाद ने पूर्णिमा को न देखने के लिए अपनी पीठ उसकी ओर कर ली।

'अरे यह क्या सुबह-सुबह किस से झंझट मोल ले रहे हो?' सहसा पूर्णिमा की माता जी अपने पति का क्रोध भरा स्वर सुनकर वहां चली आयीं। परन्तु तभी वह पूर्णिमा को देखकर चौंक पड़ी। आश्चर्य से बोली, पूर्णिमा तू।'

'पूर्णिमा ने तब भी अपनी पलकें ऊपर नहीं उठायीं। सिर झुकाए वह उसी प्रकार खड़ी रही। अपने पिताजी की बात सुनकर उसकी आंखों में छलके आंसू गालों पर लुढ़क आए थे। मां का स्वर कानों में पड़ा तो दिल उसकी छाती से लिपट जाने को तड़प उठा।

'मां...' नीलिमा ने कहा, 'तुम्हारी बेटी अपने पाप का फल भोग चुकी है। क्या इसे क्षमा करके अपने घर में शरण नहीं दोगी?'

मां कुछ नहीं कह सकी। आवाज गले में अटककर रह गई थी परन्तु अपनी कोख से जन्मी बेटी की बरबाद स्थिति देखकर उस की छाती अवश्य फड़क उठी थी।

'पिताजी..' नीलिमा ने फिर कहा, 'पूर्णिमा केवल मोहन की बनकर रहना चाहती थी परन्तु उससे धोखा खाने के बाद अब यह संभल चुकी है। वह अपना एक नया जीवन आरम्भ करना चाहती है। क्या आप इसे अस्वीकार करके यह चाहते हैं कि आप का रक्त अब गन्दी नाली में बहने लगे?'

'नीलू...' गंगाप्रसाद नीलिमा की ओर पलटे। दिल कठोर करके इनकार कर देना चाहा परन्तु अपने दिल के टुकड़े की बरबाद उनसे देखी नहीं गई। कलेजा मुंह को आ गया। फिर भी उन्होंने अपने आप पर काबू किया, परन्तु होंठों से कुछ नहीं कह सके।

'पिताजी...' नीलिमा ने कहा, 'सब ठीक हो जाएगा, मैं इसकी जिम्मेदारी लेती हूं। मेरा विश्वास कीजिए। समय से बड़ा मरहम कोई नहीं। समय सब कुछ भुला देगा।'

गंगा प्रसाद ने तब भी कुछ नहीं कहा। नीलिमा ने मां को देखा। मां की आंखों में हल्के-हल्के आंसू थे। नीलिमा ने पूर्णिमा की पीठ पर हाथ रखकर उसे आगे बढ़ाया और मानो आज्ञा देती हुई बोली, 'मां और पिताजी के पग छूकर क्षमा मांगो।'

पूर्णिमा अपने पिता के चरणों पर गिर पड़ी। फूट-फूटकर रो पड़ी। हिचकियों से उसके होंठ इस प्रकार कांपने लगे कि जबान से कुछ भी नहीं कह सकी। गंगाप्रसाद का दिल भर गया। आंखें छलक पड़ी। ऐसी स्थिति में यदि बेटी को स्वीकार करके उसे नया जीवन देने का अवसर प्रदान नहीं करते तो शायद वह अपने आपको कभी क्षमा नहीं करते। फिर भी अपनी

जबान से उन्होंने कुछ नहीं कहा। पूर्णिमा को उन्होंने उठने के लिए सहारा दिया तो पूर्णिमा मां के चरणों में गिर पड़ना चाहती थी परन्तु मां ने उसे छाती से लगा लिया।

नीलिमा को संतोष मिल गया। उसने एक जीवन बरबाद होने से बचा लिया था... अपनी बहन का जीवन—जो उसका अपना था... अपना रक्त।

दिन बीतने लगे। समय के साथ गंगा प्रसाद के दिल का घाव भर गया। आरम्भ में तो वह पूर्णिमा से बिलकुल भी नहीं बातें करते थे परन्तु धीरे-धीरे उसे अपने साथ बिठाने लगे। उससे घंटों बातें करते रहते ताकि उसका दिल बहला रहे। मां भी पूर्णिमा को अपने साथ ही रखतीं। उसकी पिछली बातें भूल जाने को समझाती रहतीं। नीलिमा कालेज से आती तो वह भी अपनी बहन का मन बहलाती रहती परन्तु पूर्णिमा अब गुम-सुम रहने लगी थी। उसके होंठों की चंचलता सदा के लिए छिन चुकी थी फिर भी मन को एक संतोष था। चिंताएं मिट रही थीं। उसके घरवाले कितने अच्छे हैं। उसका जीवन सुधारने के लिए वे क्या प्रयत्न नहीं कर रहे हैं? उसे कितना प्यार करते हैं। उसने क्यों एक आवारा के बहकावे में आकर अपने घर का प्यार ठुकरा दिया? क्यों इनकी मान-मर्यादा का विचार नही रखा?

गंगा प्रसाद तथा उनकी पत्नी पूर्णिमा के दिल की बातें समझती थीं। उन्हें संतोष था। वे जिस किसी से भी अपनी बेटी का रिश्ता बांधेंगे वह इनका नहीं करेगी। यही कारण था कि वे पूर्णिमा के सुखमय जीवन के लिए रिश्ता ढूंढ़ने लगे। इस शहर में पूर्णिमा के बारे में कोई नहीं जानता था कि वह कभी किसी पुरुष के साथ घर से भाग चुकी है। गंगाप्रसाद यूं भी कभी किसी से नहीं मिलते थे। फिर भी यदि कोई इनके घर में अब आ जाता तथा पूर्णिमा के बारे में पूछ लेता तो वह या उनकी पत्नी कह देती कि उनकी बेटी अपनी मौसी के घर पर सिलाई तथा कढ़ाई की शिक्षा प्राप्त कर रही थी।

कुछ दिनों के बाद रवि अपनी सफलता का सेहरा लेकर कालेज लौट आया तो नीलिमा का उससे प्रतिदिन कालेज में तथा छुट्टियों के दिन कालेज से बाहर मिलना फिर आरम्भ हो गया, नीलिमा रवि के साथ कोई प्रोग्राम बनाती तो दिल बहलाने के लिए पूर्णिमा को भी साथ ले जाना चाहती थी परंतु वह ऐसा नही कर सकी। पूर्णिमा उन दोनों को प्यार में डूबा देखती तो उसके दिल में टीस का उठना स्वभाविक बन जाता। क्यों उसने अपने आखिर उसके भाग्य में एक आवारा लड़का ही क्यों लिखा था? यही कारण था कि नीलिमा ने पूर्णिमा को अपने प्यार के बारे में कुछ बताया भी नहीं। रवि के बारे में उसने अपने माता-पिता से भी कुछ बताना उचित नहीं समझा। पहले माता-पिता का बोझ पूर्णिमा की ओर से उतर जाए तभी वह अपनी बात छेड़े तो अच्छा है। हां, यदि पूर्णिमा का विवाह रवि के कालेज में रहते-रहते तय हो गया तो वह रवि को विवाह में बुलाने के बहाने उसकी भेंट अपने माता-पिता से अवश्य करा देगी।

एक दिन नीलिमा ने पूर्णिमा के बारे में रवि को सभी कुछ बता दिया... वह कैसे मोहन के चक्कर में फंसकर अभिनेत्री बनने के लिए बम्बई भागी थी वहां उस पर क्या-क्या बीती तथा

किस प्रकार वह अपनी बहन को लाने में सफल हुई है। अन्त में उसने कहा, 'अब बस हमारी चिन्ता पूर्णिमा की ओर से दूर हो जाए तो मैं तुम्हारी भेंट भी माता पिता से करा दूंगी।'

'यह बात तुमने मुझे पहले क्यों नहीं बताई?' रवि ने गम्भीरतापूर्वक पूछा।

नीलिमा का दिल कांप गया। उसने कहा, 'जब तक पूर्णिमा वापस नहीं आई थी तब तक डर लगा रहता था कि कहीं मेरी बहन के बारे में जानकर तुम मुझे भी उसके समान न समझने लगो। अब वह आ गई है तो बताने में कोई हर्ज नहीं समझती। वैसे भी कभी न कभी तो तुम्हें पूर्णिमा की कहानी अवश्य ही बताती।'

'हूं!' रवि ने गम्भीर स्वर में चिंता प्रकट की, 'तो गोया मेरी भी एक जिम्मेदारी बढ़ गई है।'

'तुम्हारी जिम्मेदारी।' नीलिमा कुछ समझी नहीं।

'हां आं।' रवि ने कहा, 'आखिर वह मेरी साली बनेगी। मेरा भी तो धर्म है कि उसके लिए कोई अच्छा वर ढूंढ़ निकालूं। खैर।' रवि ने कुछ सोचते हुए अपने होंठ भींचे और सिर हिलाया, बोला, 'मेरे कालेज में रहते-रहते उसका विवाह हो गया तो ठीक है, वरना परीक्षा के बाद जब में दिल्ली जाऊंगा तो उसके लिए अवश्य कोई वर तलाश करूंगा।'

नीलिमा ने संतोष की सांस ली। रवि उसे कितना अधिक प्यार करता है। उसकी चिंता को अपनी ही चिंता समझता है। रवि के लिए वह अपनी जान दे दे तो कम है। रवि पर उसका विश्वास दृढ़ हो गया।

धीरे-धीरे परीक्षाओं के दिन समीप आ गए। अन्य विद्यार्थियों के समान रवि तथा नीलिमा ने भी अपना ध्यान शिक्षा की ओर समेट लिया। इसके पश्चात थोड़े समय के लिए दोनों लाइब्रेरी के पीछे लॉन में अवश्य मिलते, पल भर के मिलने से पढ़ाई की सारी थकावट दूर हो जाती। फिर परीक्षाएं आरम्भ हुयीं। परीक्षा के दिनों में कभी-कभी नीलिमा की भेंट रवि से पूरे-पूरे दिन नहीं होती, कारण। जिस दिन नीलिमा की परीक्षा नहीं होती उस दिन वह कालेज बिलकुल ही नहीं आतीं।

इन्हीं परीक्षाओं के दिन पूर्णिमा की बात किसी प्रकार एक घराने में तय हो गई। गंगाप्रसाद के एक सहयोगी लाल जगत राम को एक दिन उनके घर आने का अवसर प्राप्त हुआ तो दृष्टि पूर्णिमा पर पड़ गई, तब तक पूर्णिमा फिर स्वस्थ हो गई थी। मुखड़ा फूल समान खिल आया था। निरन्तर छाई रहने वाली गंभीरता ने उसके स्त्रीत्व को आदर्श की मूर्ति बना दिया था, कुछ इस प्रकार कि उससे कोई भी प्रभावित हो सकता था। यही कारण था कि लाला जगतराम को पूर्णिमा भा गई थी। कलकत्ता में उनके एक मित्र थे—सोमनाथ। उनके बेटे रामनाथ के लिए एक वधू की आवश्यकता थी। पूर्णिमा को देखा तो उनके मस्तिष्क में तुरन्त रामनाथ विचार जाग उठा। फिर बातों-बातों में गंगाप्रसाद से विवाह की बात उठी तो दोनों ही इस विवाह पर तैयार हो गए।

शीघ्र ही सोमनाथ तथा उनकी धर्मपत्नी लड़की देखने आए तो उन्हें पूर्णिमा एक ही दृष्टि में पसंद आ गई बातें तय होगी, विवाह की तिथि नीलिमा की परीक्षा के अन्तिम पर्चे के ठीक तीन दिन बाद पड़ी। गंगाप्रसाद के सिर से बोझ उतरा, उन्होंने भगवान को धन्य कहा, मां के मन की साध पूरी हुई। इस शहर से दूर कलकत्ता में उनकी बेटी अब सदा सुखी रहेगी। नीलिमा ने अपने हाथ से पूर्णिमा को लड्डू खिलाया। अपनी इस प्रसन्नता में वह रवि को भी सम्मिलित कर लेना चाहती थी इसलिए, परीक्षा का कोई पर्चा न होते हुए भी वह दूसरे दिन कालेज पहुंच गई, ऐसे समय जब रवि का पर्चा समाप्त होता था। उसे ज्ञात था कि रवि का कौन-सा पर्चा किस दिन तथा किस समय होता है, पर्चा समाप्त करने के बाद जब रवि परीक्षा के हाल से बाहर निकला तो नीलिमा को देखते ही उसके मुखड़े पर हर्ष तथा आश्चर्य की रेखाएं दौड़ने लगीं।

'अरे नीलू। तुम और यहां।' उसके समीप आते हुए कहा।

'एक खुशी की खबर लेकर आई हूं।' नीलिमा ने अपनी प्रसन्नता पर काबू पाते हुए कहा।

'हमारे-तुम्हारे विवाह की!' रवि ने चहककर मजाक किया।

'वह तो बाद की बात है।' नीलिमा ने कहा–'पूर्णिमा की बात कर रही हूं। उसका विवाह तय हो गया है'

'ओह–यह तो वास्तव में बड़ी प्रसन्नता की बात है।' रवि ने दिल की गहराई से हर्ष प्रकट किया। उसने इधर-उधर देखा। वह एक ओर बढ़ गया, नीलिमा भी उसके साथ चल पड़ी, रवि ने पूछा–'कौन साहब हैं यह? मेरा मतलब मेरे साड़ू भाई साहब?

'कलकत्ता के रहन रहने वाले हैं। सरकारी विभाग में क्लर्क हैं, परन्तु उसके माता-पिता कह रहे थे कि वह जल्दी ही बड़े बाबू बन जाएंगे।

'च-च-च-च..' रवि ने खेद प्रकट किया, 'यह तो बहुत बुरा हुआ।'

'क्यों?' नीलिमा ने आश्चर्य से पूछा।

'तुम्हारा होने वाला पति एक बड़े व्यापारी का बेटा है और तुम्हारी बहन का पति एक साधारण क्लर्क।'

'अपना-अपना भाग्य है।' नीलिमा ने एक सांस लेकर कहा, 'ऐसी स्थिति में उसका विवाह किसी से भी हो जाए तो भगवान को धन्य कहना चाहिए।'

रवि ने सोचा, नीलिमा ठीक ही कहती है। घर से भागकर एक पराए पुरुष के साथ अनेक रात बिताने वाली लड़की से विवाह भी कौन करेगा। उसे तो कोई भी पुरुष मिल जाए तो अपने आपको भाग्यवान समझना चाहिए।

लॉन आ गया, दोनों एक फुलवारी के पास हरी-हरी घास पर बैठ गए–एक दूसरे के समीप, तो रवि ने पूछा–'पूर्णिमा का पति देखने में कैसा है?'

'अरे हों।' नीलिमा को मानो अचानक याद आया। उसने अपने पर्स से तुरन्त एक तस्वीर बाहर निकाली और रवि की ओर बढ़ाती हुई बोली—'यह है उसकी तस्वीर, देखने में तो काफी सुन्दर है। है ना?'

रवि ने तस्वीर ले ली। ध्यान से देखने लगा। सिर के बाल घने और काफी सुन्दर... आंखों पर मोटा काला चश्मा। तस्वीर में रंग का पता नहीं चलता था, परन्तु रूप बुरा नहीं था। रवि तस्वीर को देखता रहा फिर बोला 'रूप तो तो बुरा नहीं है परन्तु आंखों पर चश्मा क्यों लगा रखा है?'

'अपना-अपना शौक है! कुछ लोगों की सुन्दरता चश्मा लगाने से बढ़ जाती है, कुछ लोगों में जरा भी अन्तर नहीं आता।'

रवि एक पल सोचता रहा, चश्मा लगाकर तस्वीर खिंचवाने का दूसरा कारण भी तो हो सकता है। परन्तु वह अपने दिल का संदेह जबान पर नहीं लाया। भगवान न करे कोई ऐसी-वैसी बात हो। नीलिमा से प्यार करने के कारण पूर्णिमा के प्रति शुभचिंतक बनाना रवि के लिए स्वाभाविक था। उसने पूछा, 'और रंग कैसा है?'

'सांवला।' नीलिमा ने कहा।

रवि ने चैन की सांस ली, पूर्णिमा का घर बस जाए, उसे एक नया जीवन प्राप्त हो जाए, बस यही तो वह चाहता है।

कुछेक दिनों बाद परीक्षाएं भी समाप्त हो गयीं। परीक्षा समाप्त होने के पश्चात नीलिमा रवि को अधिक समय नहीं दे सकी क्योंकि वह पूर्णिमा के विवाह की तैयारी में व्यस्त थी। विवाह के दिन ही कितने रह गए थे? विवाह का दिन भी मानो पलक झपकते ही आग गया। गंगा प्रसाद पूर्णिमा के विवाह को बहुत सादगी से करना चाहते थे परन्तु लड़के वालों के सामने इज्जत रखने के लिए उन्हें अपने घर को एक बार फिर रंगीन बल्बों द्वारा सजाना पड़ा। उन्होंने विभाग के गिने-चुने कर्मचारियों के अतिरिक्त नीलिमा की उन सहेलियों को भी आमंत्रित किया, जिनका निवास स्थान इसी शहर में था। नीलिमा ने रवि को भी कार्ड दिया।

गंगाप्रसाद को भय था कि यदि विवाह के चमक-दमक में कमी रह गई तो लड़के वालों को लड़की वालों पर किसी प्रकार संदेह हो सकता है। किसी प्रकार लड़की का विवाह हो जाए तो उनके सिर से एक बहुत बड़ा बोझ उतर जाएगा। विवाह के दिन सुबह ही से गंगाप्रसाद के घर पर लाउडस्पीकर का शोर संगीत लिए गूंजने लगा तो सुनने वालों को ज्ञात हो गया कि आज यहां कोई उत्सव होने वाला है। गंगाप्रसाद के घर के बगल में थोड़ी-सी जमीन खाली थी। उन्होंने वहां तम्बू लगावाकर कनात से घिरवा दिया। शाम से पहले ही नीलिमा ने अपनी बहन को एक बार फिर संवारा तो पूर्णिमा की आंखें छलक आयीं। वह अपनी बहन के इस असीमित प्यार के योग्य नहीं थी। नीलिमा की आंखें भी छलक आई थी। मां उदास थी। पूर्णिमा जैसी भी थी परन्तु थी उन्हीं की सन्तान। बिछड़ने का गम तो होगा ही।

शाम ढलते ही गंगाप्रसाद का घर बिजली के बल्बों से जगमगा उठा। मेहमान आने लगे। मेहमानों का स्वागत गंगाप्रसाद ने कनात से बने मुख्य द्वार पर करना आरम्भ कर दिया, रवि भी आया... कुछ अधिक सज-धजकर, बन-संवरकर मानो उसी का तो विवाह होने वाला है। नीलिमा के पिता से मिलकर वह उन्हें एक ही दृष्टि में प्रभावित कर लेना चाहता था। नीलिमा अपनी बहन के पास थी इसलिए रवि से इस समय भेंट नहीं हो सकी। परन्तु रवि को इसका खेद जरा भी नहीं हुआ। वह नीलिमा की विवशता समझता था। ऐसे अवसर पर समय निकालने से भी नहीं मिलता। नीलिमा की सहेलियां भी आयीं परंतु वे आते ही नीलिमा के घर के अंदर प्रविष्ट हो गयीं जहां पूर्णिमा दुल्हन बनी बैठी बहुत धड़कते दिल के साथ एक बार फिर नया घर बसाने का स्वप्न देख रही थी।

कुछ देर बाद बैन्ड बाजों का स्वर सुनाई पड़ने लगा। बारात आ रही थी। बारातियों के ठहरने का प्रबंध गंगा प्रसाद ने एक साधारण होटल में किया था। बारात आई तो नाच-गानों का शोर सुनकर बारात की रंगीनी देखने के लिए लड़कियाँ तथा स्त्रियाँ गंगा प्रसाद के घर के सामने झुरमुट बनाकर खड़ी हो गयीं, दूल्हे को समीप से देखने के लिए सभी इच्छुक थे। कुमारियों के दिल मचलकर स्वयं भी एक दूल्हा का स्वप्न देखने लगे। गंगा-प्रसाद के घर के सामने पहुंचकर बारातियों ने थोड़ी आतिशबाजी का प्रदर्शन करते हुए अपनी शान प्रकट की। फिर टेण्ट के मुख्य द्वार पर जब दूल्हा की कार रुकी तो नीलिमा की मां ने दूल्हे की आरती उतारी। मण्डप टैण्ट में ही एक किनारे था, दूल्हे मण्डप की ओर बढ़ गया। उसका मुखड़ा सेहरे के फूलती झूलों की घनी चादर से ढका हुआ था। उसके साथ उसके माता-पिता तथा भाई बहनें भी थीं। बारातियों ने भोज की ओर ध्यान दे दिया।

मण्डप में पण्डितों द्वारा विवाह की रस्म जारी हो गई। फिर कुछ देर बाद एक पण्डित ने कन्या को मण्डप में लाने की आज्ञा दी।

नीलिमा के हाथों का सहारा लिए पूर्णिमा नई नवेली दुल्हन बनी, पलकें झुकाये, शर्म व हया का लबादा ओढ़े, बहुत आहिस्ता-आहिस्ता मण्डप की ओर बढ़ी, इस प्रकार मानों फूलों का सेज पर चलते हुए भी उसे डर लग रहा है। कहीं कोमल पैरों को लचक न आ जाए। कौन कह सकता था पूर्णिमा कुंवारी नहीं है? उसकी सुंदरता में बला का आकर्षण था, भोलापन, रवि एक ओर खड़ा पूर्णिमा को देख रहा था। वह सोच रहा था कि वह नवयुवक कितना मूर्ख था जो इस लड़की को धोखा दे गया। इसकी तो पूजा करनी चाहिए।

नीलिमा की सुन्दरता अपने स्थान पर थी तो पूर्णिमा की अपने स्थान पर। आखिर एक ही खानदान से तो दोनों का संबंध है। रवि ने नीलिमा को जी भरकर देखा। गुलाबी रेशमी साड़ी में नीलिमा ऊपर से नीचे तक गुलाबी होकर एक अर्धखिली कली बन गई थी। आज उसकी लटें भी कुछ अलग ही ढंग से संवरी हुई थीं - बहुत ही सुन्दरता के साथ। रवि का मन किया वह नीलिमा को बांहों में समा ले, उसके होंठों की पंखुड़ियां चूम ले।

गंगाप्रसाद ने आगे बढ़कर पूर्णिमा को संभाल लिया, नीलिमा अपनी सहेलियों के साथ कुछ पीछे खड़ी हो गई। पूर्णिमा मण्डप में पहुंची। उसकी साड़ी का आंचल उसके होने वाले भविष्य के साथ गांठ बनाकर बांध दिया गया परन्तु यह गांठ मजबूती के साथ नहीं बंध सकीं बंधन खुल गया - उस समय जब फेरे लगते समय बारातियों में से एक व्यक्ति ने पूर्णिमा को तुरंत पहचान लिया। वह लड़के के पिता सोमनाथ को तुरंत बुलाकर अलग ले गया। नीलिमा ने यह बात देख ली तो उसका दिल अचानक ही बहुत तेजी के साथ धड़कने लगा। कहीं कोई अनुचित बात न उत्पन्न हो जाए? उसका दिल कुछ इस प्रकार घबराने लगा कि उस पर काबू पाने के लिए उसे रवि की आवश्यकता पड़ गई, वह रवि के पास आकर खड़ी हो गई - बहुत सहमी-सहमी सी, इस प्रकार मानो कोई बम फटने वाला है। यदि बम पुट गया तब क्या होगा? हां, तब क्या होगा?

एक बार बारात आई थी तो दुल्हन भाग गई थी, आज दुल्हन है तो कहीं बारात न वापस चली जाए? उसके पिता को दिल का एक दौरा पहले ही पड़ चुका है। दूसरा दौरा निश्चय ही जानलेवा सिद्ध होगा। मां भी जहर खा लेगी। पूर्णिमा के पिछले जन्म का भेद खुल गया तो वह स्वयं भी आत्महत्या कर लेगी। कितनी कठिनाई से उसने नया जीवन धारण करना सीखा है। सब कुछ बरबाद हो जायेगा। कांपकर उसने भर समाज में ही रवि की बांह थाम ली तो रवि को बड़ा आश्चर्य हुआ। उसने नीलिमा को देखा। नीलिमा का मुखड़ा पसीने से तर था। रंग सफेद हो रहा था। रवि घबरा गया। उसने तुरंत पूछा - 'क्या बात है नीलू? तुम परेशान हो क्या?'

'रवि-' नीलिमा ने कांपते स्वर से कहा -'मेरा दिल घबरा रहा है। हमें बचा लो रवि...हमें बचा लो।' नीलिमा विनती कर रही थी।

रवि कुछ समझा नहीं।

दूसरी ओर एकांत में दूल्हा के पिता सोमनाथ से वह व्यक्ति कह रहा था, 'आप इस लड़की के चक्कर में कैसे फंस गये? यह तो कुलटा है - कुलटा।'

'क्या बक रहे हैं आप?' सोमनाथ ने आश्चर्य तथा क्रोध में पूछा।

'मैं सच कह रहा हूं। बम्बई के जिस होटल में मैं ठहरा था वहां यह लड़की भी कई दिन तक एक नवयुवक के साथ अकेली ठहरी हुई थी - ठीक मेरे बगल वाले कमरे में ही। विश्वास न हो तो मेरे साथ बम्बई चलकर उस होटल से पता लगा लीजिए। मैं तो उस नवयुवक की पत्नी समझ रहा था। अच्छा हुआ जो आज पहचान लिया।'

सोमनाथ तुरंत क्रोध में बिफर उठे।उनके साथ इतना बड़ा विश्वासघात। वह तुरंत मण्डप में पहुंचे। चीखकर बोले, 'ठहरो, यह शादी नहीं हो सकती।'

बम का धमाका हुआ। गंगाप्रसाद तथा उनकी पत्नी का दिल कांप गया। नीलिमा को ऐसा लगा मानो उसका दिल बैठ जायेगा, उसने ओर भी सख्ती के साथ रवि का हाथ पकड़ लिया मानो डूबते दिल को सहारा दे रही हो।

'यह आप क्या कह रहे हैं सोमनाथ जी?' गंगाप्रसाद को सोमनाथ की बात पर विश्वास नहीं हुआ।

'मैं ठीक कह रहा हूं। यह शादी कभी नहीं हो सकती।' सोमनाथ ने गरजकर कहा - 'तुम सबने मिलकर हमसे धोखा किया है। क्या यह झूठ है कि इस लड़की ने बम्बई में एक होटल में एक पराये पुरुष के साथ अकेले एक ही कमरे में अनगिनत रातें और दिन नहीं बिताए हैं?'

गंगाप्रसाद के सहयोगी लाला जगतराम इस बात से अनभिज्ञ थे। उन्होंने घूकर गंगाप्रसाद को देखा मानो गंगाप्रसाद ने सोमनाथ को ही नहीं उन्हें भी धोखा दिया था। गंगाप्रसाद का दिल बैठने लगा। अब और तब मानो जान ही निकल जाना चाहती थी। बड़ी कठिनाई से उनकी पत्नी उन्हें सहारा दे रही थी जबकि वह स्वयं भी सहारे की भूखी थीं नीलिमा की आंखों के सामने अंधकार छा गया।

'चल बेटा, चल...अब हम यहां एक मिनट भी नहीं रुक सकते।' सोमनाथ ने अपने दूल्हा बेटे को आज्ञा दी।

'लेकिन पिताजी...' दूल्हे ने कहना चाहा। शायद वह पूर्णिमा के भोलेपन तथा सुंदरता से पूर्णतया प्रभावित था।

'अबे चल ना...गधा कहीं का!' सोमनाथ ने अपने लड़के को सख्ती से डांटते हुए उसका सेहरा एक झटके में उसके सिर पर से खींच लिया और जमीन पर दे पटका।

सेहरा सिर से उतारा तो सभी चौंक गए। दूल्हा गंजा था...मुखड़ा कोयले के समान काला...आंखें टेढ़ी...कपोल पर भद्दे-भद्दे गड्ढे थे। रवि को बड़ा आश्चर्य हुआ। तस्वीर में तो इसकी सूरत अच्छी थी परन्तु प्रत्यक्ष रूप में इसे देखते ही मतली सी आ जानी थी। रवि ने देखा, दूल्हा के पिता ने झटके में अपने बेटे के साथ उसके सिर की विग 'नकली बाल' भी उतार फेंकी थी। दूल्हे ने उस विग को उठाना चाहा परंतु उसके पिता उसे जबरदस्ती घसीटकर अपने साथ ले गए।

बाराती कोसते तथा गालियां देते चले गए तो रोना तथा चीखना मच गया। गंगाप्रसाद में इतना बड़ा अपमान सहन करने की शक्ति नही रहीं उनका दिल बैठा जा रहा था... अब और तब...और उनकी धर्मपत्नी छाती पीट-पीटकर रोते हुए अपने पति को सम्भालने का असफल प्रयत्न कर रही थी। पूर्णिमा से अपने घर की यह स्थिति देखी नहीं जा रही थी। उसकी एक भूल के कारण आज इस घर की शांति को आग लग गई। आज भरे समाज में उसके कारण इस घर का कितना बड़ा अपमान हुआ है? उसने इन तमाम परेशानियों की जड़ को अब सदा के लिए ही समाप्त कर देने में अच्छाई समझी।

अब वह न जीवित रहेगी और न किसी को उसके कारण किसी बात की चिंता ही होगी, उसे आत्महत्या कर लेनी चाहिए, दीवार से सिर फोड़ लेना चाहिए। अब वह रोना नहीं चाहता थी...तड़पना नहीं चाहती थी...केवल जान देना चाहती थी, फिर भी उसकी आंखों में आंसू

थे...अपनी बेबसी पर...दुर्भाग्य पर...नादानी पर...मूर्खता पर। वह किसी से दृष्टि नहीं मिला सकती थी। पलकें झुकाए वह उसी जगह खड़ी थी जहां उसका दूल्हा उसे छोड़कर गया था। उसके पग मानो धरती से चिपककर रह गए थे। काश यह धरती फट जाए और वह इसमें समा जाए तो सारी परेशानी ही समाप्त हो जाएगी।

नीलिमा ने मानो बहुत तेजी के साथ अपने माता-पिता तथा पूर्णिमा के दिल की स्थिति का आभास किया तो उसका अपना दिल भी छलनी हो गया। आंखें छलक आयीं तो उसने रवि को देखा। भीगे स्वर में पूछा...'रवि, मैं तुम पर विश्वास कर सकती हूं?'

'अपनी आत्मा से भी बढ़कर।' रवि ने कुछ न समझते हुए भी अपने दिल की बात कही।

नीलिमा रवि का हाथ छोड़कर तेज पगों से अपने पिता के पास पहुंची। गंगाप्रसाद का दिल डूब रहा था...होठ कांप रहे थे...आंखों में आंसुओं का सागर जारी था। नीलिमा ने तुरंत अपने पिता का हाथ पकड़ा और बोली, 'पिताजी, पम्मी की शादी होगी...अभी इसी समय। लाखों क्या करोड़ों में एक ही लड़का मिला हैं आप बिल्कुल चिन्ता न करें।'

गंगा प्रसाद को अपने कानों पर विश्वास ही नहीं हुआ, फिर भी उनके डूबते दिल को बहुत बड़ा सहारा मिल गया। ऐसी स्थिति में उनकी बेटी उनसे मजाक नहीं कर सकती। गंगा प्रसाद की धर्मपत्नी को भी नीलिमा की बातों पर विश्वास नहीं आ। इस आड़े समय में कौन ऐसा देवता उत्पन्न हो गया जो उनकी बदनाम बेटी को हाथ थामने के लिए तैयार हो गया है? नीलिमा ने अपनी मां जी से कहा, 'मां, तुम पम्मी को संभालो। ऐसा न हो कि निराशा की तड़प उसके दिल की धड़कन बन्द कर दे। मैं अभी आई।'

नीलिमा ने अपने घर वालों को सहारा दे दिया, परन्तु उसका अपना दिल छलनी हो गया, आंखें छलक आयीं तो दिल पर पत्थर रखकर उसने अपने आंचल से आंसू पोंछा और फिर रवि के पास आई। उसने रवि की आंखों में झांका, पलकों की झोली फैलाकर दृष्टि में आशा लिए हुए। दिल की बात जबान पर आने से पहले होंठ कांपने लगे।

रवि का दिल एक अज्ञात भय से कांप गया। यह सब क्या होने वाला है? नीलिमा क्यों उसे इस प्रकार देख रही है? उसके होंठ क्यों कांप रहे हैं? उसके दिल की धड़कन और तेज होने लगी।

'रवि...' कांपते होंठो से बड़ी कठिनाई के बाद नीलिमा ने कहा, इस प्रकार मानों वह स्वयं ही अपने दिल पर छुरी चला रही हो। दर्द इतना अधिक हुआ कि सहन शक्ति टूट गई। आंखें छलक आयी। मन हुआ अपने मन की बात मन में ही रख ले। संसार को आग लग जाने दे परन्तु अपना घर न उजड़ने दे। कितनी कठिनाई से उसने प्यार के सपनों का एक महल बनाया था और आज वह उसे अपने हाथों से ही तोड़ देना चाहती है? परंतु नीलिमा इतनी स्वार्थी नहीं थी कि दूसरों की बर्बादियों पर अपनी खुशियों का महल खड़ा करे। इसके अतिरिक्त उसने अपनी बहन को मृत्यु के पंजों से निकालकर एक नया जीवन देने का वचन

दिया था। पहल भर पहले उसने माता-पिता के डूबते दिल को भी सहारा दिया था। उसने अपने गले का थूक घोंटा और बोली, 'रवि, तुम...तुम' नीलिमा के होंठ और भी तेजी से कांपने लगे। वह अब भी अपनी अमानत दूसरों को नहीं सौंपना चाहती थी परन्तु वह अपने कोमल दिल से मजबूर थी। एक ओर माता-पिता तथा बहन के जीवन का प्रश्न था तथा दूसरी ओर उसकी अपनी खुशियां। उसने अपना प्यार अपने घर वालों की खुशियों पर भेंट चढ़ाते हुए कहा, 'तुम मेरी बहन से विवाह कर लो।' उसने आखिरी वाक्य तुरंत कह दिया, ऐसा न हो कि उसका विचार बदल जाए।

'नीलू!' रवि को मानो कुछ-कुछ नीलिमा के दिल की आवाज का एहसास हो गया था। फिर भी वह चौंककर चीखते चीखते रह गया।

नीलिमा ने इसके आगे उससे कुछ नहीं कहा। वह केवल रवि की आंखों में झांकती रही, पलकों पर आंसुओं की लड़ियां लिए, जो टूट-टूटकर अब उसके कपोलों पर बहने लगी थी। उसके होंठ अब भी कांप रहे थे। मुखड़ा भी हल्के-हल्के कांप रहा था। वह अपनी बात वापस ले लेना चाहती थी। परंतु स्वर जाने कहां गले में अटककर रह गया था। काश, रवि उसके प्यार का अपमान करते हुए पूर्णिमा का हाथ थामने से इन्कार कर दे - काश! मन मानो यही कह रहा था परन्तु मन की बात होंठों पर आने में असफल थी।

रवि ने नीलिमा की आंखों में झांका - बहुत प्यार से। नीलिमा को उस पर कितना विश्वास है। नीलिमा की दृष्टि में कितनी बड़ी आशा थी - आंसुओं में कितनी अधिक तड़प - होंठों पर दिल की गहराई से उठती विनती - अपने खानदान के जीवन की भीख! रवि खुद ही तड़प उठा। यदि उसने नीलिमा की बात से इंकार कर दिया तो वह उसे क्षमा कर सकेगी? यदि क्षमा करके उसकी नीलू ने अपने प्यार के कारण उससे विवाह कर लिया तब भी क्या वह उसके साथ कभी खुश रह सकेगी? यदि इस भयानक घटना से निराश होकर उसके घर वालों ने आत्महत्या कर ली तो क्या नीलिमा इस गम में कुढ़-कुढ़कर शीघ्र ही अपनी जान नहीं दे देगी?

रवि को अपने प्यार पर रोना आ गया। अपनी बेबसी पर उसकी आंखें छलक गयीं। फिर भी वह मुस्करा दिया - अपने प्यार के लिए - अपनी नीलू की दिल की शांति के लिए। उफ! कितनी दर्द भरी मुस्कान थी यह जिसे नीलिमा ने देखा तो दिल के टुकड़े-टुकड़े हो गए। मन चाहा वह रवि की छाती से लिपट जाए। चीख-चीखकर संसार को बता दे कि रवि उसका है - केवल उसका। वह अपने प्यार के पीछे सारे संसार की बलि चढ़ा देगी। परन्तु वह ऐसा नहीं कर सकी। जबान तालू से चिपक गई थी।

'ठीक है नीलू - ठीक है।' रवि उसी तड़पती मुस्कान के साथ कह रहा था, 'तुम चाहती हो तो मैं ऐसा भी करने को तैयार हूं।' मैं तो तुम्हारी एक-एक प्रसन्नता पर हजार जान भी निछावर होने को तैयार हूं। परन्तु...'

'परन्तु...?' नीलिमा का दिल बहुत जोर से धड़का।

'मेरी भी एक शर्त है।' रवि ने कहा।

'मैं उस शर्त को पूरा करने के लिए अपनी जान की बाजी भी लगा दूंगी।' नीलिमा ने बिना सोचे-समझे कहा। रवि उसके लिए इतना बड़ा त्याग कर रहा है। वह रवि के लिए जो भी करेगी निश्चय ही कम होगा।

'तुम्हें जीवन भर मुझसे ऐसे ही प्यार करना पड़ेगा जैसा अब तक करती आई हो।'

नीलिमा की सांस जहां-तहां रुक गई। रवि को वह फटी-फटी आंखों से देखने लगी।

रवि दिल में तड़प लिए हल्के से मुस्कराया और फिर नीलिमा के उत्तर की प्रतीक्षा किए बिना ही पूर्णिमा की ओर बढ़ गया।

तीन

संसार बदल गया - नीलिमा का - रवि का और पूर्णिमा का भी। पल भर की एक आंधी आई और प्यार के चमन को अपनी पेट में लेकर सब कुछ बरबाद कर गई। टहनी-टहनी टूट गई। फूल बिखर गए। नीलिमा के दामन में कांटे आए और रवि के दामन में भी कांटे ही कांटे आए। परन्तु पूर्णिमा के दामन में? पूर्णिमा स्वयं भी अनुमान लगाते हुए भय खा रही थी। उसके पति ने उसका अतीत जानते हुए भी उसने क्यों विवाह कर लिया? क्यों यह तो आने वाला समय ही बताएगा कि उसके दामन में फूल आए हैं या कांटे। यदि उसके दामन में कांटे आए हैं तब तो वह इन्हें फूल समझकर अपने पति की एक-एक मुस्कान पर हजार जान से निछावर हो जाएगी। उसका पति तो देवता है। साक्षात देवता। ऐसा व्यक्ति कहां मिल सकता है जो ऐसी परिस्थिति में एक कलंकिनी से विवाह करे?

पूर्णिमा रवि के साथ उसकी पत्नी बनकर दिल्ली के लिए रवाना हुई तो घर वाले उसे स्टेशन तक छोड़ने आए। रवि पल भर में ही घर वालों के लिए देवता बन गया था। स्टेशन पर रवि को कूपा मिल गया था। कूपे में विदा होने से पहले पूर्णिमा ने नीलिमा को जितना फूट-फूटकर रोते देखा आ तक किसी की मृत्यु पर भी नहीं देखा था। क्या कोई लड़की वास्तव में अपनी छोटी बहन को इतना अधिक प्यार कर सकती है? स्वयं गंगा प्रसाद को भी अपनी बेटी की इस असीमित पीड़ा पर बहुत आश्चर्य हो रहा था। शायद इसीलिए उनकी बेटी अपनी छोटी बहन को उससे झूठ बोलकर बम्बई जाकर वापस ले आई थी क्योंकि उसे उससे अत्याधिक प्रेम था। परन्तु रवि जानता था कि नीलिमा इतना अधिक क्यों रो रही है? अपने दिल की धड़कन दूसरे को सुपुर्द करते हुए दर्द तो होता ही है। नीलिमा स्वयं ही तो इस बरबादी की जिम्मेदार थी। क्यों उसने अपने प्रेम को अपनी प्रेमी को अपनी बहन के हवाले कर दिया?

रवि कम्पार्टमेंट के द्वार पर चुपचाप खड़ा अपने जीवन के पथ पर ध्यान दे रहा था जो अचानक ही एक गहरे मोड़ के कारण बदल गया था, उसका सुरक्षित कूपा कहीं समीप ही था जहां से उसके कानों में नीलिमा की सिसकियां पिघले सीसे समान उसके कानों में उतर रही

थीं, वह जानता था इसमें नीलिमा का भी दोष नहीं है। यदि उसकी बहन के साथ उनके माता-पिता के जीवन का भी प्रश्न नहीं होता तो नीलिमा अपने जीते-जी उसे किसी पराये का बनते देख भी नहीं सकती थी। फिर भी रवि को एक प्रकार का संतोष था - वह अपनी नीलू के काम आ गया, नीलिमा के विश्वास की उसने लाज रख ली। अपने प्यार की परीक्षा में वह सफल उतरा, अब उसने नीलिमा के दिल में पहले से भी अधिक स्थान प्राप्त कर लिया था। नीलिमा उसे जीवन भर प्यार करती रहेगी। उसका प्यार अमर है। प्यार कभी नहीं टूटता। परिस्थिति के आगे कभी नहीं झुकता।

परन्तु क्या ऐसा संभव है? क्या नीलिमा अब भी उसे प्यार करके अपनी बहन की प्रसन्नताओं में आग लगाना स्वीकार कर सकती है? और यदि उसने नीलिमा के प्यार से कोई लाभ उठाना चाहा तो क्या नीलिमा इसे उसके त्याग और बलिदान का मूल्य तो नहीं समझ बैठेगी? क्या उसके इस त्याग के पीछे नीलिमा उसे स्वार्थी तथा आवारा तो नहीं समझ बैठेगी? क्या इसी उद्देश्य से उसने अपनी छोटी बहन का हाथ पकड़ा था ताकि छोटी बहन को धोखे में रखकर बड़ी बहन से प्यार का खेल खेलता रहे? यह सारे प्रश्न रवि के मन में कुछ इस तेजी के साथ उठ रहे थे जिसका उत्तर इस समय देना उसके बस में नहीं था। परन्तु उसकी अन्तरात्मा ऐसा कोई भी काम हरगिज करने को तैयार नहीं थी जिसके कारण उसके नीलू को चोट पहुंचे। नीलिमा को वह सच्चे मन से प्यार करता था, अपने प्यार के पीछे उसे एक ही हत्यारे पर उसने बरबादियों का रास्ता सदा के लिए अपना लिया था। उसने अपना भविष्य भाग्य के हाथों सौंप दिया।

गंगा प्रसाद तथा उनकी धर्मपत्नी बेटी को गले लगाकर आंसू बहाने के साथ उसके भाग्य को भी धन्य कहते जा रहे थे। नीलिमा भी वहीं खड़ी थी। सहसा गार्ड ने सीटी दी तो सब तुरन्त प्लेटफार्म पर उतर गए। रवि ने दरवाजे के समीप ही सरक कर रास्ता छोड़ दिया। गंगाप्रसाद ने रवि का हाथ चूम लिया। साक्षात देवता! ऐसे व्यक्ति के चरणों की धूल भी चंदन समझ कर मस्तक पर लगाई जाती है। वह किनारे हटे तो नीलिमा रवि के सामने गई। आंसू भरी आंखों से उसने रवि को देखा। रवि जा रहा है - सदा के लिए दूसरे का बनकर - उसकी दृष्टि से दूर। शायद अब वह रवि को कभी नहीं देख सकेगी। उसके सामने पहले समान कभी नहीं आ सकेगी। आएगी तो उसके दिल के टुकड़े-टुकड़े नहीं हो जाएंगे। उसे अब स्वयं ही रवि से सदा दूर रहना पड़ेगा। इसी में उसकी भलाई है - रवि की भलाई भी है और उसकी बहन की प्रसन्नता भी सुरक्षित है।

नीलिमा के आंसू बहते ही जा रहे थे। होंठ कांप रहे थे। उसने क्यों अपना प्रेम अपने हाथों से जला डाला? क्यों अपने प्यार को दूसरों की प्रसन्नता पर भेंट चढ़ा दिया? नारी तो अपने प्रेमी की प्रसन्नता के लिए तबाह और बरबाद हो जाती है फिर उसने अपने साथ अपने प्रेमी को भी क्यों बरबाद कर दिया? बड़ी कठिनाई से नीलिमा ने अपने दिल पर काबू किया और

कांपते स्वर में बोली, 'रवि, पम्मी को हमारे प्यार के बारे में कुछ भी नहीं मालूम। तुम हमारा प्यार राज में रखना - तुम्हें मेरी सौगन्ध, और...और पम्मी के साथ...प्रसन्न रहने का प्रयत्न करना।' नीलिमा अपने हाथों में मुंह छिपाते हुए फूट-फूटकर रो पड़ी।

प्रसन्न! दिल चीरकर नमक छिड़का जाए तो कोई कैसे मुस्करा सकता है? रवि फिर भी मुस्करा दिया - वह तड़पती हुई मुस्कान - अपनी नीलू के लिए - अपने निःस्वार्थ प्यार के लिए। उसकी नीलू उसे सदा प्यार करती रहेगी, यह उसके छलकते आंसू बता रहे थे। इसी प्यार का तो उसे सहारा है - जीने का सहारा, ऐसे दर्द, ऐसी तड़प में कभी-कभी कितनी मिठास होती है।

गाड़ी अपनी पटरियों पर सरकने लगी थी फिर भी रवि ने नीलिमा को कोई उत्तर नहीं दिया। वह केवल नीलिमा को देखता रहा जो आंसू बहती हुई खड़ी-खड़ी प्लेटफार्म पर पीछे छूटती जा रही थी। नीलिमा भी रवि को ही देख रही थी - शायद अन्तिम बार इस प्रकार मानो उसके प्यार का शव चिता की भेंट चढ़ने जा रहा था। जब रेलगाड़ी बहुत दूर गुम हो गई तो नीलिमा एक बार फिर फूट-फूटकर रो पड़ी, कुछ इस प्रकार कि उसके माता-पिता को उसे संभालना कठिन हो गया।

रवि कूपे में वापस आया। पूर्णिमा एक ओर सहमी-सहमी सिर झुकाए नई नवेली दुल्हन बनी बैठी हुई थी। एक अज्ञात भय के कारण उसकी दिल की धड़कन बढ़ गई। वह कुछ और सिमट गई। शायद उसका पति उसके समीप बैठे। उससे बातें करे। उसका मन बहलाए। यद्यपि पूर्णिमा कुंवारी नहीं थी फिर भी उसके अंदर नई नवेली दुल्हन जैसी अछूती भावनाएं जाने किस दबाव में आकर उठ खड़ी हुई थी। क्या इसलिए तो नहीं कि वह दुल्हन पहली बार बनी थी? एक विधवा भी विवाह करती है तो उसकी आंखों में एक कुंवारी दुल्हन समान रेशम जैसे गुलाबी डोरे अवश्य कांप जाते हैं, फिर पूर्णिमा तो अविवाहित थी। उसके अंदर ऐसी भावनाएं क्यों नहीं उठतीं।

रवि उसकी बर्थ पर उससे कुछ हटकर बैठ गया - खिड़की के समीप - और खिड़की द्वारा बाहर के चलते-फिरते संसार को देखने लगा जो गाड़ी की गति के समान पीछे भाग रहा था। रवि के मस्तिष्क में अपनी नीलू के साथ बिताया हुआ एक-एक पल आता और चला जाता था। उसकी आंखों से आंसू गिरते और हवा के दामन पर उड़ जाते थे। अपनी नीलू के प्यार में डूबा वह पूर्णिमा से काफी देर तक कुछ भी बात नहीं कर सका। यहां तक कि कई घंटे हो गए तो पूर्णिमा घूंघट की ओट में चुपचाप आंसू बहाने लगी। क्या वह उसे कभी प्यार नहीं देगा? फिर भी उसे विश्वास था, पूर्ण विश्वास था कि एक दिन वह अवश्य अपने पति का दिल जीतने में सफल हो सकेगी। जिस पुरुष ने उस पर दया करके उसकी जान तथा घर वालों का सम्मान बचाया है, उस पुरुष की प्रसन्नता के लिए वह अपनी जान देने से भी नहीं चूकेगी।

कुछ देर बाद जब एक स्टेशन पर गाड़ी रुकी तो रवि ने अपनी स्थिति पर काबू किया। पूर्णिमा इस समय प्यार की भूखी थी। वह उसे प्यार नहीं देस कता था परन्तु उसके साथ मानवता न बरतना भी एक अन्याय होता। उसने पूर्णिमा से पूछा - 'तुम...तुम्हें चाय तो नहीं पीना है?'

पूर्णिमा उसी प्रकार सिर झुकाए बैठी रही - केवल खामोशी के साथ नहीं के संकेत पर सिर हिला दिया। जबान से कहने का साहस जरा भी नहीं हुआ। पलकें उठाकर रवि को देख भी नहीं सकी।

रवि ने दुबारा नहीं पूछा। उसे मानो अपने लिए किसी वस्तु की कमी महसूस हो रही थी, पूर्णिमा के साथ होते हुए भी वह अकेलापन महसूस कर रहा था। वह कम्पार्टमेंट से बाहर निकला और एक पैकिट सिगरेट तथा माचिस खरीद लिया। जीवन में पहली बार उसने सिगरेट को हाथ लगाया था। सिगरेट जलाकर वह जल्दी-जल्दी कश लेने लगा। एक-दो बार उसे खांसी भी आई परन्तु फिर मानो आदत-सी पड़ गई। गाड़ी चली तो वह दुबारा अपने कूपे में आकर बैठ गया, यात्रा में पूर्णिमा उसकी हमसफर कम थी और सिगरेट अधिक।

दिल्ली स्टेशन समीप आने लगा तो रवि ने कहा - 'यदि तुम चाहती हो कि मेरे घर वाले तुम्हें सम्मान की दृष्टि से देखें और बेटी समान प्यार दें तो उनके आगे अपना अतीत कभी मत प्रकट करना और न ही उन्हें यह बताना कि मैंने किन परिस्थितियों के कारण तुमसे विवाह किया है।'

पूर्णिमा ने कोई उत्तर नहीं दिया, केवल सोचती रही, उसका पति ठीक ही तो कहता है। यदि उसकी वास्तविकता रवि के घर वालों को ज्ञात हो गई तो उसे सम्मान देना तो दूर, वे उसे स्वीकार भी नहीं करेंगे। भला एक दुराचारिन को कौन अपने घर की लक्ष्मी बनाना पसंद करेगा? ऐसी लड़की की तो छाया भी अपनी ड्योढ़ी पर लाना लोग पाप समझते हैं।

दिल्ली में जब टैक्सी पूर्णिमा तथा रवि को लिए एक बड़े बंगले के मुख्य द्वार में प्रविष्ट हुई तो उसे पूर्णिमा की सांस एक ही जगह स्थिर रह गई। उसने बहुत आश्चर्य से बंगले की सुंदरता तथा उसमें रहने वालों के स्तर का अनुमान लगाया तो दिल कांप गया, क्या वह इसी घर की लक्ष्मी बनकर रहेगी? इतना बड़ा पाप करने के बाद भी क्या वह इतनी भाग्यवान है? उसे विश्वास नहीं हो रहा था।

टैक्सी लॉन का एक चक्कर काटकर पोर्टिको के समीप ही रुक गई। पोर्टिको के नीचे एक विदेशी कार पहले ही खड़ी हुई थी। नौकर-चाकरों ने रवि को देखा तो लपककर उसके समीप चले आये। एक नौकर तुरंत बंगले के अंदर सूचना देने चला गया, रवि कार से नीचे उतरा। फिर दूसरी ओर आकर पूर्णिमा के लिए गेट खोल दिया। पूर्णिमा ने टैक्सी से बाहर निकलना चाहा तो पैर कांपने लगे। ऐसा लगता था मानो वह एक पल भी कार के बाहर नहीं खड़ी रह सकेगी। रवि ने हल्के से कहा -'नीचे उतरो।'

पूर्णिमा को पसीना आ गया। स्वयं को संभाले हुए वह बाहर निकल आई और सिर झुकाये खड़ी हो गई। उसके पैर अब भी कांप रहे थे, रवि ने नौकर से सामान उतारने को कहा और फिर पूर्णिमा को बंगले के अंदर ले जाने के लिए उसने उसकी बांहें थाम लीं, वह जानता था कि इस समय पूर्णिमा को उसके सहारे की सख्त आवश्यकता है।पूर्णिमा को रवि के हाथों का स्पर्श प्राप्त हुआ तो ऐसा मानो बिजली छू गई। रवि ने पूर्णिमा को उसी प्रकार बाहों से थामे हुए बंगले की सीढ़ियां पार की। वह बरामदे में पहुंचा ही था कि उसकी माताजी बाहर निकल आयीं - श्रीमती सिन्हा। रवि को देखते ही उनके मुखड़े पर प्रसन्नता की लाली छा गई। वह उसे अपनी छाती से लगा लेना चाहती थी कि उसके साथ एक चन्द्र-सा टुकड़ा देखकर चौंक गई, हाथों में मेहंदी - माथे पर बिंदिया...मांग में सिंदूर। रेशमी साड़ी में पूर्णिमा नई नवेली दुल्हन लग रही थी। उन्होंने बहुत आश्चर्य से रवि को देखा। हाथ के इशारे से कुछ पूछना चाहा।

'यह तुम्हारी बहू है मां।' रवि ने उसका संदेह दूर किया। उसका स्वर गंभीर था।

'क्या?' श्रीमती सिन्हा ने शब्द 'क्या' को कुछ लम्बा खींचते हुए आश्चर्य के साथ मुंह खोला, उसके मुखड़े पर किसी प्रकार का रोष नहीं उत्पन्न हुआ वरन प्रसन्नता से आंखें चमक उठी, चांद-सी बहू ने एक ही दृष्टि में उनका दिल जीत लिया था, मुखड़े पर हर्ष की लाली और बढ़ गई।

रवि ने कोई उत्तर नहीं दिया - अपना सिर झुका लिया, मां उसकी सूनी आंखों को देखकर कोई अनुचित बात न सोच बैठे। पूर्णिमा का मन चाह रहा था कि वह मां के चरण छू ले परंतु वह ऐसा साहस नहीं कर सकी, क्या उसके गंदे हाथ मां के चरण छूने योग्य है वह अपनी ही दृष्टि में कुलटा थी। अपनी अंतरात्मा पर वह किस प्रकार कृत्रिम लाज का आंचल चढ़ाती?

श्रीमती सिन्हा ने पूर्णिमा को फिर देखा - बहुत समीप आकर...इस बार और भी अधिक ध्यान से? उन्होंने उसे जितना भी देखा, पूर्णिमा उसके दिल की गहराई में उतरती चली गई , चंद्रमा का टुकड़ा मानो उनकी ड्योढ़ी पर उतर आया था।

तभी पूर्णिमा ने झुककर उनके पग छू लेना चाहा, परंतु मां ने प्रसन्नता से बेकाबू होकर बहू को अपनी छाती से लगा लिया। उसे तुरंत अंदर ले जाना चाहा, फिर मानो कुछ याद करके बोली - 'अरे! ठहर-ठहर...पहले मैं तेरी आरती तो उतार लूं। इसके बाद ही तू घर के अंदर पग रखेगी।' श्रीमती सिन्हा ने पूर्णिमा को छोड़ा और लपककर अंदर चली गई।

आज प्रसन्नता के कारण मानो उनके पग धरती पर नहीं पड़ रहे थे, चीख-चीखकर वह सारा घर आकाश पर उठा लेना चाहती थी, कुछ समझ में नहीं आ रहा था कि इस प्रसन्नता को कैसे सम्भालें? पहले अपने पति को दफ्तर फोन करके बंगले बुलाएं या बहू को अंदर लाएं। परंतु पहले आरती उतारनी थी, बहू को एक क्षण भी व्यर्थ बाहर खड़ा रखना उचित नहीं था। रवि भी कितना पागल है? क्यों नहीं उनको पहले बताया कि वह कालेज में किसी से प्यार कर बैठा है। और उसी के साथ विवाह करना चाहता है? यदि बता देता तो वह लड़की वालों

से मिलकर अपने एकमात्र बेटे का विवाह ऐसी शान से करतीं कि सारा शहर देखता रह जाता, शायद अपने पिता के डर से उसने चुपके से विवाह कर लिया है।

शायद उसे भनक लग गई होगी कि उसकी शिक्षा समाप्त होते ही विवाह कर दिया जाएगा... इसीलिए तुरंत उसने अपने मन की कर ली। श्रीमती सिन्हा के मन में अनेक विचार आते रहे।

पूर्णिमा की आरती उतारी गई। उसके बाद पूर्णिमा ने अपने नए घर के अंदर पग रखा तो उसका दिल कांपने लगा, हर उस लड़की के समान जो कुंवारी दुल्हन बनकर अपने नए घर में पग रखती है।

जाने क्यों उसके मन में विचार उत्पन्न हुआ कि ऐसे बड़े तथा ऊंचे खानदान की बहू बनने योग्य तो उसकी बड़ी बहन है–नीलिमा। सास का ऐसा प्यार तो केवल उसकी दीदी को मिलना चाहिए था। ऐसा दयालु पति तो उसकी बहन को मिलना चाहिए था। पूर्णिमा का अतीत उसे धिक्कारने लगा। उस पर हीन भावना होने लगी। इस कुटुम्ब के योग्य तो वह जरा भी नहीं है, ऐसा भावुक पति पाकर तो उसके भाग्य ही जाग उठे हैं। अपने पति का दिल जीतने के लिए वह अपनी जान गंवाने से भी नहीं चूकेंगे। पूर्णिमा को वह बात जरा भी नहीं मालूम थी कि उसके तथा रवि के बंधन के पीछे किसका हाथ है? किन परिस्थितियों में पड़कर रवि ने उसका हाथ पकड़ा है?

श्रीमती सिन्हा ने पूर्णिमा को अपने साथ एक सोफे पर बिठाया। फिर उन्होंने एक नौकर द्वारा तुरंत उसी स्थान पर फोन लाने को कहा जहां वह बैठी हुई थी। रवि के पिताजी को तुरंत बुलाकर वह अपनी चांद-सी बहू दिखाने के लिए वह अधीर हुई जा रही थीं। जिस गति के साथ श्रीमती सिन्हा की प्रसन्नता बढ़ती जा रही थी, उसी गति के साथ रवि के दिल की तड़प में भी वृद्धि होती जा रही थी थी। मां को अपने दिल की वास्तविकता दिखाने का प्रश्न ही नहीं उठता था।

वह दूसरे कमरे में चला गया–अपने कमरे में छिपकर वह आंसू बहाते हुए अपने दिल पर काबू कर लेना चाहता था। कुछ ही देर में नौकर उसका सारा सामान अन्दर ले आया। रवि ने कमरा अंदर से बंद किया। अपना सूटकेस खोला। कपड़ों की तह के नीचे शीशे के फ्रेम में एक तस्वीर थी–नीलिमा की तस्वीर। पूर्णिमा के साथ दिल्ली चलने से पहले उसने नीलिमा की फ्रेमदार तस्वीर के अतिरिक्त अपने पर्स से भी उसकी तस्वीर निकालकर कपड़ों के नीचे छिपा दी, उसने नीलिमा की फ्रेमदार बड़ी तस्वीर को निकाला और दीवानों समान चूमने लगा। उसके आंसुओं से तस्वीर का शीशा तर हो गया।

* * *

64

दो दिन बाद ही रवि के बंगले पर उसके विवाह की खुशी में एक शानदार पार्टी थी। पार्टी में शहर के सभी प्रतिष्ठित तथा आदरणीय लोग सम्मिलित हुए। सभी ने एक से एक बढ़कर उपहार देते हुए पूर्णिमा की खूब प्रशंसा की और रवि को बधाई दी। रवि के पिता मिस्टर सिन्हा तो अपनी बहू की प्रशंसा किए बिना थकते ही नहीं थे। तब पूर्णिमा न चाहते हुए भी थोड़े समय के लिए गम्भीर हो जाती। वह अपनी वास्तविकता से परिचित थी, उसकी अंतरात्मा उसे खुलकर अपनी प्रसन्नता में सम्मिलित होने नहीं देती। फिर भी वह मुस्करा देती थी।

मुस्कराने पर वह विवश थी–अपने लिए न सही... अपने ससुर जी के लिए, सास जी के लिए, सारे मेहमानों के लिए। पूर्णिमा ने सभी का मन जीत लिया था। परंतु रवि का दिल जीतने के लिए अभी समय की आवश्यकता थी, रवि उसकी वास्तविकता जानता था इसलिए उसका मन जीतना आसान बात नहीं थी–बल्कि किसी सीमा तक असम्भव भी था। पुरुष-स्त्री का हर पाप क्षमा कर सकता है परंतु वह पाप नहीं जो पूर्णिमा ने किया था। फिर भी पूर्णिमा को आशा थी कि वह नादानी में और उसके पति ने उसके बारे में सब कुछ जानते हुए अपनी दिन रात की सेवा से एक दिन अपने पति का मन अवश्य जीत लेगी। यद्यपि रवि के पिता को आराम की आवश्यकता थी–अधिक काम करने से उनके स्वास्थ्य पर प्रभाव पड़ सकता था फिर भी उन्होंने रवि को समय देते हुए उसे तथा पूर्णिमा को हनीमून के लिए स्विट्जरलैंड भेजना चाहा परंतु रवि साफ इनकार कर गया। वह कैसे स्विट्जरलैंड जा सकता था। वहां उसने अपनी नीलू और केवल नीलू के साथ ही हनीमून मनाने का सपना देखा था? वह अपने बंगले में ही पूर्णिमा से दूरी बरत रहा था फिर बाहर जाकर उसके साथ क्या करता? उसने शीघ्र ही अपने पिता का व्यापार संभाल लिया। मिस्टर सिन्हा को आराम मिल गया। रवि अपने आपको कुछ अधिक ही व्यस्त रखने लगा। सुबह जल्दी दफ्तर जाता और रात देर से बंगले वापस आता। अपने आपको व्यस्त रखते हुए वह नीलिमा को भूल जाना चाहता था परंतु ऐसा असम्भव था।

वह नीलिमा के विचारों से दूर भाग जाना चाहता था ताकि उसकी याद में वह तड़प न सके परंतु जब वह इसमें सफल नहीं होता तो कभी-कभी उसे शराब का सहारा भी लेना पड़ता था। नीलिमा से उसका अब सम्बंध ही क्या रहा? नीलिमा ने स्वयं ही तो सदा के लिए सम्बंध तोड़ दिया था–अपनी बहन को उसके हवाले करके। मिस्टर सिन्हा तथा उनकी धर्म पत्नी अपने बेटे को देखते–मना करते, बहू के समीप रहने की आज्ञा देते। वह उनकी आज्ञा नहीं मानता तो उससे बिगड़ते भी। परंतु तब पूर्णिमा तुरंत अपने पति का पक्ष लेकर टाल जाती। कभी-कभी रवि आधी रात में शराब के नशे में लड़खड़ाता घर में प्रविष्ट होता। उसी प्रकार आकर वह अपने पलंग पर आड़े तिरछे लेट जाता–सो जाता। तब पूर्णिमा अपने पति की प्रतीक्षा में जाग रही होती। अपने हाथों से वह उसके जूते उतारती। उसे ठीक से लिटाती।

वह जानती थी कि उसके पति ने उस पर तरस खाकर ही उससे विवाह किया हैं वह उसे कभी नहीं ठुकराएगा। आखिर कब तक वह उससे दूर रहेगा। वह उसकी पत्नी हैं रवि पूर्णिमा को अधिक समय नहीं देता था। बातें भी बहुत कम करता—केवल काम की बात। निश्चय ही यदि पूर्णिमा नीलू की बहन नहीं होती तो वह उसे तुरंत ठुकरा देता।

समय पंख लगाकर उड़ने लगा। दो मास बीत गए। परंतु रवि पूर्णिमा की ओर कभी भी भी आकृष्ट नहीं हो सका, बल्कि उससे और दूर हो गया। पूर्णिमा की स्थिति उसके दिल में एक कांटा समान थी जो दिन-रात दिल के अंदर चुभती रहती थी। वह इस कांटे को निकालकर फेंक भी नहीं सकता था क्योंकि वह नीलिमा की एक अमानत थी। इसे निकालकर फेंकना नीलिमा के साथ विश्वासघात होता। यही कारण था कि इसकी चुभन का दर्द सहन करने के लिए उसे कभी-कभी कुछ अधिक ही शराब की आवश्यकता पड़ जाती थी। दो ही मास के अन्दर आधी-आधी रात में शराब के नशे में डूबकर बंगले लौटना उसकी एक आदत बन गई। पूर्णिमा तब भी निराश नहीं हुई। शायद रवि को उसके ऊपर तरस आ जाये, एक बार रवि ने उस पर दया करके उसका हाथ पकड़ लिया था। शायद एक बार और वह उसकी स्थिति पर दया करके उसे अपनी बाहों में समा ले।

इन दो मास में पूर्णिमा ने अपने घर कई पत्र लिखे—अपने माता-पिता को तथा अपनी दीदी नीलिमा को भी। एक आदर्श पत्नी के समान अपने दिल का दुखड़ा रोने के बजाये अपने ससुराल वालों के साथ पति की प्रशंसा का पुल बांध दिया था, उसका पति उसे बहुत प्यार करता है। उसे अपने से एक पल भी दूर नहीं रखना चाहता। दिन-रात उसकी पूजा करता है। पूर्णिमा यदि अपने घर वालों को अपनी वास्तविकता प्रकट करती तो उन्हें दुख के अतिरिक्त कुछ भी नहीं मिलता, विवाह से पहले क्या उसने उन्हें कम दुख दिया था।

पूर्णिमा के चले जाने के बाद नीलिमा अब कोई छोटी-मोटी नौकरी करके अपना जीवन बिता देना चाहती थी। शायद काम-काज में व्यस्त रहने से उसका मन लग जाए। नीलिमा अपने लिए उतनी दुखी नहीं थी जितना रवि के लिए दुखी थी। दिन-रात वह यही सोच-सोचकर कुढ़ती रहती कि उसने स्वार्थ के लिए रवि को क्यों बलि चढ़ा दिया? क्या अधिकार था उसे रवि के साथ ऐसा अन्याय करने का? क्या रवि अब उसके बिना कभी प्रसन्न रह सकेगा? क्या उसके वे होंठ कभी भूल से भी मुस्कराने का साहस कर सकेंगे जिनमें चंचलता भरी रहती थी? नहीं शायद कभी नहीं और यही कारण था जब उसे पूर्णिमा का पत्र मिला तो वह विश्वास नहीं कर सकी कि रवि उसकी बहन को इतनी आसानी से प्यार करने लगा है।

इधर जब गंगाप्रसाद ने रवि के नाम पर सदैव नीलिमा की आंखों में आंसू देखे तथा होंठों रो निकली आह महसूस की तो एक बार अचानक ही उनके दिल में एक संदेह उत्पन्न हो गया। कहीं नीलिमा ने अपना संसार उजाड़कर ही तो पूर्णिमा का घर नहीं बसाया है! एक बड़े घर का सुन्दर नवयुवक भला अकारण ही क्यों एक चरित्रहीन लड़की से विवाह करने लगा? उनकी

आंखों में पूर्णिमा के विवाह वाली बात थिरक आई जब बाराती उनका अपमान करके वापस चले गए थे। तब नीलिमा ने उन्हें कितनी विश्वास से सहारा देकर नवजीवन प्रदान करते हुए रवि को पूर्णिमा के सुपुर्द कर दिया था।

गंगाप्रसाद की आंखों में वह दृष्य भी घूम गया जब पूर्णिमा की विदाई वाले दिन स्टेशन पर नीलिमा बहुत फूट-फूटकर रो रही थी। अब उन्हें विश्वास होने लगा कि नीलिमा उस दिन अपनी बहन के लिए नहीं अपनी उस अमानत के लिए ही रो रही थी जिसे उसने परिस्थिति का शिकार होकर अपनी बहन को सौंप दिया था। पूर्णिमा के जाने के बाद नीलिमा का अचानक बीमार पड़ना—पलंग से उठने के पश्चात दिन-प्रतिदिन उसके स्वास्थ्य का गिरना, यह सारी बात सिद्ध करती थीं कि रवि तथा नीलिमा एक-दूसरे को बहुत प्यार करते थे।

उन्होंने यह बात अपनी धर्मपत्नी पर प्रकट की तो उसका मस्तक तुरन्त ठनक गया। उनके पति का अनुमान गलत नहीं हो सकता। बेटी की दर्द भरी खामोशी तथा उदासी में निश्चय ही टूटे दिल का भेद छिपा है। उसके खानदान की प्रसन्नता तथा इज्जत की सुरक्षा के लिए उनकी बेटी नीलू जीते-जी नर्क की आग में कूद पड़ी है। वह तुरन्त अपनी बेटी के कमरे में पहुंची। नीलिमा पलंग पर गुम-सुम बैठ मानो अपने आप में नहीं थी। बेटी की स्थिति देखकर मां की आंखें छलक आयीं। वह उसके ही समीप बैठ गई। उसके सिर पर प्यार से हाथ फेरा तो नीलिमा का मन हुआ वह मां की छाती से लिपट जाए। फूट-फूटकर रो पड़े। अब और अधिक उससे यह गम का पहाड़ उठाया नहीं जाता। परन्तु उसे अपने ऊपर काबू करना था। अपने दिल का भेद उससे छिपाना था। हर स्थिति में। यदि मां को कुछ मालूम हो गया तो पिताजी से कुछ छिपा नहीं रह जाएगा। फिर एक दिन पूर्णिमा को भी सब कुछ मालूम हो जाएगा। तब उसकी इतनी तपस्या व्यर्थ चली जाएगी। त्याग निरर्थक चला जाएगा। जब वह एक ठोस पग उठा चुकी है तो इस पर उसे हर स्थिति में अडिग रहना था। उसने अपने आपको सम्भाल लिया।

'बेटी,' मां ने प्यार से पूछा, 'क्या यह सच है कि तुम और रवि एक दूसरे को प्यार करते थे? और क्या हमें बरबादी से बचाने के लिए ही तूने जबरदस्ती पूर्णिमा को रवि के गले मढ़ दिया है।'

'मां—' नीलिमा ने कहना चाहा, परन्तु उसका स्वर गले में फंसकर अटक गया। फिर भी दिल का घुटा-घुटा लावा आंखों द्वारा आंसुओं में बहकर बाहर आ गया। होंठ थर-थर कांपने लगे, सिसकियों के कारण वह आगे कुछ कह नहीं सकी तो मां की गोद में सिर रखकर फूट-फूटकर रो पड़ी। न चाहते हुए भी उसकी सिसकियों ने उसकी कहानी सुना दी। उसके आंसुओं की एक-एक बूंद में उसके रवि की तस्वीर थी।

मां को वास्तविकता का ज्ञान हुआ तो उसका कलेजा मुंह को आ गया। एक नारी होकर वह अपनी बेटी की तड़प कैसे नहीं समझती?

तभी गंगाप्रसाद वहां आ गए। उनके संदेह की पुष्टि हो गई। बेटी की हिचकियां उनके दिल को छू गयीं। उनकी आंखों में आंसू छलक आए। उनकी एक बेटी ने इस घर के चमन में सदा जहर भरे कांटे ही बोए थे और उसके दामन में फूल आ गए—परन्तु जिस बेटी ने उनके घर के चमन को फूलों की मुस्कान से सदा सुगन्धित रखा उस बेटी के दामन में क्यों जहर भरे कांटे आये? आखिर क्यों? क्या संसार की यही रीति है? अब क्या हो सकता है? अब? जिस बेटी ने अपने प्यार की बलि चढ़ाकर घर की प्रसन्नता तथा जीवन की सुरक्षा की उस बेटी के लिए प्रसन्नता का न सही, सुख का साधन वह कैसे एकत्र कर सकते हैं? सहसा उनके मस्तिष्क में एक बात आ गई। यदि नीलिमा का विवाह कर दिया जाए तो उसे एक नया जीवन प्राप्त हो सकता है, मानव को परिस्थिति से मेल करना ही पड़ता है पूर्णिमा के पत्र अनुसार यदि रवि उसके साथ प्रसन्न रह सकता है तो कोई कारण नहीं कि नीलिमा को भी नया जीवन रास न आये। नीलिमा अपने पति के लिए न सही आगे चलकर अपनी संतान के लिए अवश्य मुस्कराकर जीना सीख लेगी।

* * *

छ: मास बीतने के पश्चात पूर्णिमा जब अपने पति को अपनी ओर आकृष्ट नहीं कर सकी तो वह निराश हो गई। चिंता के कारण दिन-प्रतिदिन उसका स्वास्थ्य गिरने लगा। फूल-सा शरीर कुम्हलाने लगा। वरन एक दिन जब उसने अपने पति को आधी रात में लॉन में बैठे विचारों में तल्लीन देखा तो उसके मन में एक संदेह घर करने लगा। विवाह से पहले उसके पति को कहीं किसी और लड़की से तो प्यार नहीं था? क्या ऐसा तो नहीं है कि उसके पति की प्रेमिका उन दिनों अचानक ही उसे धोखा दे गई हो और तब परिस्थिति से मजबूर होकर उसके पति को सहारे की आवश्यकता पड़ गई हो! दिल टूटने के बाद जीने का कोई भी सहारा मिल जाये तो मानव उसे अपनाने से नहीं चूकता। शायद इसीलिए जब दूल्हा वाले विवाह की शाम उसे ठुकराकर चले गये तो उसके पति ने दीवानगी की अवस्था में उसका हाथ पकड़कर उसे अपना सहारा बना लिया। परंतु वह अपनी जल्दबाजी पर पछता रहा है।

वह अब भी अपनी प्रेमिका को प्यार करता है। धोखा खाने के पश्चात उसके लिए तड़प रहा है, उस रात के बाद पूर्णिमा ने जैसे-जैसे अपने पति को अपने से दूर तथा खोया हुआ देखा, उसका संदेह विश्वास में बदल गया। इसके साथ ही उसके मन में अपने पति की प्रेमिका के प्रति ईर्ष्या की आग उत्पन्न होकर भी बढ़ती चली गई। पूर्णिमा का चरित्र पहले भले ही गिर चुका था परंतु अब वह रवि की पत्नी थी, उसने नहीं रवि ने उसका हाथ पकड़ा था, एक स्त्री होने के नाते उसके अंदर उस लड़की के प्रति ईर्ष्या का उत्पन्न होना स्वाभाविक था क्योंकि अब वह सच्चे मन से अपने पति की पूजा करती थी।

68

पूर्णिमा अपने पति को विचारों में तल्लीन देखती तो मन-ही-मन उस लड़की को कोसती जिसने उसके पति को धोखा देने के बाद भी अपने प्रेम में जकड़ रखा था। यही कारण था कि उसका पति उसे अपनी पत्नी बनाने के पश्चात उसकी ओर आकृष्ट होने में असमर्थ है, पूर्णिमा को यदि उसके पति की प्रेमिका मिल जाती तो वह निश्चय ही उसका मुंह नोच लेती, पूर्णिमा को अपने पति का मन जीत न सकने का करण मानो अब ज्ञात हुआ था, जब एक संदेह दिल के अंदर बैठ जाता है तो उसे निकलना असम्भव हो जाता है–विशेषकर एक स्त्री का संदेह जो वह अपने पति पर करती है–यही कारण था कि पूर्णिमा वास्तविकता से अनभिज्ञ मन-ही-मन के अंदर ईर्ष्या की आग में जलती चली गई।

बहू के प्रति बेटे की लापरवाही देखकर रवि के माता-पिता उसे समझाते-समझाते थक गये, उनके खानदान में आज तक किसी ने शराब नहीं पी थी, फिर बेटा ऐसा कर्म क्यों कर रहा है? मिस्टर सिन्हा ने अपने बेटे को अपने गिरते स्वास्थ्य की दुहाई दी परंतु रवि प्रयत्न करने के पश्चात अपनी स्थिति पर काबू नहीं कर सका, वास्तविकता से अनभिज्ञ उसके माता-पिता यही समझते रहे कि रवि की संगति दिल्ली में उसके गलत मित्रों से हो गई है, कैसे वह उसकी यह संगति छुड़ाएं, कुछ समझ में नहीं आता था? एक ही लड़का था, किसी प्रकार की जबरदस्ती करते हुये भी डर लगता था। लड़का भड़ककर घर न छोड़ दे।

आजकल के नवयुवकों का क्या ठिकाना? रवि चला जायेगा तो उनके दफ्तर का काम कौन करेगा? रवि शराब पीता है–बंगले रात देर से लौटता है, फिर भी अपने दफ्तर के काम का उसने कभी नुकसान नहीं किया था, मिस्टर सिन्हा अपनी अस्वस्थता को देखकर इसे ही बहुत समझ लेते थे। उन्हें बहू से आशा बंधी हुई थी, आखिर बहू में कमी भी क्या है? एक-न-एक दिन तो बेटे को बहू पर पूरा ध्यान रखना ही पड़ेगा।

पूर्णिमा रवि की ओर से बिलकुल ही निराश हो गई क्योंकि अपने पति के विरुद्ध उसके दिल में समाया संदेह विश्वास में बदल चुका था। अपने पति की प्रेमिका के बारे में सोच-सोचकर ईर्ष्या करते हुए उसका मन करता कि या तो वह उस लड़की का गला घोंट दे या स्वयं ही फांसी पर लटक जाये। परन्तु वह आत्महत्या नहीं कर सकती थी। उसे जीवित रहना था, अपने पति के लिए न सही, अपने लिए भी न सही, परन्तु अपने सास-ससुर के लिए अवश्य। उसे वह दोनों कितना प्यार करते हैं यह वही जानती थी। उन्हें उससे कितनी आशा है कि वे उसकी संतान के दादा-दादी बन जाएंगे। उन्हें वह कैसे समझाती कि अभी तक ऐसी कोई भी बात नहीं उत्पन्न हुई है जिससे ऐसी आशा रखी जाए। उनका दिल नहीं टूट जाता?

प्रायः उनके समीप बैठे-बैठे प्यार के बहाव में आकर उसका मल कहता कि वह उनके आगे अपनी वास्तविकता खोल दे, उनसे अपनी वास्तविकता छिपाकर वह मानो कोई पाप कर रही थी–परन्तु वह ऐसा साहस नहीं कर पाती। उनकी बहू कुलटा है!उसकी वास्तविकता

जानकार उसके सास-ससुर आकाश की ऊंचाई से धरती पर इस प्रकार गिरते कि उनका दम ही निकल जाता। इतना अधिक प्यार प्राप्त करने के बाद पूर्णिमा स्वयं भी उसकी दृष्टि से नहीं गिरना चाहती थी, पूर्णिमा के मन में अपने पति की प्रेमिका के विरुद्ध ईर्ष्या की आग इस प्रकार बढ़ने लगी मानो अंदर-ही-अंदर उसका शरीर अब जल्दी ही झुलसकर राख हो जाएगा।

एक स्त्री सब कुछ सहन कर सकती है—परंतु यह नहीं कि उसका पति किसी पराई स्त्री के विचार में खोया रहे और इससे पहले कि वह आग उसे झुलसा कर राख कर दे, वह भड़ककर अपने दिल की आग अपने सास-ससुर को दिखा दे, उसे अपने-आप पर काबू पाने के लिए अपनी दीदी नीलिमा का सहारा लेना पड़ा। बोझ बंट जाए तो हल्का हो जाता है। छाती का लावा बाहर आ जाए तो दिल की तपिश कम हो जाती है। उसने नीलिमा को सब कुछ लिख दिया। इस संसार में उसकी दीदी ही ऐसी थी जो उसे बहुत अधिक प्यार करती थी। वह उसका दर्द समझ सकती थी। उसका दर्द बांट सकती थी। उसे सही राय दे सकती थी। ऐसी अवस्था में उसे क्या करना चाहिए और क्या नहीं? पत्र लिखने के बाद उसने महसूस किया कि वह कुछ समय के लिए वास्तव में अपने दिल की भभकती आग पर काबू पा चुकी है।

* * *

नीलिमा ने परिस्थिति से मेल करके किसी प्रकार स्वयं को संभाल लिया और जीना सीख लिया, जीवित रहने के लिए मानव को परिस्थिति से मेल करना ही पड़ता है। नीलिमा अपने लिए न सही, अपने बूढ़े माता-पिता के लिए ही जीवित रहने पर विवश थी, जीवित रहकर वह देखना चाहती थी कि उस व्यक्ति का परिणाम क्या हुआ है जिसे उसने अपने स्वार्थ के लिए बलि चढ़ा दिया—जिसके सपनों के महल को उसने स्वयं ठोकर मारकर गिरा दिया था। वह रवि का परिणाम देखकर मानो स्वयं को ईंधन की आग में जलाते हुए अपने पाप का प्रायश्चित कर लेना चाहती थी, वह पाप जिसने रवि का सब कुछ छीन लिया था। नीलिमा को अब भी पूर्णिमा की बात पर विश्वास नहीं था कि रवि उसे प्यार करता है। विवाह के बाद रवि ने उसे एक भी पत्र नहीं लिखा था। वह भी रवि को पत्र न लिखने पर विवश थी। रवि से उसका अब सम्बन्ध ही क्या? प्यार का नाता तो सदा के लिए टूट चुका था। इन्हीं दिनों गंगाप्रसाद ने नीलिमा के लिए कई लड़के ढूंढ़े लड़के मिले भी परन्तु जब नीलिमा से विवाह की बात छेड़ी तो वह साफ इनकार कर गई। उसने अब कभी भी विवाह न करने का प्रण कर लिया था। अपने शरीर पर वह एक पराए व्यक्ति को किस प्रकार अधिकार दे सकती थी जिसके अंग-अंग पर रवि के होंठों की अमिट छाप बनी हुई थी? फिर भी गंगाप्रसाद उसे समझाते। संसार की ऊंच-नीच बताते। वे बूढ़े हो चुके हैं। कब तक उसका साथ देंगे? परन्तु नीलिमा अपनी बात पर अड़ी

70

रही, गंगाप्रसाद चुप हो जाते। बेटी के घाव अभी ताजा है। समय के साथ दर्द कम हो जाएगा तो बेटी को एक दिन उनकी बात पर ध्यान देना ही पड़ेगा। समय बड़ा बलवान है। समय के साथ गहरा घाव भी भर जाता है।

इन्हीं दिनों डाक द्वारा गंगाप्रसाद के कुछेक पत्रों के साथ नीलिमा को अपने नाम का भी एक पत्र प्राप्त हुआ। लिखाई देखते ही वह समझ गई कि पत्र पूर्णिमा का है। अपना पत्र लिए वह अपने कमरे में पहुंची–उसने पत्र खोलकर पढ़ा। लिखा था–

'प्रिय दीदी,

एक आदर्श पत्नी के समान मैंने सदा अपने पति की प्रशंसा ही की है। कभी किसी को अपने दिल का घाव नहीं दिखाया कि मुझ पर क्या बीत रही है। परन्तु आज जब मेरे अन्दर दर्द की सहनशक्ति टूट चुकी है तो मैं तुम्हें अपने दिल का घाव दिखाने पर विवश हूं। शायद तुम्हारी सहानुभूति प्राप्त करे मुझमें जीवित रहने की इच्छा बलवती हो उठे।

दीदी, आज मेरे जीवन को परिस्थितियों के थपेड़ों ने ऐसी मंजिल पर पहुंचा दिया है जहां मेरे लिए तो सब कुछ है परन्तु पति का प्यार नाममात्र भी नहीं है। हां दीदी, मेरे पति मुझे बिल कुल भी नहीं चाहते, मुझसे सदा दूर रहते हैं, सुबह काम के बहाने जल्दी निकलते हैं और रात में देर से आते हैं, वह भी शराब के नशे में धुत्त। कुछ होश भी नहीं रहता।'

नीलिमा पत्र पढ़ते-पढ़ते रुककर खो गई। सोचने लगी–रवि और शराब? जो सिगरेट नहीं पीता था अब वह शराब पीने पर बाध्य है! नीलिमा इसका कारण जानती थी। रवि का यह परिणाम उसी ने तो किया है? नीलिमा रवि का दर्द तथा उसके दिल की तड़प का अनुमान करके स्वयं भी तड़प उठी। पलकों के किनारे गीले हो गए। होंठ कांप उठे। उसने आगे पढ़ा। लिखा था–

मुझे विश्वास है इसका कारण क्या है। विवाह से पहले मेरे पति किसी और को चाहते थे और जब वह लड़की इन्हें धोखा दे गई तो इन्हें मेरे सहारे की आवश्यकता पड़ गई। इन्होंने मुझे सहारा देने के लिए नहीं स्वयं सहारा प्राप्त करने के लिए ही मुझसे विवाह किया था परन्तु मेरे पति अब अपनी जल्दबाजी पर पछता रहे हैं। अकेले में अपनी प्रेमिका के लिए तड़पते हैं–आंसू बहाते हैं। यह सब देखकर मेरे दिल पर क्या बीतती है तुम भली-भांति समझ सकती हो, आखिर मैं भी एक स्त्री हूं। इनकी धर्म-पत्नी हूं, मेरे दिल के अन्दर उस स्त्री के प्रति ईर्ष्या का उत्पन्न होना स्वाभाविक है। कमबख्त धोखा देने के पश्चात चुड़ैल की छाया बन अब तक मेरे पति के दिल पर छाई हुई है, इस प्रकार कि मैं एक बार भी अपने पति को अपनी ओर आकृष्ट नहीं कर सकी। जाने कब उसके विचारों से इनका पीछा छूटेगा?

तुम्हारी अभागिन बहन

पम्मी।

चुड़ैल। नीलिमा मन-ही-मन बड़बड़ाई। दिल में टीस उठी। हर बात का परिणाम बहुत जल्दबाजी में बिना कुछ सोचे-समझे निकाल देती। इसमें उसका दोष भी क्या था? वह तो एक ठोस वास्तविकता से बिल्कुल ही अनभिज्ञ थी। उसके स्थान पर कोई भी लड़की होती तो ऐसा ही सोचती, अपने पति को एक पराई स्त्री के विचारों में तल्लीन देखती तो इसी प्रकार ईर्ष्या की आग में जलती। फिर भी उसके मन में अपनी बहन के प्रति कोई दर्द नहीं उठ सका। दर्द उठा तो केवल रवि के लिए। तड़प उत्पन्न हुई तो केवल रवि के लिए। आंखों में आंसू भी छलक आए तो केवल रवि के लिए। प्यार में इतनी बड़ी चोट खाने के बाद रवि को जीवित रहने के लिए शराब का सहारा लेना पड़ रहा है। वह उसकी याद में तड़पता है। आंसू बहाता है। उस निर्दोष की सारी बरबादी की जिम्मेदार वही तो है। क्यों उसने रवि को अपने खानदान की प्रसन्नताओं का मोहरा बना दिया? क्यों? आखिर क्या बिगाड़ा था रवि ने उसका? यही ना कि उसने उसे प्यार किया था? केवल प्यार और वह भी निःस्वार्थ प्यार और उसने उसे इतनी कड़ी सजा दी।

इससे तो अच्छा था कि वह उसे सदा के लिए मृत्यु की खाई में ढकेल देती। कम-से-कम रवि इस प्रकार तड़पता तो नहीं, सिसककर रोता तो नहीं, प्यार की आग में धीरे-धीरे जलकर तो भस्म नहीं होता। वह अपने-आपको धिक्कारने लगी। अब वह किस प्रकार रवि की प्रसन्नताएं वापस लाए? अब तो समय हाथ से निकलकर बहुत दूर जा चुका है। अब वह क्या कर सकती है? हां, रवि के लिए वह क्या कर सकती है जिससे रवि की प्रसन्नता न सही, कम-से-कम इतनी शांति तो मिल ही जाए कि वह उसके लिए इतना अधिक न तड़पे, आंसू न बहाए? परन्तु ऐसी स्थिति वह कैसे उत्पन्न कर सकती थी? कैसे?

सहसा उसके कमरे में गंगाप्रसाद प्रविष्ट हुए। उनके हाथ में एक खुला पत्र था। साथ में एक छोटी-सी तस्वीर भी थी, नीलिमा ने अपनी साड़ी के आंचल से अपनी आंखें पोंछी - आंखों के भीगे कोने भी साफ किए। अपनी स्थिति संभाली और फिर ठीक से बैठ गई। गंगाप्रसाद उसके समीप ही बैठ गए। फिर वह एक ठंडी सांस लेते हुए मानो पहले से ही निराश होकर बोले - 'बेटी तेरे लिए एक और रिश्ता आया है। लड़का सुन्दर है। पढ़ा-लिखा है, बी.एस.सी. एग्रीकल्चर पास है।' उन्होंने अपने हाथ की तस्वीर नीलिमा की ओर बढ़ाई। बोले-'तू कहे तो तेरी बात...' गंगाप्रसाद चुप हो गए। उन्हें भय था कि नीलिमा फिर इन्कार न कर दे।

नीलिमा का मन चिड़चिड़ा उठा। उसने पत्र तथा तस्वीर छीनकर फाड़ देना चाहा। कह देना चाहा कि यदि भविष्य में उन्होंने उसके विवाह की बात छेड़ी तो वह यह घर सदा के लिए छोड़कर चली जाएगी। परंतु तब तक गंगाप्रसाद उसकी गोद में पड़ा पत्र देखकर चौंक गए थे। उन्होंने पूछा - 'किसका पत्र है यह? पूर्णिमा का?'

नीलिमा ने स्वयं पर काबू पाकर हां के इशारे पर सिर हिला दिया।

'क्या लिखा है?'

नीलिमा ने तब भी जबान से कुछ नहीं कहा। केवल उनकी ओर पत्र बढ़ा दिया और उठकर खिड़की के पास जा खड़ी हुई। खिड़की के पट खुले हुए थे। ऊपर क्षितिज पर एक पक्षी पंख फैलाए उड़ा चला जा रहा था बहुत दूर - केवल एक ही दिशा में, जाने कहां थी उसकी मंजिल - उसका ठिकाना? ठिकाना था भी या नहीं यह कौन जानता था? शायद इसलिए वह बहुत दूर जा रहा था अपने आपसे पीछा छुड़ाने के लिए, शायद इसीलिए वह पक्षी इस संसार की सीमा से भी दूर निकल जाना चाहता था। पक्षी को देखते हुए नीलिमा सोच रही थी - अपने अतीत से पीछा छुड़ाने के लिए वह भी कहां जाए? इस संसार से बाहर, और रवि को इस सांर की आग से तड़पने के लिए अकेला छोड़ दे - वह आग जिसमें उसने रवि को स्वयं ढकेला है? क्या उसके अन्दर अब रवि की तड़प भी देखने की शक्ति नहीं रही, वह तड़प जो उसने स्वयं रवि को उसके निःस्वार्थ प्यार के उपहार में दी है।

गंगाप्रसाद ने पूर्णिमा का पत्र पढ़ा, पत्र समाप्त किया तो पूर्णिमा पर उन्हें अत्याधिक क्रोध आया। देवी जैसे बड़ी बहन को तो उसने अनजाने में बुरा-भला कहा था परन्तु देवता जैसे पति पर उसने क्यों ऐसा संदेह किया वह समझ नहीं सके। रवि जैसा गुणी तथा सुन्दर नवयुवक भला उसे कहां अपना सहारा बनाने लगा? रवि की स्थिति जानकर उन्हें दुःख हुआ। नीलिमा की स्थिति भी नहीं देखी जा रही थी। उठकर वह नीलिमा के समीप जा खड़े हुए। बहुत प्यार से उसे समझाया। बोले - 'बेटी, रवि का अब तेरे बारे में कुछ भी सोचना पाप है। तुझे भी रवि के बारे में नहीं सोचना चाहिए। तुम दोनों के प्यार का सम्बन्ध अब सदा के लिए टूट चुका है। पूर्णिमा तेरी बहन है और रवि तेरी बहन का पति। तुम दोनों को एक-दूसरे के दिल से निकलना ही पड़ेगा, एक-दूसरे को सदा के लिए भूलना पड़ेगा और ऐसा करने के लिए तेरे पास एक ही रास्ता है। तू विवाह कर ले।'

'पिताजी...' नीलिमा ने पलटकर कहना चाहा।

'मैं ठीक कह रहा हूं बेटी...' गंगाप्रसाद ने नीलिमा को बिना कोई अवसर दिए कहा - 'तू विवाह कर लेगी तो संसार बदल जाएगा...' तेरा, रवि का ओर पूर्णिमा का भी। समय क्या नहीं कर सकता। विवाह के बाद तू अपने पति, अपनी सन्तानों में इस प्रकार खो जाएगी कि तुझे भूलकर भी रवि याद नहीं आएगा। फिर जब रवि तुझे प्रसन्न देखेगा तो उसे भी तेरी प्रसन्नता को स्थिर रखने के लिए अपने-आपको पूर्णिमा के प्यार में खोना ही पड़ेगा। मैं जानता हूं वह कभी ऐसा काम नहीं करेगा जिससे तेरे घर की खुशियों में आग लगे। उसके बाद तेरी छोटी बहन को भी वह सब कुछ मिल जाएगा जिसकी उसे आवश्यकता है।'

नीलिमा ने खामोश होकर अपने पिता की बातें ध्यान से सुनी और एक ठंडी सांस ली। क्या वास्तव में उसका नया घर बस गया तो वह सुखी और शांत जीवन प्राप्त करने में सफल हो सकेगी? फिर भी नीलिमा ने अपने विवाह के पीछे सभी का भला समझा तो उसकी आंखें छलक आयीं। काश! उसके बस में होता तो वह रवि के प्यार को छाती से लगा सारा जीवन

इसी प्रकार व्यतीत कर देती, परन्तु विवाह कभी नहीं करती। वह विवाह करने को तैयार हो गई। परन्तु क्या विवाह से पहले वह रवि का सामना कर सकती है? आखिर उसके विवाह में रवि पूर्णिमा के साथ तो आएगा ही। रवि की वीरान आंखें देखकर, उसका दिल नहीं फट जाएगा? यदि रवि ने उसके लिए अपनी बांहें आगे फैला दीं तो क्या वह उसकी छाती में समाने से स्वयं को रोक सकेगी? नहीं...शायद कभी नहीं। नीलिमा को अपने दिल पर विश्वास नहीं था। यही कारण था कि अपने विवाह के लिए उसने एक शर्त रख दी। कांपते स्वर में बोली - 'पिताजी, आप जहां चाहें मेरा विवाह कर दीजिए परन्तु...एक शर्त पर।'

'क्या?' गंगाप्रसाद को अन्धकार में आशाओं की एक हल्की किरण दिखाई दी।

'मेरा विवाह बहुत खामोशी से होना चाहिए। पम्मी तथा रवि को भी इसका पता नहीं चलना चाहिए। मैं नहीं चाहती कि रवि मेरे विवाह में आए।' नीलिमा का स्वर भीग गया आंखें छलक आयीं।

'मैं समझता हूं बेटी, तेरे दिल की स्थिति से पूरी तरह परिचित हूं।' गंगाप्रसाद बेटी के दिल का भय जानते थे। उन्होंने बेटी के सिर पर हाथ रखकर उसे संतोष दिया। बोले, 'तेरा विवाह बहुत खामोशी से होगा...साधारण। तेरा विवाह हो जाए...तू अपने नए घर चली जाए, उसके बाद ही मैं रवि तथा उसके घर वालों से क्षमा मांगकर उन्हें तेरे विवाह के हो जाने की सूचना दूंगा।'

नीलिमा कुछ नहीं बोली। खामोशी से खिड़की के बाहर दूर देखने लगी जहां क्षितिज में वह पक्षी बदली में जाने कब और कहां खो गया था।

* * *

रवि अपने दफ्तर में बैठा कुछ आवश्यक कागजात देख रहा था कि सहसा रवि को उसके चपरासी ने उसके नाम पर एक व्यक्तिगत लिफाफा लाकर दिया। रवि ने लिफाफे पर लिखाई देखी तो दिल बहुत जोर से धड़क गया। दिल के नासूर ने एक मिठास-सी उत्पन्न हुई। उसने तुरंत लिफाफा खोला। पत्र बाहर निकाला भेजने वाले का नाम पढ़ा...नीलू। रवि ने जज़्बात से बेकाबू होकर इस नाम पर अपने होंठ रख दिए। नीलू सामने होती तो अपने कर्त्तव्य को भूलकर वह जाने क्या कर बैठता। उसने पत्र पढ़ा। लिखा था।

रवि,

तुमने कभी भी मेरे विश्वास को ठेस नहीं पहुंचाई। मेरी इच्छाओं के पीछे तुम हजार जान से निछावर हो गए। इसी विश्वास का सहारा लेकर आज तुम्हारी नीलू तुमसे हाथ जोड़कर विनती करती हुई एक भीख मांग रही है। इनकार मत करना। पम्मी को उसका अधिकार दे दो प्लीज।

सुना है तुम शराब बहुत पीते हो। छोड़ दो। छोड़ नहीं सकते तो कम कर दो वरना एक दिन शराब तुम्हें ही पीने लगेगी।

74

पत्र छोटा था परन्तु किसी उपन्यास से भी अधिक बातें कह गया।

नीलिमा का पत्र प्राप्त करने के बाद रवि को सन्तोष मिल गया कि वह उसे अब भी प्यार करती है। इसलिए उसने निश्चय किया कि अब वह शीघ्र ही किसी बहाने उससे मिलेगा। उसे बाहों में समाकर प्यार करेगा और पूर्णिमा के बारे में विस्तार से बातें करेगा। निश्चय ही वह उसकी समस्या का समाधान करने में उसे पूरी-पूरी सहायता देगी। आखिर पूर्णिमा उसकी बहन है। नीलिमा को अपनी बहन के साथ अपने प्रेमी का पूरा-पूरा ध्यान रखना पड़ेगा। उसने उसे जीवन भर प्यार देने की सहमति दी है। इसी एक शर्त पर तो वह पूर्णिमा से विवाह करने को तैयार हुआ था।

उस शाम रवि अपने बंगले पहुंचा। नहाने-धोने से पहले उसने अपने पिता के स्वास्थ्य के बारे में जान लेना चाहा परन्तु जैसे ही वह उनके कमरे की ओर बढ़ा अपने पिता के स्वर में अपना नाम सुनकर उसके पग द्वार पर रुक गए। उसके पिता बहुत निराश तथा गम्भीर स्वर में कह रहे थे, 'रवि को बहू के साथ ऐसा ही व्यवहार करना था तो उसने विवाह क्यों कर लिया?'

'जवानी का जोश था। प्यार होते ही उसने चट-पट विवाह कर लिया होगा। ऐसा न हो कि तुम कहीं और उसका विवाह कर दो।' रवि की माता जी कह रही थीं, 'परन्तु अब विवाह के बाद वह पछता रहा है...शायद इसलिए कि उसे ज्ञात हो गया कि बहू अब कभी मां नहीं बन सकती।'

'इसमें रवि का दोष भी हो सकता है।' मिस्टर सिन्हा ने कहा, 'किसी डाक्टर को दिखाया था?'

'रवि इस बारे में कुछ बात ही नहीं करता। बहू से पूछती हूं तो कह देती है अभी जल्दी क्या है? श्रीमती सिन्हा ने मानो खिसिया कर कहा।

'जल्दी।' मिस्टर सिन्हा ने निराशा से एक गहरी सांस ली। बोले, 'बड़ी इच्छा थी कि मरने से पहले अपने पोते या पोती को अपनी आंखों से देख लूं परन्तु ऐसा लगता है जैसे अब यह इच्छा कभी पूरी नहीं होगी।'

सहसा रवि ने अपने समीप भीनी-भीनी सुगंध महसूस की। चौंककर वह पीछे पलटा। उसके समीप पूर्णिमा खड़ी हुई थी - सूनी आंखें, कहीं-कहीं काजल फैला हुआ था, मुझाया मुखड़ा, फूल मानो ताजगी को तरस रहा था, सूखे होंठों पर दबी-दबी खामोशी बन्द कलियों की मानो खुलने की मनाही थी। पूर्णिमा मानो अपने सास-ससुर से अपनी तथा रवि की वास्तविकता छिपाते-छिपाते थक गई थी। वह भी अपने सास-ससुर की बातें सुन चुकी थी। उसके एक हाथ में शीशे का गिलास था, पानी से भरा हुआ, तथा दूसरे हाथ में दवा की शीशी थी। वह अपने ससुर के कमरे में ही जाने वाली थी कि रवि को अपने पिता की बातें सुनते हुए देख-कर रुक गई थी।

रवि ने पूर्णिमा को बहुत ध्यान से देखा, इस प्रकार मानो उसे आज जीवन में पहली बार देख रहा था। पूर्णिमा की मांग में सिंदूर था फिर भी वह एक विधवा लग रही थी। रवि को उस पर दया आई। पूर्णिमा ने अपने पिछले जीवन में कुछ भी किया हो परन्तु अब तो वह उसकी धर्म-पत्नी ही है - नीलिमा की अमानत। उसे अपनी धर्मपत्नी को सताने का क्या अधिकार है? उसकी सारी वास्तविकता जानने के बाद ही तो उसने उसे अपनाया है। फिर यह दूरी कैसी? यह परायापन कैसा? रवि को ऐसा लगा मानो वह पूर्णिमा को नहीं नीलिमा को दुख दे रहा है - नीलिमा को सता रहा है। उसने बहुत प्यार से पूर्णिमा की आंखों में झांका। पूर्णिमा को उसका अधिकार मिलना ही चाहिए।

पूर्णिमा की सूनी आंखों के अंधकार में एक ज्योति चमकी। घनी बदलियों की परत के मध्य कोई तारा टिमटिमा गया। दिल के अंदर एक नन्ही सी धड़कन उत्पन्न हुई। धड़कन में एक नई मिठास थी। होंठ कलियों के समान खुलने के लिए कांप गए। उसे विश्वास नहीं हो रहा था कि यह उसका पति ही है जो उसे इतने प्यार से देख रहा है। यह एक सपना था या वास्तविकता वह अनुमान नहीं लगा सकी। वह अनुमान लगाना भी नहीं चाहती थी और इससे पहले कि यह सुन्दर सपना टूट जाए, आंखों के अंधकार की ज्योति बुझ जाए, टिमटिमाता तारा बदली की परतों के पीछे छिप जाए, दिल की धड़कन में जहर भी कड़वाहट भर जाए, होंठों की कलियां बन्द होकर मुर्झा जाएं, वह तुरंत अपने ससुर के कमरे में प्रविष्ट हो गई।

रवि ने इस समय अपने पिता के कमरे में जाना उचित नहीं समझा। वह अपने कमरे की ओर चला गया। उसने सोचा, यदि वह पूर्णिमा को उसका अधिकार दे देगा तो सभी को संतोष प्राप्त हो जाएगा। उसके इस इरादे पर कितने सारे लोगों की प्रसन्नता निर्भर थी...सुख और शांति निर्भर थी। मानो उसी के कारण यह घर नर्क बना हुआ था।

उस शाम रवि बहुत देर तक अपने पिता के पास बैठा बातें करता रहा। कभी-कभी पूर्णिमा भी वहां आ जाती थी। तब रवि की मां कुछ देर के लिए उसके पास ही बिठा लेती थी। उन्हें तथा उनके पिता को आज अपने बेटे के व्यवहार पर बहुत आश्चर्य था। प्रसन्नता भी थी बेटे से उन्हें नई आशाएं बंध गई थीं।

उस रात रवि ने शराब अवश्य पी थी परन्तु सीमा के अन्दर। उस रात उसने अपने आपको पूर्णिमा के हवाले कर दिया। उसको उसका पूरा अधिकार दिया तो पूर्णिमा के मन में अपने पति के विरुद्ध समाया संदेह मिट गया। उसने मन-ही-मन अपने आपको धिक्कारा और मन-ही-मन उसके कदमों में निछावर हो गई। उसे विश्वास हो गया कि उस जैसी तुच्छ लड़की को अधिकार देने के लिए उसके पति को स्वयं को तैयार करने में बड़ी कठिनाई का सामना करना पड़ा होगा। कौन पुरुष ऐसी पापिन को आसानी से स्वीकार करता है? परन्तु अब वह उसे क्षमा कर चुका है। अब वह उसका बन चुका है। वह उसके प्यार की कदर करते हुए दिन रात उसकी सेवा करेगी। उसे अब ऐसा कोई अवसर नहीं देगी जिससे वह उदास और निराश हो। अब उसे अपने

पति के मन तथा मस्तिष्क पर छा जाने की पहली सीढ़ी प्राप्त हो चुकी है। इसके सहारे वह प्यार की सबसे ऊंची मंजिल पर पहुंच जाएगी जहां वह होगी और केवल उसका पति।

मिस्टर सिन्हा स्वस्थ हो गए। बेटे की ओर से वह संतुष्ट हो गए। बहू को उसकी प्रसन्नताएं मिल गई थीं। इसलिए वह निश्चिन्त हो गए। फिर शीघ्र ही एक दिन जब वह दफ्तर जाने योग्य हो गए तो रवि पूर्णिमा से बम्बई में एक आवश्यक काम का बहाना बनाकर बम्बई के बजाय नीलिमा से मिलने के लिए उसके शहर को निकल पड़ा। उसने नीलिमा से मिलने की तरकीब निकाल ली थी। वह गंगाप्रसाद से कह देगा कि वह बम्बई गया था। वहां पर काम नहीं बना तो अचानक उसे बम्बई से सीधा इधर आ जाना पड़ गया यही कारण था कि वह पूर्णिमा को साथ नहीं ला सका। इसी योजना के आधार पर वह नीलिमा के पत्र लिखकर अपने आने की सूचना भी नहीं दे सका।

रवि जानता था कि उसे गंगाप्रसद के घर जितना सम्मान दिया जाएगा उतना किसी को भी नहीं दिया जा सकता। उसकी आवभगत में गंगाप्रसाद तथा उसकी धर्मपत्नी आकाश धरती एक कर देंगे क्योंकि उसने उनकी लड़की से विवाह करके उनके खानदान को बरबाद होने से बचाया है। वहां रहकर उसे नीलिमा के साथ घूमने फिरने तथा रात में घण्टों आपस में बात करने से कोई नहीं रोक सकता। पूर्णिमा से विवाह करने के बाद उसके तथा नीलिमा के प्यार पर अब किसी के लिए संदेह करने का कोई प्रश्न नहीं उठता था। रवि अपनी नीलू को दिल भरकर प्यार कर लेना चाहता था। यात्रा के मध्य उसके मन में सारे समय यही विचार उठते रहे - नीलू अब कैसी हो गई होगी? क्या सोच कर वह अब भी प्यार कर रही है और साथ ही उसे भी प्यार करने पर प्रोत्साहित कर रही है? क्या यह पाप नहीं है? पाप है परन्तु जब जवानी दिल के हाथों मजबूर हो तो कोई क्या कर सकता है? जब पूर्णिमा के विवाह की नींव ही इसी ध्येय पर रखी गई थी कि उसका पति अपनी प्रेमिका से प्यार करता रहेगा तो इसमें उसका क्या दोष और उसकी प्रेमिका का क्या दोष?

रवि अभी गंगाप्रसाद के घर से काफी दूर था कि शाम पूर्णतया डूब गई। रात का अन्धकार नाग बनकर किसी की प्रसन्नताएं डस लेने को अधीर हो उठा। कहीं दूर शहनाई का स्वर रवि के कानों में गूंजने लगा तो रवि के दिल की धड़कनें एक अज्ञात भय के कारण तेज हो गई। गंगाप्रसाद के घर पहुंचते-पहुंचे वह चौंक गया। गंगाप्रसाद के घर पर रंग-बिरंगे बल्ब सजे हुए थे। टैक्सी गंगाप्रसाद के घर के सामने रुकी तो बाहर निकलने से पहले उसने देखा गंगाप्रसाद के घर की सजावट बहुत कम थी - बल्ब फीके-फीके - कोई बैण्डबाजा न लाउडस्पीकर का अधिक शोरगुल। केवल शहनाई की हल्की-हल्की धुन मानो किसी विधवा को दोबारा सुहागिन बनाने का असफल प्रयत्न कर रही थी।

घर के बगल में उसी जगह पर एक छोटा सा तम्बू लगा हुआ था जहां पूर्णिमा के विवाह में लगा था। ऐसा लग रहा था मानो किसी के अरमानों की लाश को सजाने का प्रयत्न किया

गया हैं रवि का दिल एक अज्ञात भय से कांप गया। धड़कनें बढ़ गयीं। उसने अपना छोटा सूटकेस हाथ में लिया और टैक्सी से बाहर निकल आया। उसने रुककर देखा, यहां गिने-चुने लोगों की उपस्थिति थी। निश्चय ही कोई उत्सव हो रहा था। वह आगे बढ़ा बहुत धीमे-धीमे - सहमी-सहमी धड़कनों पर काबू करते हुए। कहीं उसके दिल में उत्पन्न हुआ संदेह सत्य न हो जाए। परंतु जैसे ही वह दरवाजे पर पहुंचा, गंगाप्रसाद को देखकर रुक गया। गंगाप्रसाद मेहमानों का स्वागत कर रहे थे।

गंगाप्रसद ने रवि को देखा तो चौंक गए। मेहमानों को छोड़ कर वह तुरंत रवि के पास चले आए। सहमी-सहमी दृष्टि से वह रवि को देखने लगे, इस प्रकार मानो चोरी करते समय रवि ने उन्हें पकड़ लिया था। उनका दिल धक-धक करने लगा। अब क्या होगा? अब?

'बाबू जी-' रवि ने उनके घर की सजावट पर दृष्टि डालकर कहना चाहा।

'बेटा-' गंगाप्रसाद ने लज्जित होकर बात बनाई। बोले, 'मुझे दुख है कि मैं तुम लोगों को सूचित नहीं कर सका क्यों...क्योंकि...' गंगाप्रसाद को अपनी लज्जा छिपाने के लिए शब्द मिलना कठिन हो गया।

'यह सब क्या हो रहा है?' रवि ने धड़कते दिल से पूछा।

'बेटा आज...आज नीलू का विवाह हो रहा है।'

'बाबूजी!' रवि के हाथ से सूटकेस छूटते-छूटते बचा। दिल पर जैसे किसी ने घूंसा मार दिया था। नीलिमा का विवाह हो रहा है? उसकी नीलू का विवाह? जिसके प्यार के सहारे वह जीवित रहने पर विवश था जिसके प्यार के सहारे उसने उसकी बहन पूर्णिमा का हाथ पकड़ लिया, जिसके प्यार के सहारे उसने पूर्णिमा को उसका अधिकार दे दिया, आज उसी प्यार का गला घोंटकर नीलिमा ने दूसरी मंजिल बना ली? नहीं-नहीं, ऐसा नहीं हो सकता। वह ऐसा कभी नहीं होने देगा। रवि मानो स्वयं से बड़बड़बड़ाया। उसने लपककर गंगाप्रसाद के घर में प्रविष्ट हो जाना चाहा, आवाज देकर अपनी नीलू को बुला लेना चाहा, उसे सबके सामने अपनी बांहों में सदा के लिए समा लेना चाहा, उसके पग गंगाप्रसाद के घर की ओर बढ़े भी, परन्तु तभी उसके सामने नीलिमा की माताजी चली आयीं। वह कुछ दूर पर खड़ी होकर गंगाप्रसाद तथा रवि को देख रही थीं। भय के कारण उनका दिल धक-धक कर रहा था। रवि के कारण नीलिमा जोश में आकर विवाह से इनकार न कर दे। कहीं इस बेटी के लिए भी एक बार घर आई बारात वापिस न चली जाए।

नीलिमा की माता जी का सामने देखकर रवि के पग रुक गए। उनकी आंखों में आंसू थे...कांपते होंठों पर विनती। उन्होंने हाथ जोड़ते हुए मानो रवि से भिक्षा मांगी। बोली, 'बेटा नीलू के पास मत जाओ। उससे मत मिलो। मैं तुम्हारे हाथ जोड़ती हूं। नीलू बड़ी कठिनाई से इस विवाह पर तैयार हुई है। क्या तुम चाहते हो कि वह प्यार की एक झूठी आशा लिए अपना सारा जीवन यूं ही बरबाद कर दे? हमने तुमसे पूर्णिमा का हाथ थामने के लिए कभी नहीं कहा

था। ऐसा तो तुमने स्वयं ही किया था। नीलू के कारण। यदि हमको पहले ज्ञात होता कि नीलू अपनी बहन के लिए अपना प्यार त्याग रही है तो हम ऐसा कभी नहीं होने देते। परन्तु अब तुम्हारा घर बस चुका है तो नीलू का घर भी बस जाने दो बेटा। उसे सुख और शांति मिलनी ही चाहिए।'

'हां बेटा...' सहसा गंगा प्रसाद ने कहा, 'अब तुम्हारा नीलू को प्यार करना तुम्हारे त्याग के साथ अपमान होगा। उससे मिलना पाप होगा। पूर्णिमा नीलू की बहन है तथा तुम्हारी धर्मपत्नी इसलिए अब नीलू तुम्हें प्यार करके अपनी बहन या समाज की दृष्टि में पापिन बनना कभी भी स्वीकार नहीं करेगी।'

पापिन...रवि दांत पीसते हुए क्रोध में मन-ही-मन बड़बड़ाया - धोखेबाज...मक्कार...उसका जीवन नर्क बना दिया और अब अपने लिए स्वर्ग बसाने चली है? क्या यही है उसका प्यार? जीवन भर प्यार करते रहने की प्रतिज्ञा? अन्तिम सांसों तक उसका नाम अपने होंठों पर लिए रहने का वचन? रवि के तन-बदन में आग लग गई। क्या उसने नीलिमा को इसलिए प्यार किया था कि उसकी इच्छा का खिलौना बन जाए? उसके बजाए उसकी बहन से विवाह करे? यदि उसे ज्ञात होता कि बीच में वह इस प्रकार नीलिमा के प्यार से वंचित रह जाएगा तो वह पूर्णिमा को उसका अधिकार कभी नहीं देता। आखिर नीलिमा का प्यार प्राप्त करते रहने के लिए ही तो उसने सब कुछ किया था...उसकी चरित्रहीन बहन से विवाह कर लिया, उसका पूरा अधिकार उसे दे दिया। रवि का मन हुआ वह नीलिमा के विवाह में भग कर दे। उसका जीवन भी इसी प्रकार नर्क बना दे जैसा नीलिमा ने उसका जीवन बनाया है।

रवि के अन्दर सच्चे प्यार की भावना तुरंत मिट गई। उसके स्थान पर उसके मन में क्रोध की ज्वाला भड़क उठी। आंखों में आंसुओं के स्थान पर शोले छलक आए। उसे नीलिमा के साथ उसके माता-पिता से भी घृणा होने लगी। अपनी दुराचारिन बेटी को उसके गले मढ़ दिया और अब कितनी आसानी से दूसरी बेटी की प्रसन्नता की भीख मांग रहे हैं। उसका अपना जीवन मानो एक खिलौना है जिसने जैसे चाहा खेल लिया। हूं हूं! रवि ने क्रोध में मुंह बनाया। उसकी मुट्ठियां कस गयीं। उसके मुखड़े का तनाव देखकर गंगा प्रसाद तथा उनकी धर्मपत्नी सहम गई। रवि जाने क्या करना चाहता है? परन्तु रवि ने उनकी जरा भी चिंता नहीं की। उसने तुरंत अपना सूटकेस वहीं पटक दिया और उनके घर में अन्दर प्रविष्ट हो गया...बहुत तेज पगों से, इस प्रकार मानो अपने प्यार का बदला लेना चाहता हो।

गंगा प्रसाद तथा उनकी धर्मपत्नी ने एक दूसरे को देखा फिर गंगा प्रसाद ने रवि का सूटकेस उठाया और वह भी अपने घर के द्वार की ओर बढ़ गए। उनकी धर्मपत्नी उनके पीछे-पीछे दौड़ चली। दोनों ही रवि के पैर पर गिरकर अपनी इज्जत की भीख मांग लेना चाहते थे।

परन्तु तब तक रवि नीलिमा के कमरे में पहुंच चुका था। नीलिमा सुर्ख जोड़े में घूंघट काढ़े नई नवेली दुल्हन बनी सिर झुका बैठी हुई थी। उसकी गिनी-चुनी सहेलियों ने उसे घेर रखा था।

रवि कमरे में प्रविष्ट हुआ तो नीलिमा की सांसें इस प्रकार रुक गयीं मानो उसका दम ही निकल जाएगा। रवि के कदमों की चाप से वह भली-भांति परिचित थी। होती भी क्यों नहीं? रवि तो उसकी एक-एक सांस में समाया हुआ था। फिर कमरे में अचानक ही छा जाने वाली खामोशी भी इस बात की पुष्टि कर चुकी थी कि रवि कमरे में प्रविष्ट हो चुका है। नीलिमा का गला सूखने लगा, उसने घूंघट में अपना सिर उसी प्रकार झुकाए रखा। पलक बन्द कर ली। यदि रवि को देख लेती तो उसकी काया ही पलट जाती जाने क्या हो जाता? शायद यह धरती फट जाती। आकाश गिर पड़ता।

रवि कमरे में बहुत तेज पगों से प्रविष्ट हुआ था। उसका मन हुआ था नीलिमा का घूंघट उतार फेंके। उसकी बेवफाई के कारण गाल पर एक थप्पड़ रसीद कर दे। उसका हाथ हवा में उठ भी गया। परन्तु तभी वह चौंक गया। उसका हाथ जहां-तहां रुक गया। मुट्ठी कसी, फिर ढीली हो गई। फिर हाथ धीरे-धीरे नीचे भी आ गया। उसकी दृष्टि नीलिमा की मेंहदी रची एक हथेली तथा अंगुलियों पर पड़ चुकी थी जो उसकी गोद में थीं। इस मेंहदी रची हथेली के मध्य आंसुओं की मोटी-मोटी बूंदें चमक रही थी। इस प्रकार मानो नयनों की क्षितिज सारी रात फूलों पर शबनम के आंसू गिराती रही हो।

रवि का क्रोध अचानक ही ठण्डा हो गया। यह आंसू इस बात के साक्षी थे कि उनकी नीलू अब भी उसे प्यार करती है - अब भी। परन्तु इसके पश्चात वह क्यों अपने आपको ऐसे व्यक्ति के हवाले तैयार हो गई जिसे उसने कभी प्यार नहीं किया? यह प्रश्न ऐसा था जिसका उत्तर वह नीलिमा से नहीं पूछ सका। परन्तु उसके दिल को सन्तोष अवश्य मिल गया कि नीलिमा उसे और केवल उसे ही प्यार करती है, किसी और को नहीं। वह प्यार को वह कभी भी अपने दिल से नहीं निकाल सकेगी। विवाह के बाद भी उसका पहला प्यार ज्योति बनकर सदा उसके दिल के अन्दर जलता रहेगा। नारी अपना पहला प्यार कभी नहीं भूलती। इसी एक विश्वास के सहारे रवि नीलिमा से घृणा नहीं कर सका। बल्कि उसके दिल का प्यार और गहरा हो गया - वह प्यार जो निःस्वार्थ था। यदि उसे नीलिमा से सच्चा प्यार है तो उसे अपने त्याग के पीछे इसका मूल्य लेने का क्या अधिकार पहुंचता है?

कमरे में गंगाप्रसाद आ चुके थे, उन्होंने वहीं दरवाजे के समीप रवि का सूटकेस रख दिया था और रवि से कुछ दूर खड़े हो गए थे उनकी धर्मपत्नी भी उनके समीप खड़ी थी। दोनों पलकों की झोली फैलाए रवि से अपनी इज्जत तथा बेटी की प्रसन्नता की भीख मांग रहे थे, दृष्टि में आशा तथा निराशा मिली-जुली छिपी हुई थी। शहनाई बज रही थी - बजती रही...ऐसा लग रहा था मानो किसी की डोली नहीं अर्थी उठने वाली हो।

रवि के कानों में नीलिमा की मां के शब्द गूंज गए...नीलू बड़ी कठिनाई से इस विवाह पर तैयार हुई है...उसे सुख और शांति मिलनी ही चाहिए। हां, उसकी नीलू को अब सुख और शांति मिलनी ही चाहिए। उसका और नीलिमा का अब सम्बन्ध ही क्या? उसे अपने प्यार का परिणाम पूर्णिमा का हाथ थामने से पहले सोचना चाहिए था। परन्तु प्यार करने वाले परिणाम की चिंता नहीं करते...और रवि ने नीलिमा से प्यार किया था...सच्चा प्यार - निस्वार्थ प्यार, यही कारण था कि उसने भविष्य की चिंता नहीं की थी और अब जब वह सब कुछ खो चुका है तो उसे इसका पछतावा नहीं होना चाहिए। प्यार करने वाले तो अपना स्वार्थ देखे बिना जी जान से लुट जाते हैं। उसने नीलिमा इच्छा का आदर करते हुए, उसके दिल के संतोष का विचार रखते हुए पूर्णिमा का हाथ थामा था। फिर जब हाथ थाम लिया तो अब पछताना कैसा? आवश्यक है कि अब वह नीलिमा की प्रसन्नता उसके दिल का संतोष उसके जीवन की शांति का विचार रखते हुए अपने दिल पर पत्थर रख ले। यही सच्चे प्यार की मांग थी।

खामोशी। कमरे में सभी अपने दिल के अन्दर सहमी-सहमी धड़कने लिए रवि को देख रहे थे। रवि की दृष्टि नीलिमा पर थी। नीलिमा घूंघट में सिर झुकाए चुपचाप बैठी हुई थी। उसके दिल में कमरे की यह खामोशी कांटे समान चुभ रही थी। कहीं इस खामोशी का गला घोंटकर वह स्वयं ही चीख न पड़े - चीखकर रवि से लिपट जाए - उसको कह दे कि वह उसे जहां चाहे ले चले, उसके होंठ बार-बार कांप जाते थे। पलकें भी रवि को देखने के लिए घूंघट में फड़फड़ा जाती थीं ।उसका रवि उसे जाने किस दृष्टि से देख रहा है। परन्तु फिर बड़ी कठिनाई से उसने अपने आप पर काबू कर लेना पड़ता था। वह यदि अब नहीं संभली तो कभी नहीं संभल सकेगी। फिर भी उसकी आंखों से टपकते आंसू जरा भी कम नहीं हुए। यह आंसू उसकी मेंहदी रची हथेली से फिसल कर घुटने पर साड़ी में भी डूब जाते थे। कुछेक बूंदें उसके कदमों के समीप फर्श पर भी गिर पड़ती थीं।

रवि ने इनको देखा तो मन हुआ इन अमूल्य मोतियों को चुन ले। इन बहुमूल्य आंसुओं का अपमान कभी नहीं होना चाहिए। नीलिमा की स्थिति देखकर रवि का मन तड़प उठा। मन हुआ वह सबके सामने ही अपनी नीलू को अपनी बांहों में समा ले। परन्तु फिर उसने होंठों को भींचते हुए अपने मन पर काबू कर लिया। उसकी दीवानगी की एक छोटी-सी भूल नीलिमा का जीवन भर का सुख छीन सकती थी। बारात वापस चली जाती तो उसके घर वाले इस बार निश्चय ही आत्महत्या कर लेते, पूर्णिमा का हाथ थामने के कारण वे उसे जितना महान समझने लगे थे, नीलिमा का हाथ थामने के कारण वे उसे उतना ही बड़ा पापी समझने लगते। फिर नीलिमा भी उसे क्षमा नहीं करती -कभी नहीं। आखिर उसने अपने घर वालों के सुख की रक्षा के लिए ही तो अपने तथा अपने प्रेमी के प्यार का बलिदान दिया था।

सहसा बहुत दूर बैण्ड बाजों का शोर सुनाई पड़ने लगा। पटाखों के धूम-धड़ाके सुनाई पड़ने लगे। बारात आ रही थी - उसकी नीलू की बारात। अब वह शीघ्र ही सदा के लिए किसी

और की हो जाएगी। रवि के दिल पर छुरियां चल गयी। आंखों से आंसू निकलकर पलकों पर छलक आए। उसने अपनी सांसे एकत्र की। कुछ कहना चाहा तो होंठ फड़फड़ा गए। गला सूख गया। फिर भी उसने कांपते स्वर में कहा, 'नीलू, सदा...सुखी रहो।' रवि का स्वर भीगा हुआ था। इससे पहले कि वह तड़प कर रो पड़े, अपना वाक्य पूरा करते ही वह अपने सूटकेस की ओर बढ़ा और तुरंत उसे उठाकर दरवाजे से बाहर निकल गया।

नीलिमा के कानों जब रवि का स्वर पड़ा तो उसने अपनी आंखें कुछ सख्ती से बंद कर ली थीं। दर्द असहनीय हो गया तो उसने अपने होंठों को बहुत सख्ती के साथ काटा। दर्द तब भी सहा नहीं गया तो एक झटके से घूंघट पीछे पलटते हुए वह खड़ी हो गई। रवि की छाती में समा जाने के लिए उसका दिल तड़प उठा था। वह सारे संसार तथा इस मतभेद को ठुकराकर अब तुरंत ही रवि की बन जाना चाहती थी। अब उसे किसी की भी चिंता नहीं थी - अपनी न अपने खानदान की। अब रवि ही उसके लिए सब कुछ था - रवि तथा उसका प्यार।

परन्तु रवि जा चुका था। नीलिमा ने रवि के पीछे लपक जाना चाहा, परंतु तभी मां ने लपककर दरवाजा बंद कर दिया और दीवार बनकर उसके रास्ते में खड़ी हो गई। कहीं ऐसा न हो कि बेटी प्यार की दीवानगी में सबको ले डूबे। नीलिमा ने मां को देखा - फिर अपने पिताजी को। फिर वहीं नीचे घुटनों के बल बैठकर अपना मुखड़ा हथेलियों में छिपाकर वह फूट-फूटकर रो पड़ी। सिसकियों में सारा कमरा डूब गया और सिसकियां बैण्ड बाजों के शोर में डूबने लगी। यह शोर इतना ही अधिक और बढ़ता गया जितना बारात समीप आती गई। गंगाप्रसाद आगे बढ़े और बेटी को छाती से लगा लिया। आंसुओं से उनके गाल भर तर हो गए थे।

चार

रवि नीलिमा के यहां से निकला तो उसके दिल का घाव नासूर बन चुका था। यह नासूर उसके जीवन के साथ ही समाप्त होगा, इसका उसे पूरा विश्वास था। अब इस नासूर के भरने का प्रश्न ही नहीं उठता था। परन्तु यह वह समय था जब उससे दर्द सहा नहीं जा रहा था। घाव ताजा था। जलन तो होगी ही। परन्तु इस समय उसे अपने नासूर पर फाहा रखने के लिए तुरंत ही शराब की आवश्यकता पड़ रही थी। फिर भी वह पैदल ही आगे बढ़ गया, हाथ में उसी प्रकार सूटकेस लिए हुए। जगमगाते प्रकाश का जमघट उसके समीप आ रहा था - उसकी नीलू की बारात। इस बारात का राजा तो उसे होना चाहिए था। एक राजकुमार बनकर उसे अपनी नीलू को ब्याहना चाहिए था। परन्तु वाह रे भाग्य विधाता, अच्छा भला फूलों भरा रास्ता ऐसा मोड़ा कि रवि के कदमों तले जीवन भर के लिए जहरीले कांटे आ गए थे।

बारात आ रही थी। बैण्ड बाजों का शोर रवि के कानों में गरम-गरम सीसे समान उतर रहा था। पटाखे हवा में नहीं मानो उसके दिल में फट रहे थे - बम बनकर। कुछ ही देर में बैण्डबाजों के शोर के साथ बारात उसके समीप से निकली। लोग हंस रहे थे - चहक रहे थे। सभी के

मुखड़ों पर रौनक थी। दूल्हा घोड़े पर बैठा हुआ उसके समीप से निकल रहा था। रवि के पग थोड़े समय के लिए वहीं रुक गए। उसने देखा, दूल्हे का मुखड़ा सेहरे तथा फूलों की घनी चादर से पूर्णतया ढका हुआ है। जाने कौन है यह भाग्यवान जो उसकी नीलू को अब सदा के लिए अपना बनाने जा रहा है।

उस दिन रात की गाड़ी से रवि दूसरे दिन जब दिल्ली पहुंचा तो उसका मन बहुत भारी था। अब तक उसकी नीलू किसी और की बन चुकी होगी। शायद विदाई भी हो गई हो। कहां जाएगी वह? किस शहर का उसका पति रहने वाला है? परन्तु रवि ने अब इस बात पर ध्यान देना उचित नहीं समझा। ध्यान देने से दिल का नासूर बहने लगता। अब उसके लिए नीलिमा को भूल जाना ही उचित था - अपने लिए - अपने खानदान के लिए - पूर्णिमा के लिए तथा नीलिमा की प्रसन्नता के लिए भी। परन्तु क्या ऐसा सम्भव था? यह तो केवल आने वाला समय ही बता सकता था।

रवि अपने बंगले के सामने पहुंचा तो बंगले पर अच्छी खासी भीड़ थी। उसे बड़ा आश्चर्य हुआ। दिल एक अज्ञात भय से धड़क गया। मुख्य द्वार में प्रविष्ट होते ही उसे ज्ञात हो गया कि उसके पिता को आज सुबह दिल का अंतिम दौरा पड़ा और उनका जीवन बच नहीं सका। रवि के पैरों तले से धरती निकल गई। अपना निजी गम भूलकर वह मां के गम में सम्मिलित हो गया। उसके पिता - उसे कितना अधिक प्यार करते थे। कितनी अभिलाषा थी उनकी कि वह दादा बनें - अपने पोते या पोती का मुंह देखकर ही इस संसार से पधारें। रवि को अपने पिताजी की इस इच्छा के अधूरी रह जाने का बड़ा दुःख हुआ। क्यों नहीं उसने पहले ही पूर्णिमा को उसका अधिकार देकर अपने पिता की इच्छा पूरी कर दी थी! रवि मन ही मन स्वयं को धिक्कारते हुए अपने पिता के शव के समीप बैठ गया और सिसक-सिसककर आंसू बहाने लगा।

उसके पिता का अन्तिम संस्कार हो गया। कुछ दिनों के अन्दर ही दूर-दूर से आ रहे रिश्तेदार वापिस चले गए। परन्तु गंगा-प्रसाद तथा उनकी धर्मपत्नी नहीं आए। पूर्णिमा को इस बात पर सख्त आश्चर्य हुआ। उसने अपने ससुरजी की मृत्यु होते ही अपने घर तार दे दिया था। कुछ दिनों बाद उसने अपने घर वालों को पत्र भी लिखा तो उत्तर बहुत संक्षेप में प्राप्त हुआ। उसके माता पिता ने उसके ससुर के देहान्त पर खेद प्रकट किया था परन्तु न आने का कारण नहीं लिखा था। पूर्णिमा को अपने घर वालों की यह बात पसन्द नहीं आई।

पत्र में उसने यह भी पढ़ा कि नीलिमा का विवाह अचानक ही हो गया तो उसे बड़ा आश्चर्य हुआ। नीलिमा का विवाह किससे हुआ? कहां पर विदा होकर गई है वह? ऐसी कोई बात पत्र में नहीं थी। ऐसा लगता था मानो उसके घर वाले उससे कुछ छिपा रहे हैं। क्या? वह कुछ भी नहीं जान सकी। हर बात भेद भरी जान पड़ी। उसका मन हुआ अपने घर जाए। घर की

स्थिति देखे। परन्तु वह ऐसा साहस न कर सकी। जिन परिस्थितियों में उसका विवाह हुआ था उसको देखते हुए वह किस प्रकार वहां जाती? उसके पड़ोसी देख लेते तो उसका अट्टहास नहीं उड़ाने लगे? इसके अतिरिक्त उसके ससुर का निधन हुए भी अभी कितने दिन हुए थे? उसके चले जाने से उसकी सास भी अकेली रह जाती। उन्हें उसकी संगति की सदा ही आवश्यकता महसूस हो रही थी। पूर्णिमा अपने घर नहीं जा सकी, परन्तु उसे अपनी दीदी से पूर्ण आशा थी कि वह जहां भी होगी उसे अवश्य पत्र लिखेगी।

रवि के पिता का देहान्त क्या हुआ, उसकी मां का मन भी संसार से उचाट हो गया। परन्तु वह जी रही थी - एक आशा के लिए। बहू को सन्तान होगी, तो उसका मन लग जाएगा। इस समय भी पूर्णिमा से उन्हें बहुत सहारा मिला। पूर्णिमा नहीं होती तो उन्हें जाने क्या हो जाता? पति के वियोग में शायद पागल हो जातीं। रवि ने भी घर की स्थिति देखते हुए स्वयं को संभाल लिया। परन्तु जब दिन भर काम करने के बाद शाम का अन्धकार गहरा होने लगता तो उसके दिल के दर्पण पर अपने आप ही नीलिमा का मुखड़ा उजागर हो जाता। तो वह तड़प जाता, इसी तड़प पर काबू पाने के लिए उसे शराब की आवश्यकता पड़ जाती। बीतते दिनों के साथ उसका देर से बंगले लौटना फिर आरंभ हो गया।

रवि जब पलंग पर लेटता तो कभी-कभी नीलिमा के विचारों में तल्लीन होकर इस प्रकार तड़प उठता कि उसे छिपकर उसकी तस्वीर देखने की आवश्यकता पड़ जाती थी। तस्वीर उसने फ्रेम में मढ़ी अब तक छिपा रखी थी जिसे देखने के लिए उसे बड़ी सावधानी बरतनी पड़ती थी। उसकी वास्तविकता खुल गई तो उसके घर का रहा-सहा सुख भी नष्ट हो जाएगा। उसके अतिरिक्त पूर्णिमा उसके बच्चे की माँ बनने वाली थी। वास्तविकता जान कर उस पर ऐसे कोमल समय में कोई भी प्रभाव पड़ सकता था। रवि को नीलिमा की तस्वीर देखकर चैन नहीं मिलता तो वह रात का मध्य होते हुए भी लॉन में जाकर बैठ जाता। ओस गिरती रहती तब भी उसे अपना होश नहीं रहता।

रवि की इस बढ़ती हुई आदत तथा दिन रात की गम्भीरता ने पूर्णिमा के मन में एक बार फिर सन्देह का बीज उत्पन्न कर दिया। उसका पति जब से बम्बई से वापस आया है तब से ही उसकी ऐसी स्थिति हो गई है। क्या बम्बई में उसके पति की भेंट उसकी पुरानी प्रेमिका से तो नहीं हो गई?

और आखिर एक दिन पूर्णिमा के सन्देह की पुष्टि हो ही गई जब एक दिन वह शाम के समय अपनी सास को उनके कमरे में छोड़कर अपने कमरे में प्रविष्ट हुई। उसका तथा रवि का शयन कक्ष ऊपर वाली मंजिल पर था। ऊपर के अन्य कमरे भी वे दोनों ही उपयोग में लाते थे। उस दिन रविवार था। रवि बंगले में ही था। शाम आरंभ होते ही उसने अपनी आदत के अनुसार शराब पीना आरंभ कर दिया था। शराब वह शयन कक्ष के बगल वाले कमरे में बैठकर पीता था। पूर्णिमा जब शयन कक्ष में प्रविष्ट हुई तो बीच के द्वार से उसने रवि को बहुत गम्भीर तथा

भेदभरे ढंग से खड़ा पाया। रवि के हाथ में एक फ्रेमदार तस्वीर थी जिसमें वह खोया हुआ था। पूर्णिमा का दिल धक से कर गया। उसके दिल का सन्देह बढ़ने लगा। मन की आग को हवा लगी तो शरीर डाह के शोलों से झुलस गया। वह सब्र नहीं कर सकी तो उस कमरे में अंदर प्रविष्ट हो गई। कमरे में एक मेज पर गिलास तथा शराब की बोतल रखी हुई थी।

रवि पूर्णिमा को देखकर चौंक गया। पलटकर उसने तस्वीर को दराज के अन्दर औंधी करते हुए रख दिया - जल्दी में। फिर दराज बन्द कर दिया और आकर चुपचाप अपनी कुर्सी पर बैठ गया। गिलास में बची हुई शराब उसने एक ही झटके में हलक से नीचे उतार दी। पूर्णिमा की सब्र की ताकत अब टूट चुकी थी। रवि की इस लापरवाह ने उसके दिल की आग पर तेल काम किया वह आगे बढ़ी और तुरंत कबर्ड के पलड़े खोल दिए। तस्वीर सामने रखी हुई थी - औंधी। पूर्णिमा ने चाहा कि उसे उठाकर देख ले कि यह कौन लड़की है जिसने उसका जीवन नर्क बना रखा है परन्तु तभी रवि चीख पड़ा, 'पूर्णिमा!' इसके साथ ही उसने लपककर पूर्णिमा का हाथ पकड़ लिया। उसे किनारे खींचा तथा परन्तु कबर्ड बन्द करने के बाद उसके सामने खड़ा हो गया।

'क्यों?' क्या यह तस्वीर मेरे देखने योग्य नहीं?' पूर्णिमा ने व्यंग्यात्मक ढंग से मुस्कुराते हुए क्रोध से पूछा।

'नहीं।' रवि ने दृढ़ मन से कहा।

'क्यों नहीं?' पूर्णिमा भी अब अपनी जबान पर काबू नहीं रख सकी। ईर्ष्या की आग में उसका पूरा शरीर झुलझ रहा था - झुलसता गया।

'क्योंकि...क्योंकि-' रवि को बात टालने का बहाना मिलना कठिन हो गया।

'क्योंकि यह मेरी सौत की तस्वीर है।' पूर्णिमा ने तड़पकर उसका वाक्य पूरा कर दिया।

'पूर्णिमा!' रवि तड़पकर रह गया। मन हुआ पूर्णिमा के गाल पर एक थप्पड़ रसीद करे।

'कह दीजिए कि यह गलत है।' पूर्णिमा ने उसी प्रकार तड़प कर कहा। दिल के अन्दर डाह उसे झुलसाए जा रही थी। उसने कबर्ड की ओर इशारा करते हुए बात जारी रखी, 'कह दीजिए कि इसके अन्दर मेरी सौत की तस्वीर नहीं है जिसके विचारों में आप दिन रात खोए रहते हैं। रात-रात में उठकर उसके लिए आंसू बहाते रहते हैं।'

'पूर्णिमा!' रवि ने कड़ककर कहा।

'यदि उससे इतना ही प्यार था तो मुझसे विवाह क्यों किया? पूर्णिमा ने रवि की चिन्ता न करते हुए कहा, 'मेरा हाथ क्यों पकड़ा। आखिर मैंने आपका क्या बिगाड़ा था?' पूर्णिमा का गला अचानक भर्रा गया। आंखें छलक आयीं।

'पूर्णिमा...पूर्णिमा मैं...मैं कैसे समझाऊं कि - 'रवि का मन हुआ वह वास्तविकता उगल दे। फिर भी उसने इस भेद पर पर्दा डाले रखना आवश्यक समझा। पूर्णिमा मां बनने वाली है। ऐसी कोमल स्थिति में उसके प्यार का भेद खुलकर पूर्णिमा पर किसी भी प्रकार का प्रभाव

डाल सकता था। शक जानलेवा भी सिद्ध हो सकता था। इसके अतिरिक्त नीलिमा की वह बात याद थी जो उसने पूर्णिमा की विदाई के समय स्टेशन पर कही थी - तुम हमारा प्यार राज में रखना - तुम्हें मेरी सौगन्ध।

'आप मुझे क्या समझाइएगा। मैं स्वयं सब समझती हूं। मैं कोई दूध पीती बच्ची नहीं हूं जो कुछ न समझ सकूं।' पूर्णिमा ने रवि के दिल की बात से अनभिज्ञ कहा - 'मुझे पहले ही संदेह था कि मेरी प्रसन्नता के बीच अवश्य कोई सौत उपिस्थत है वरना मेरा हाथ अपने आप पकड़ने के बाद क्या कारण था कि आप मुझ पर अधिक ध्यान नहीं देते? कमबख्त मुझे मिल जाए तो मैं उसका मुंह नोच लूंगी।'

'पूर्णिमा-' रवि अपनी नीलू के विरुद्ध ऐसी बातें सुनकर सहन नहीं कर सका। वह क्रोध में चीख पड़ा। उसका हाथ हवा में उठते-उठते रह गया। काश, पूर्णिमा नीलिमा की अमानत नहीं होती।

'क्यों?' पूर्णिमा आंखों में आंसू होने के पश्चात व्यंग्यात्मक ढंग से मुस्कराई, आपको उसके विरुद्ध मेरी बातें बुरी लग रही हैं?' पूर्णिमा के दिल पर छाले पड़े हुए थे। छाले फूटने लगे, वह गम्भीर हो गई। बात उसने जारी रखी। बोली, 'लेकिन मैं कहूंगी - बहुत कुछ कहूंगी - हजार बार कहूंगी। मेरी प्रसन्नता के रास्ते में जो भी आएगा वह मेरी सौत है। वह पापिन है...कमीनी और कुतिया...पूर्णिमा क्रोध की आग से तड़पकर बहुत कुछ कह जाना चाहती थी।

परन्तु रवि से अब और अधिक सहन नहीं हो सका। वह चीख पड़ा, 'पूर्णिमा!' और फिर इसके साथ ही उसका हाथ हवा में लहराकर, पूर्णिमा के गाल पर पड़ गया, 'चटाख!'

पूर्णिमा का स्वर उसके गले में घुटकर रह गया। वह गिरते-गिरते बची। आंखों में आंसुओं की धार कपोलों पर बाहर चली आई। एक पल के लिए खामोश रहकर उसने सोचा, उसके पति ने उस पर हाथ उठाकर अच्छा ही किया। वह है ही इस योग्य। एक दुराचारिन होकर उसने व्यर्थ ही अपने पति से त्याग की आशा कर ली थी। उसे अपने पति के प्यार के रास्ते में आने का कोई अधिकार नहीं। लेकिन खैर अभी भी कुछ नहीं बिगड़ा है। वह अपने पति को छोड़कर कहीं और चली जाएगी। वह आत्महत्या कर लेगी। उसे अपनी गन्दी कोख से एक पवित्र बच्चे को जन्म देने का कोई अधिकार नहीं। पूर्णिमा ने एक गहरी सांस ली इस प्रकार मानो तुरंत ही अपने इरादे को पूरा कर लेना चाहती हो। उसने अपनी अंगुलियों द्वारा अपने आंसू पोंछे। रवि को देखा और फिर पलटकर कमरे से बाहर निकल गई।

रवि के दिल को धक्का लगा। ऐसी स्थिति में पूर्णिमा कुछ भी कर सकती थी। फिर उसकी होने वाली संतान का क्या होगा। जिसको देखने के लिए उसकी मां की सांसे अटकी हुई हैं? रवि यह भी नहीं चाहता था कि नीलिमा तथा उसका प्यार अनजाने में भी गलत समझा जाए, पूर्णिमा अनजाने में भी अपनी बहन को दोषी ठहराए। अब इस भेद से परदा हट जाना ही

उचित था वरना पूर्णिमा अन्तिम सांसों तक अनजाने में अपनी बहन को कोसती रहेगी। वह तुरंत दो पग आगे बढ़ा। पूर्णिमा शयन कक्ष पार करके रेलिंग से होकर दो कदम बाद ही सीढ़ियां उतर जाना चाहती थी। रवि ने तुरंत वहीं से आवाज दी - 'पूर्णिमा।'

पूर्णिमा वहीं रुक गई - वहीं नीचे गई सीढ़ियों के समीप ही। पलटकर उसने रवि को देखा।

'एक मिनट ठहरो।' रवि ने मानो आज्ञा दी, पलटकर उसने तुरंत दराज में से तस्वीर निकाली। इसे लेकर पूर्णिमा के पास आया। तस्वीर को देखा। फिर उसी प्रकार तस्वीर का रुख अपनी ओर किए हुए उसने पूर्णिमा को देखा। भेद भरे ढंग में उसने कहा - 'तुम इस पापिन, कमीनी और कुतिया की तस्वीर देखना चाहती हो ना?'

पूर्णिमा ने होंठों से कुछ नहीं कहां भीगी पलकों द्वारा वह रवि को इस प्रकार देखने लगी मानो रवि तस्वीर दिखाकर उसका मजाक बनाना चाहता है। एक अज्ञात भय से उसका दिल भी धड़कने लगा। यह तस्वीर किसकी है? कैसा भेद है इस तस्वीर में? वह इस तस्वीर को देखे या नहीं देखे? परन्तु वह अपने सन्देह की पुष्टि कर लेना चाहती थी। वह इनकार नहीं कर सकी।

'लो - देखे लो इसे, 'रवि ने तस्वीर का रुख अपनी ओर किए हुए तस्वीर पूर्णिमा की ओर बढ़ा दी। बोला - 'केवल इसी लड़की के कहने के कारण मैंने तुम्हारा हाथ पकड़ा था वरना आज ...और तुम्हारे स्थान पर आज यह मेरी धर्मपत्नी होती।' रवि ने एक आह भरी।

'पूर्णिमा ने तस्वीर हाथ में ले ली तो दिल की धड़कने अपने-आप बढ़ने लगी। तस्वीर को अपनी आंखों के सामने किया तो दिल की धड़कन अपनी चरम सीमा पर पहुंचकर मानो सदा के लिए रुक गयी। ऐसा लगता था मानो अब उसका दम ही निकल जाएगा। गला सूखने लगा।

अपनी आंखों पर उसे विश्वास ही नहीं रहा था। नीलू - उसकी नीलू दीदी। नहीं-नहीं, ऐसा नहीं हो सकता, ऐसा कभी नहीं हो सकता। ऐसा कैसे हो सकता है? पूर्णिमा कांपते हुए मन-ही-मन बडबड़ाकर दो पग पीछे हट गई...सीढ़ियों के बिल्कुल समीप। विश्वास ही नहीं हो रहा था कि यह सत्य है। इतना बड़ा त्याग! इतना बड़ा बलिदान एक दुराचारिन बहन के लिए! पूर्णिमा के आंखों के सामने उसके विवाह वाली रात आ गई। वह दृश्य भी याद आ गया जब उसकी विदाई के बाद स्टेशन पर उसकी दीदी फूट-फूटकर रो रही थी। उफ! अपने हाथों से अपने प्यार का संसार उजाड़ते हुए उसकी दीदी पर क्या बीत होगी। निश्चय ही उस समय उसका दिल टूटकर टुटकर टुकड़े-टुकड़े हो गया होगा। पूर्णिमा को वह पत्र भी याद आ गया तो उसने अपनी दीदी को लिखा था अनजाने में उसे ही कोसते हुए वह कितनी अनुचित बातें लिख गई थी। उस पत्र को पढ़कर उसकी दीदी तो निश्चय ही फूट-फूटकर बहुत रोई होगी।

उफ! इस अनजानेपन में उसने क्या कर दिया? उसे ही अपनी सौत समझ बैठी जिसने अपना सब कुछ बरबाद करके उसको स्वर्ग दिया है! पूर्णिमा के दिल को धक्का लगा, ऐसा धक्का जो उसके इस समय के स्वास्थ्य को देखते हुए बहुत घातक सिद्ध हुआ। इससे पहले कि वह अपने-आपसे घृणा करे, स्वयं को धिक्कारे, उसे चक्कर आने लगा। आंखों के सामने

अंधकार छाने लगा। फिर भी वह पूरी शक्ति लगाकर चीख पड़ी, 'नहीं।' उस पर मानो हिस्टीरिया का दौरा पड़ गया था। उसकी चीख सुनकर रवि चौंक गया। चीख समाप्त होते ही पूर्णिमा का शरीर बेजान होकर पीछे को ढलक गया...नीचे जाती हुई सीढ़ियों की ओर। तस्वीर भी हाथ से छूटकर सीढ़ी पर गिर पड़ी थी।

'पूर्णिमा!' रवि ने चीखते हुए लपककर पूर्णिमा को पकड़कर संभाल लेना चाहा परन्तु उसे बहुत देर हो चुकी थी।

पूर्णिमा का शरीर शव के समान सीढ़ियों से नीचे लुढ़क रहा था। सीढ़ी पर पड़ी तस्वीर उसके नीचे आ गई। फ्रेम टूट गया, शीशा टुकड़े-टुकड़े हो गया।

'पूर्णिमा।' रवि तस्वीर की चिन्ता न करते हुए पूर्णिमा की ओर दौड़ा - सीढ़ियां फलांगते हुए। परन्तु पूर्णिमा का शरीर उससे भी अधिक तेजी के साथ नीचे की ओर लुढ़क रहा था, पल भर में देखते-ही देखते पूर्णिमा का शरीर धम से फर्श पर जा गिरा उसकी कनपटी सीढ़ी के कोने से टकराकर फट गई थी, रक्त मोटी तथा गाढ़ी धार लिए फर्श पर फैलने लगा।

'पूर्णिमा!' रवि से पूर्णिमा की स्थिति देखी नहीं गई। कुछ भी हो पूर्णिमा उसकी धर्मपत्नी थी। उसके साथ उसके जीवन के विवाहित दिन व्यतीत किए थे। वह उसके होने वाले बच्चे की मां बनने वाली थी। पूर्णिमा की स्थिति देखकर रवि का दिल छलनी हो गया। पूर्णिमा के समीप पहुंचकर फर्श पर घुटनों के बल बैठते हुए उसने तुरंत उसका सिर अपने हाथों में उठा लिया। वह तड़प कर चीख उठा, 'पूर्णिमा...पूर्णिमा।'

उसका स्वर सुनकर उसकी मां वहां आ गई। उन्होंने बहू को रक्त में नहाया देखा तो दिल मुंह को आ गया। 'बहू!' वह बहुत जोर से चीख पड़ी। नीचे बैठकर उन्होंने बहू को छाती से लगा लेना चाहा परन्तु जब उन्होंने डाक्टर को बुलाना आवश्यक समझा तो टेलीफोन की ओर लपक गई।

परन्तु उस दिन के बाद पूर्णिमा को कभी होश नहीं आया। डाक्टर की सलाह पर तुरंत अस्पताल ले जाने के पश्चात उसे होश नहीं आया। पेट के अन्दर बच्चे की ही मृत्यु नहीं हो गई बल्कि पूर्णिमा की कनपटी में भी कुछ ऐसी सख्त चोट लगी कि वह बच नहीं सकी। पूर्णिमा की मृत्यु हुई तो रवि ने पहली बार उसके लिए अपने दिल में प्यार का आभास किया। उसके शव पर गिरकर वह बहुत देर तक आंसू बहाता रहा। उसने क्यों पूर्णिमा को इतना कष्ट दिया? क्यों नहीं पहले ही अपना सारा ध्यान उसकी ओर समेट लिया था? काश! उसे ज्ञात होता कि पूर्णिमा का जीवन इतना ही है तो उसकी मुस्कान के लिए वह आकाश से तारे तोड़कर लाने से भी नहीं कतराता। उसकी एक बात पर वह जी-जान से निछावर हो जाता। परन्तु होनी को कौन टाल सकता है? जो होना था वह होकर ही रहा। नीलिमा की अमानत की वह रक्षा नहीं कर सका। नीलिमा को भी अब वह क्या उत्तर देगा? यदि उसने पूछा तो वह उससे क्या कहेगा? रवि को इस बात का भी बहुत दुख था।

नीलिमा विवाह के बाद शीघ्र ही अपने पति के साथ कनाडा चली आई थी जहां उसके पति को कृषि विज्ञान पर ऊंची शिक्षा प्राप्त करने के लिए छात्रवृत्ति मिल गई थी। विवाह के बाद नीलिमा स्वयं भी रवि से बहुत दूर रहना चाहती थी, इतना दूर कि वह रवि को भूल जाए और रवि उसको भूलने में समर्थ हो सके। नीलिमा ने अपने माता-पिता की राय पर चलते हुए कभी भी अपने पति पर अपने पिछले प्यार का भेद नहीं प्रकट किया था। गंगाप्रसाद ने विदाई से पहले उसके मन में यह बात बिठा दी थी कि पति अपनी पत्नी की सब बातें भूल सकता है परन्तु यह बात कभी नहीं भूल सकता था कि विवाह से पहले उसकी पत्नी ने किसी और को प्यार किया था। पुरुष का जीवन विवाह से पहले कैसा ही बीता हो परन्तु अपनी होने वाली पत्नी को वह आरंभ से ही कोरा चाहता है - कोरा दिल और कुंवारा शरीर।

नीलिमा ने अपने पति से पूर्णिमा की बात भी कभी नहीं छेड़ी थी। उसके विवाह के बाद विदाई से पहले गंगाप्रसाद ने सावधानी बरतते हुए स्वयं ही अपने समधी के घर वालों को बता दिया था कि पूर्णिमा नामक की एक अनाथ रिश्तेदार लड़की को उन्होंने पाला था जिसका चरित्र जवानी में पग रखते ही बिगड़ने लगा तो उन्होंने जैसे-तैसे उसका विवाह कर दिया। अब वह लड़की अपने पति के साथ कहां है, क्या करती है, कोई नहीं जानता और न ही उन्हें उससे कोई सम्बन्ध है। यही कारण था कि उन्होंने पूर्णिमा तथा उसके पिता को अपनी बेटी नीलिमा के विवाह में भी बुलाने की कोई चिन्ता नहीं की।

गंगाप्रसाद पहले ही अपनी स्थिति स्पष्ट करने पर विवश थे। ऐसा न हो कि कल पूर्णिमा के बारे में कोई उनके दामाद के कान भर दे तो पूर्णिमा के कर्मों का दण्ड नीलिमा को भोगना पड़े। परन्तु उसका दामाद ही नहीं उसके सारे घर वाले ही बहुत सीधे विचारों वाले सिद्ध हुए। उन्होंने पूर्णिमा के विषय में जरा भी रुचि नहीं ली। उन्हें नीलिमा पसन्द थी और वह उसे बहुत प्यार के साथ अपने घर की लक्ष्मी बनाकर ले गए थे। यही एक मात्र कारण था कि अपने विवाह के बाद नीलिमा ने पूर्णिमा को कभी कोई पत्र नहीं लिखा। पत्र लिखती तो पूर्णिमा का पत्र भी आ सकता था। अपना पता नही देती तब भी उसके नाम पर रवि के दिल का घाव ताजा हो सकता था। आखिर उसने अपना विवाह इसीलिए तो किया था ताकि उसकी ओर से पूर्णतया निराश होकर उसे भूलने में सफल हो जाए।

इस विवाह के बाद रवि पर क्या प्रभाव पड़ा वह नहीं जान सकी परन्तु रवि से हजारों मील दूर कनाडा में रहकर उसके अपने दिल को जीने की शक्ति अवश्य प्राप्त हो गई थी। पति बहुत सीधा था। उस पर अपनी जान निछावर करता था। उसके पति के असीमित प्यार ने उसके दिल का घाव काफी हद तक भर दिया था। और अब जब वह एक बच्चे की मां बनने वाली थी तो उसे आशा बंध गई थी कि अब शीघ्र ही उसके दिल का घाव ही नहीं भरेगा बल्कि घाव का चिन्ह भी मिट जाएगा।

परन्तु एक दिन नीलिमा का घाव फिर पहले समान ताजा हो गया। हवा का ऐसा झोंका आया कि सावन की आशा लिए हरी-भरी कोपलें टहनी से टूटकर बिखर गईं। दिन का समय था। नीलिमा का पति फार्म पर गया हुआ था। नीलिमा को अपने पिता का पत्र मिला। पढ़ा तो अचानक ही चौंक गयीं। पत्र की बातों पर विश्वास ही नहीं हुआ। विश्वास हुआ तो पत्र हाथ से छूटकर नीचे गिर गया। पत्र में पूर्णिमा की मृत्यु की सूचना प्राप्त हुई थी - किस प्रकार सीढ़ी से गिरकर उसकी मृत्यु हो गई थी। नीलिमा के दिल को एक बड़ा धक्का लगा। कुछ भी हो, पूर्णिमा उसकी बहन थी - सगी बहन। उसके लिए उसने क्या नहीं किया? अपना प्यार भेंट चढ़ा दिया। अपने रवि को नरक की आग में धकेल दिया। अपने तथा रवि के संसार में आग लगा दी। इतना बड़ा त्याग किया परन्तु सब व्यर्थ चला गया। अब क्या हो सकता है? अब वह कर भी क्या सकती है?

नीलिमा फूट-फूटकर रो पड़ी - बहुत देर तक रोती रही - परन्तु यह न जान सकी कि वह किस गम में आंसू बहा रही है अपनी बहन के गम में जिसके लिए उसने इतना बड़ा त्याग किया परन्तु कोई लाभ नहीं हुआ - रवि के गम में जिसे बरबादी के अतिरिक्त कुछ भी नहीं मिला था - या अपने गम में कि क्यों उसने इतनी जल्दी अपना विवाह कर लिया। यदि उसका विवाह नहीं हुआ हो तो वह इस समय उड़कर रवि के पास पहुंच जाती। उसके चरणों में गिर जाती। आंसुओं से उसके दिल का घाव धोती। उससे क्षमा मांगती अपने प्यार का मूल्य लेते हुए उसने उसे अपनी दुराचारिन बहन सुपुर्द करके उस पर कितना बड़ा अन्याय किया था। रवि उसे अवश्य क्षमा कर देता - क्षमा कर के छाती में समा लेता, सदा के लिए। रवि को इस समय उसकी सख्त आवश्यकता महसूस हो रही होगी। परन्तु अब वह क्या कर सकती है? अब तो उसके पैरों में विवाह की बेड़ियां पड़ चुकी है। अब वह किसी और की अमानत है - अपने पति की। उसका जीवन अब केवल उसके पति के लिए ही सुरक्षित है। अब उसके लिए अपने मन में पति के अतिरिक्त किसी ओर का विचार लाना महापाप है। वह एक बच्चे की मां बनने वाली है। नीलिमा को अपने इसी जीवन पर सान्द्रित करना था और इसीलिए वह कुछ भी नहीं कर सकी। केवल अन्दर-ही-अन्दर तड़पकर रह गई। अब उसका पति ही उसके लिए सब कुछ था। फिर भी वह बहुत देर तक आंसू बहाती रही - सिसकती रही।

शाम होते-होते उसने बड़ी कठिनाई से अपने आप पर काबू किया। फिर भी जब पति ने वापस आकर उसकी उदासी पढ़ ली तो उसे बताना ही पड़ा कि पूर्णिमा की मृत्यु हो गई है। उसके पति की भेंट पूर्णिमा से कभी नहीं हुई थी। पूर्णिमा को उसने देखा भी नहीं था। फिर भी नीलिमा के दुख में सम्मिलित हुआ। पुराने बिछुड़े मित्र की भी मृत्यु हो जाती है तो दिल को धक्का अवश्य लगता है। फिर पूर्णिमा तो नीलिमा के माता-पिता की पाली हुई लड़की थी। वह कैसी भी थी परन्तु नीलिमा ने उसके साथ जीवन का एक बड़ा भाग व्यतीत किया था। पूर्णिमा की मृत्यु के बारे में सुनकर नीलिमा का दुखी होना स्वाभाविक ही था। गंगाप्रसाद की बातों पर

विश्वास करके नीलिमा के पति ने यदि ऐसा सोचा तो गलत नहीं किया। नीलिमा के दुख में सम्मिलित होकर उसे हार्दिक संतोष मिला। उसे अपनी पत्नी से प्यार था, असीमित प्यार इसलिए वह अपनी पत्नी के दुख-सुख में बराबर का साझेदार था।

कुछ दिनों बाद नीलिमा ने एक बहुत प्यारे तथा नन्हे से बालक को जन्म दिया। नीलिमा को ऐसा लगा मानो उसके दिल का रिसता नासूर थम गया। उसे जीने की शक्ति फिर से मिल गई। ज्यूं-ज्यूं दिन बीतने लगे तथा जैसे-जैसे बच्चा बढ़ता गया, नीलिमा के दिल का घाव भी भरने लगा। समय के साथ उसने महसूस किया कि वह सुख और शांति प्राप्त कर सकती है। एक नया जीवन आरंभ कर सकती है। अपने बच्चे को जब वह छाती से लगाती तो संसार की सारी चिंता मस्तिष्क से उतर जाती। उसके दिल को ठंडक मिल जाती। एक बार फिर उसके विचार उसके पति तथा बच्चे के अंदर सीमित हो गए। बच्चे का नाम उसने राजा रखा - राजा।

तीन वर्ष बीत गए तो वह अपने पति के साथ कनाडा से भारत लौटी - तब उसका राजा दौड़ने लगा था - खेलने लगा था ... प्यारी-प्यारी शरारतें करने लगा था - मीठी - मीठी बातों से अपनी मां का दिल बहलाने लगा था। नीलिमा उसके दुलार में अपना कटु अतीत भूल गई। वह सारी ही बातें एक स्वप्न बन गयीं जो उसने रवि की संगति में की थी। अतीत की केवल एक धुंधली-सी तस्वीर उसके दिल के किसी कोने में छिपी रह गई थी जिसे उसने अब कभी झांक कर देखने का प्रयत्न नहीं किया। उसका संसार अब केवल उसका अपना घर था ... उसका बच्चा तथा पति में सीमित।

उन्हीं दिनों भारत में लन्दन तथा भारत का क्रिकेट टेस्ट मैच चल रहा था। नीलिमा की पुरानी यादें एक बार फिर ताजा हो गयीं। उसने अपने मस्तिष्क को झटक देना चाहा...उसकी झूठी तसल्ली के लिए अतीत बिछड़ गया था परन्तु उसके अन्दर क्रिकेट के प्रति उत्पन्न हुई रुचि कम नहीं हो सकी। क्रिकेट मैच देखने के लिए उसकी आंखें तरसने लगीं। फिर भी अपने आप पर काबू करके वह क्रिकेट मैच देखने नहीं गई। क्रिकेट मैच देखने जाती तो एक बार फिर रवि उसके दिल में अवश्य झांक लेता। खिलाड़ियों को दौड़ते - भागते तथा खेलते देखकर उसे रवि की याद आ जाना स्वाभाविक था। कुछ अतीत ऐसे कड़वे होते हैं जिनसे लाख प्रयत्न करने के बाद भी पीछा नहीं छुड़ाया जा सकता। फिर भी नीलिमा ने तय कर लिया कि वह अपने राजा को भी क्रिकेट का एक बड़ा खिलाड़ी बनाएगी। ऐसा उसने इसलिए नहीं सोचा कि उसे कभी रवि से प्यार था बल्कि इसलिए कि क्रिकेट का खेल उसकी आत्मा में रचा हुआ था।

क्रिकेट की रुचि तथा रवि की याद में अन्तर था। रवि की याद उसकी पति भक्ति को भंग करती जबकि क्रिकेट के खेल से ऐसी कोई बात उत्पन्न नहीं होती थी। यह एक वास्तविकता थी या दिल को झूठी तसल्ली देने का एक उपाय, वह स्वयं नहीं जान सकी। परन्तु अपने राजा को एक अच्छा क्रिकेट खिलाड़ी बनाने की इच्छा उसके अन्दर बनी रही। मानव को झूठा

सन्तोष मिले या सच्चा, यदि यह उसे प्राप्त हो जाता है और इसके द्वारा उसे सुख और शांति से जीवित रहने का सहारा मिल जाता है तो वह वास्तव में बहुत भाग्यवान है।

भारत में उसके पति को जल्दी ही एक नौकरी प्राप्त हो गई दिल्ली के एक बड़े फार्म में। दिल्ली! नीलिमा के पैरों तले धरती सरक गई। यद्यपि बड़े-बड़े फार्म शहर की आबादी से काफी दूर होते हैं फिर भी नीलिमा का दिल कांप गया। रवि भी दिल्ली में ही रहता है। यदि भूले-भटके उसकी भेंट रवि से हो गई तब क्या होगा?' क्या उसका जीवन उजाड़कर तथा अपना जीवन बसाकर वह उससे आंख मिला सकेगी? आखिर उसने रवि का ऐसा कौन-सा सुख था जो नहीं छीना? सब कुछ तो लूट लिया उसने उसका। उसे नरक की आग में ढकेल दिया और स्वयं अपना स्वर्ग बसाए बैठी है। उसने अपने पति को दिल्ली में नौकरी करने से मना करना चाहा परन्तु उसे कोई बहाना नहीं मिल सका।

नौकरी नई-नई थी, पहली बार मिली थी, काम करना था। दिल्ली शहर की आबादी से दूर होने के पश्चात उसका जीवन सहमा-सहमा बीतने लगा। खुला वातावरण होने के पश्चात वह अपनी सांसें घुटी-घुटी सी महसूस करती। रवि का भय उस पर दिन रात छाया रहता, इसलिए नहीं कि उसे रवि से किसी प्रकार भय था। उसे तो रवि पर पूरा विश्वास था, इतना बड़ा त्याग करने के पश्चात रवि कब चाहेगा कि उसकी नीलू का जीवन बरबाद हो? उसे भय था तो केवल इस बात का कि यदि उसके पति के सामने उसकी भेंट रवि से हो गई तो वह किस प्रकार अपने-आपको संभाल सकेगी? रवि के सामने उसकी बौखलाहट, उसकी भेदभरी खामोशी, उसकी उससे दृष्टि न मिलाने का अंदाज देखकर क्या उसके पति को उस पर सन्देह नहीं होने लगेगा? और फिर क्या बाद में पति के पूछने पर वह वह अपने दिल का भेद उस पर नहीं प्रकट कर देगी?

उसने आरंभ से ही अपने दिल का भेद पति से छिपा रखा था - छिपाने पर विवश थी वह क्योंकि उसके पिताजी की बात उसके मन में बैठी हुई थी। वह किसी भी अवस्था में अपने पति की नजरों से नहीं गिरना चाहती थी। जो पति उसे इतना अधिक प्यार करता है, वह यह बात सुनकर कैसे प्रसन्न रह सकता है कि कि विवाह से पहले उसकी पत्नी के दिल में किसी पराए व्यक्ति का प्यार समाया हुआ था, उसके सपनों का राजा कोई और था, वह किसी और की बांहों में समाने को तड़पती रहती थी। वास्तविकता जानकर उसके पति का दिल नहीं टूट जाता? कितना विश्वास है उसके पति को उसके ऊपर और उसे हर स्थिति में इस विश्वास को सदा बनाए रखना था। रवि के बारे में सोच-सोच कर नीलिमा के मन की उलझन शीघ्र ही उसके मुखड़े की गम्भीरता में परिवर्तित हो गई। बहुत खामोश-खामोश सी रहने लगी वह, इस प्रकार मानो उसे हर समय अपनी चोरी पकड़े जाने का डर लगा रहता हो।

उसके पति ने उसके मुखड़े पर निरंतर छाई रहने वाली उदासी देखी तो वह चिन्तित हो उठा। एक दिन उसने अपनी पत्नी को पलंग पर साथ बिठाया और फिर चिन्ता प्रकट करते हुए

बहुत प्यार से पूछा - 'क्या बात है नीलू - तुम जब से दिल्ली आई हो बहुत खोई-खोई रहती हो?'

'मुझे यहां का वातावरण रास नहीं आ रहा है।' नीलिमा ने मन की उलझन छिपाते हुए बहाना किया।

'ऐसी बात नहीं है।' उसके पति ने बहुत प्यार से उसका हाथ पकड़ लिया। उसे समझाते हुए बोला - 'बात यह है कि तुम तीन वर्ष बाद विदेश से लौटी हो इसलिए ऐसा हो रहा है। परन्तु घबराओ नहीं, धीमे-धीमे सब ठीक हो जाएगा।'

नीलिमा एक पल खामोश रही। फिर बोली, 'क्या ऐसा नहीं हो सकता कि आप कहीं और नौकरी कर लें ... कहीं एकान्त में?'

'एकान्त तो यह भी है।' उसके पति ने आश्चर्य से कहा ... 'दिल्ली शहर से दूर यहां का वातावरण कितना शांत और सुन्दर है।'

'मेरा मतलब...यहां नहीं' नीलिमा ने बात बनाई, 'दिल्ली शहर से बहुत दूर ....भारत के किसी कोने में नहीं रह सकते जहां बिल्कुल एकान्त हो। जाने क्यों यहां मेरा मन जरा भी नहीं लगता है।'

'ओ नीलू...' उसके पति ने प्यार से उसके गले में अपनी बांहें पहना दीं। बोला, 'मैंने कहा ना, अभी हम नए-नए भारत लौटे हैं। आरंभ में तो बुरा और नयापन लगेगा ही। बाद में सब अपने आप ठीक हो जाएगा। और फिर यहां पर मैं तुम्हारे साथ हूं ... हमारा नन्हा राजा तुम्हारे साथ है। और फिर जरा सोचो 'नीलू, दो वर्ष से पहले मैं यह नौकरी किसी भी अवस्था में नहीं छोड़ सकता।'उसके पति ने विवशता प्रकट की।

नीलिमा ने बहुत आश्चर्य से अपने पति को देखा, इस प्रकार मानो इस विवशता का कारण पूछ रही हो।

'यहां पर कम्पनी से मैंने कम-से-कम दो वर्ष तक काम करने का एग्रीमेंट कर रखा है।' उसके पति ने उसकी दृष्टि का मतलब समझकर बात साफ की।

'ओह!' नीलिमा की आशाओं पर पानी फिर गया।

'हां...' उसके पति ने कहा, 'वैसे यदि तुम यहां नहीं रहना चाहती हो तो अपने माता-पिता के यहां जा सकती हो। मैं जैसे-तैसे अपना दो वर्ष यहां बिता लूंगा।'

'नहीं-नहीं, ऐसी बात नहीं। ऐसा कैसे हो सकता है?'

नीलिमा ने तुरंत कांपते स्वर में कहा और अपने पति की हथेली अपने कपोल पर रख ली। जिस पति ने उसे इतना प्यार दिया, जीने का सहारा दिया, उसे वह कैसे छोड़कर जा सकती है? अपने पति की उपस्थिति में उसने हंसकर जीना सीख लिया है। एकान्त में वह घुट-घुटकर ही जीवित रहने को तैयार हो गई। मन-ही-मन भगवान से प्रार्थना करने लगी कि रवि से उसकी भेंट कभी न हो। ऐसा करने के लिए वह अपने बंगले से बहुत कम निकलती। यदि

उसका पति उसे कभी दिल्ली शहर घुमाने का प्रोग्राम बनाता तो वह ऐन मौके पर अस्वस्थ होने का बहाना बना जाती। उसका पति कुछ न समझते हुए खामोश हो जाता, अपनी पत्नी के स्वास्थ्य की उसे इतनी चिन्ता थी कि वह उस पर किसी भी प्रकार का दबाव नहीं डालता था। उसकी एक-एक इच्छा पर वह हजार जान से निछावर हो जाना अपना हार्दिक सन्तोष समझता था।

नीलिमा पर रवि का भय इस प्रकार छाया हुआ था कि वह एक-एक दिन गिनकर बिता रही थी। नौकरी के यह दो वर्ष किसी प्रकार पूरे हो जायें तो वह अपने पति से अनुग्रह करके अवश्य उसे दिल्ली से बहुत दूर नौकरी करने पर विवश करेगी। उसका पति उसे प्यार करता है। उसकी इस इच्छा को वह कभी नहीं टालेगा।

किसी प्रकार दो वर्ष बीतने को आए। नीलिमा की छाती पर रखा पहाड़ टलने लगा। इस बीच उसके पति ने उसकी इच्छा पर अनेक स्थानों पर निवेदन पत्र भेजा। कुछेक इन्टरव्यू में भी गया और फिर दिल्ली के फार्म का कॉन्ट्रैक्ट समाप्त होते-होते उसे दक्षिण भारत में एक सहायक फार्म मैनेजर की बहुत अच्छी नौकरी मिल ही गई। नीलिमा ने चैन की सांस ली। अब उसे भारत के उस कोने में रवि का भय कभी नहीं सताएगा। वह निश्चिन्त रह सकेगी - सुख और शांतिपूर्वक उसका जीवन व्यतीत हो सकेगा। इसके अतिरिक्त उसे चाहिए भी क्या था? भारत के इस एकान्त कोने में अब उसे अपने छोटे से घर का स्वर्ग बनाने से कोई नहीं रोक सकेगा।'

दक्षिण भारत का यह इलाका बहुत सुन्दर था - इतना सुन्दर कि नीलिमा को ही नहीं उसके पति को भी तुरंत पसंद आ गया, शहर की आबादी तथा शोरगुल से बहुत दूर इस इलाके में चारों ओर हरियाली - ही - हरियाली छाई थी। इलाका ढलवानी था - ऊंचे-नीचे मैदान खेत...कहीं-कहीं वृक्ष दूर-दूर तक फैले हुए थे। प्राकृतिक दृश्य तथा मनमोहक वातावरण इस क्षेत्र की विशेषता थी।

इस फार्म में एक किनारे उसके पति को एक छोटा परन्तु सुंदर बंगला मिला। बंगले की सफाई फार्म मैनेजर ने पहले ही करा दी थी इसलिए अपना सामान ठीक स्थानों पर रखने में उन्हें कोई कठिनाई नहीं हुई।

इस बंगले में वे आज सुबह-ही-सुबह आये थे। दिन में खाना खाने के बाद उन्होंने थोड़ा आराम किया और फिर जब शाम चार बजे के बाद वे इलाके में सैर को निकले तो यहां की ठन्डी-ठन्डी हवाओं ने नीलिमा के दिल पर ऐसा फाहा रखा कि उसका मस्तिष्क रवि के विचारों से पूर्णतया मुक्त हो गया। नीलिमा अपने पति के हाथ में हाथ डाले टहलती हुई यहां के सुन्दर दृश्यों का वर्णन करते नहीं थकती थी। उसका राजा बेटा यहां हरी-भरी ढलवान पर दौड़ता हुआ आगे निकल जाता था। वह भी यहां बहुत प्रसन्न थी - निश्चिन्त। नीलिमा के पति को प्रसन्नता मिली, उसकी पत्नी यहां प्रसन्न रहेगी तो उसका स्वास्थ्य भी सुधर जाएगा।

नीलिमा स्वयं भी अब सन्तुष्ट थी। अब एक आदर्श पत्नी के समान वह रवि को कभी याद नहीं करेगी। आज शुक्रवार। कल शनिवार को उसके पति को शहर जाकर घर की आवश्यकता अनुसार कई वस्तुएं लानी है क्योंकि परसों रविवार को बाजार बन्द रहता है। सोमवार से उसके पति को एक सहायक मैनेजर बनकर इस फर्म का काम संभालना है। उसके पति को यहां भी कम-से-कम दो वर्ष काम करने के लिए एग्रीमेंट पर ही नौकरी प्राप्त हुई थी। परन्तु नीलिमा ऐसे सुन्दर तथा एकांत पर तो अपना सारा जीवन व्यतीत करने को तैयार थी। इस बात का विश्वास उसने पति को भी दिला दिया था।

शनिवार की शाम थी। इलाके की हरियाली के मध्य बनी तारकोल की एक पतली सड़क पर ऊंची-नीची ढलवान से आंख मिचौली खेलती हुई एक जीप गाड़ी बहुत तेजी के साथ फार्म की ओर बढ़ रही थी। जीप पर एक युवक बैठा हुआ था जिसके मुखड़े पर गम्भीरता का अमिट खिंचाव था। सूर्य डूब रहा था। क्षितिज पर शाम की लालिमा मानो रुई के छोटे-छोटे टुकड़ों में दूर छिटकी हुई थी। पक्षी अपने-अपने नीड़ों में लौटने से पहले चहकते हुए हवा में कलाबाजी लगा रहे थे, मदमाती हवाओं के झोंको पर वृक्ष की पत्तियां लहरा रही थीं। टहनी-टहनी झूम रही थीं। तितलियां हरियाली के बीच मुस्कुराते फूलों सी मंडरा रही थीं। वातावरण महका-महका था ... सुगन्धित .... और दिनों से कुछ अधिक ही। ऐसा लगता था मानो फार्म के क्षेत्र में किसी जगह पर एक नया फूल खिल उठा है जिसकी सुगन्ध में सारा क्षेत्र नहा रहा है।

इस नई सुगन्ध का आभास जीप चलाते हुए युवक ने किया तो वह चौंक गया। सुगन्ध उसके नथुनों द्वारा दिल की गहराई में उतर गई थी ... एक जानी-पहचानी सुगन्ध - मानो वातावरण में किसी सुन्दरी की सांसों की भीनी-भीनी सुगन्ध सम्मिलित थी। वह युवक के दिल का भ्रम था या एक वास्तविकता, वह स्वयं नहीं समझ सका। कुछ दूर पर उसकी ओर पीठ किए एक लड़की फूल बनी खड़ी हुई थी। बहुत ध्यान से वह एक ताड़ के पीछे डूबते सूर्य को देखते हुए जाने कहां खोई हुई थी। लड़की की लटें डूबते सूर्य की लालिमा लिए हवा के बहाव पर लहरा जाती थी। उसकी साड़ी का आंचल भी हवा में लहरा रहा था।

युवक का दिल धक से रह गया। जीप के एक्सीलेटर पर से उसका पैर अपने-आप ही उठ गया। उनने तुरंत जीप रोक दी और फिर उतरकर लड़की की ओर बढ़ गया। लड़की डूबते सूर्य के दृश्य में इस प्रकार खोई हुई थी कि उसे युवक के आने की जरा भी आहट नहीं मिली। युवक लड़की के पीछे उसके बिल्कुल समीप जाकर खड़ा हो गया। तभी एक आहट पाकर उसकी ओर पलटी और तभी दोनों के एक साथ चौंक गए। आंखों पर विश्वास ही नहीं हुआ।

'नीलू...तुम! युवक के होंठों से निकला।

'तुम! नीलिमा के भी होंठों से निकला। वह बौखला भी गई परन्तु फिर उसने जल्दी ही अपनी स्थिति पर काबू कर लिया, बोली - 'रवि बाबू, आप और यहां?'

रवि बाबू! रवि के दिल को धक्का लगा। परन्तु उसने स्वयं को संभाल लिया। नीलिमा के समीप आते हुए बोला -'हां - मैं अब यहीं रहता हूं। पिताजी का निधन पहले ही हो चुका था। पूर्णिमा भी साथ छोड़कर चली गई तो मुझे शहर के शोर-गुल से घृणा हो गई। वहां बंगले की दीवारे काटने लगीं तो मैंने अपना सारा व्यापार बेच दिया और अब इस फार्म को चला रहा हूं।'

'आप...! नीलिमा ऊपर से नीचे तक कांप गई। कांपते स्वर में उसने पूछा, 'आप इस फार्म के...मालिक हैं?'

'हां?' रवि ने हल्के से सिर हिलाकर कहा।

नीलिमा के शरीर में रक्त जमने लगा। यह क्या गजब हो गया? जिस व्यक्ति के विचारों से पीछा छुड़ाने के लिए वह भारत के इस कोने में आई है वह साक्षात रूप में यहां पहले से ही उपस्थित है!

अब क्या हो सकता है? अब! यदि उसे पहले ज्ञात होता कि यह रवि का फार्म है, रवि दिल्ली छोड़कर यहां रह रहा है तो वह अपना सारा जीवन दिल्ली में ही बिता देती। यहां भारत के इस कोने में आने का जीवन में कभी नाम ही नहीं लेती। परन्तु अब क्या हो सकता है? अब क्या होगा? संयोग उसके अरमानों से क्यों खेल रहा है? क्यों उसके जीवन का तमाशा बना रहा है? वह प्यार की कैसी परीक्षा में उतरने वाली हैं?

'और...' रवि ने नीलिमा के मन में उठी चिन्ता से अज्ञात पूछा, 'तुम यहां कैसे आई?'

नीलिमा का एक पल खामोश रही, खामोश रहकर अपनी स्थिति पर काबू करती रही। फिर डरते-डरते बोली, 'मेरे पति इस फार्म में सहायक फार्म मैनेजर बनकर आए हैं।'

'ओह!' रवि ने मानो मन-ही-मन कहा उसे तुरंत याद आ गया कि कुछ दिनों पहले उसके फार्म मैनेजर ने सहायक फार्म मैनेजर के पद के लिए कुछेक उम्मीदवारों का इन्टरव्यू लिया था और फिर एक दिन एक नियुक्ति पत्र पर उसका हस्ताक्षर भी लिया था। हां, क्या नाम था उस उम्मीदवार का? ऊं...याद आया...गुप्ता...कोई गुप्ता था वह। रवि के मन ने इस आशा के विपरीत घटना पर एक अज्ञात शांति का आभास किया। ऐसा लगा मानो दिल के अंदर वर्षों से सुलगती आग पर पानी के छींटे पड़ गए हों। अब नीलिमा उसके समीप रहेगी। वह उसे हर समय देख सकता है। बातें भी कर सकता है। क्या हुआ, वह किसी और की बन चुकी है? प्यार तो वह उसे ही करती है, अपने रवि को। उसने उसे अपनी अन्तिम सांसों तक प्यार करने का वचन जो दे रखा है। उसकी नीलू भला वे दिन, वह पल कैसे भूल सकती है जो उसने उसकी बांहों में बिताए हैं। उन्हीं दिनों की याद का सहारा लेकर तो वह अपने जीवन के दिन किसी प्रकार पूरा कर रहा है।

नीलिमा अपने मन पर काबू करके यहां से भाग जाना चाहती थी। परन्तु उसके पग मानो धरती से चिपक गए थे। वह रवि से दृष्टि नहीं मिलाना चाहती थी फिर भी पलकें बिनाधिकार

ही ऊपर की ओर उठ जाती थीं। रवि कितना बदल गया है। न आंखों में चमक न होंठों पर मुस्कान। मुखड़े की गम्भीरता असीमित गम में डूबी हुई थी। वह मानो अपना शव स्वयं ही उठाए जीवन से संघर्ष कर रहा था। नीलिमा को रवि पर दया आई। जिस व्यक्ति के साथ उसने अपना जीवन बिताने का सपना देखा था, उसकी बरबादी देखकर उसके मन में सहानुभूति का उठना स्वाभाविक था, रवि की यह अवस्था उसी के कारण तो हुई है। परन्तु अब वह कर भी क्या सकती है? क्या कर सकती है वह? अब उसके वश में था ही क्या?

सहसा वहां क्रिकेट की एक छोटी गेंद लुढ़कती हुई आई और जीवन की एक याद ताजा कर गई। रवि को बड़ा आश्चर्य हुआ, परन्तु तभी गेंद के पीछे एक नन्हा-सा बच्चा दौड़ता हुआ चल आया। बच्चे की आयु लगभग पांच वर्ष की थी। उसके हाथ में एक छोटा बल्ला था। रवि ने बच्चे को देखा - बहुत ध्यान से। बच्चा बहुत सुन्दर था...प्यारा..गोरा चिट्टा। बच्चे ने रवि को देखा तो अनजानेपन का प्रदर्शन करते हुए गेंद उठाने के बजाय नीलिमा से सटकर खड़ा हो गया ...एक हाथ द्वारा उसकी साड़ी पकड़ते हुए।

रवि को समझते देर नहीं लगी कि। यह नीलिमा का ही बेटा है। उसे एक दिली सन्तोष मिला। क्रिकेट...उसकी पसन्द का खेल...और अब इस खेल को यह बच्चा भी खेल रहा है, उसकी नीलू का बेटा। उसने नीलिमा को देखा तो नीलिमा ने अपनी पलकें झुका लीं, इस प्रकार मानो उसके दिल की चोरी पकड़ी गई हो।

रवि हल्के-से मुस्करा दिया...अपनी जीत पर...अपने प्यार की जीत पर। नीलिमा उसे अब भी प्यार करती है ... उसी प्रकार, अपने प्यार का सबूत वह अपने बच्चे को क्रिकेट का खिलाड़ी बनाकर दे रही है। प्यार कभी नहीं मरता। उसने बातों का सिलसिला आरंभ करने के लिए पूछा, 'तुम्हारा बच्चा है?'

'हां।' नीलिमा ने मद्धिम स्वर में कहा।

'बहुत प्यारा बच्चा है। बिल्कुल तुम्हारे समान।'

नीलिमा का दिल कांप गया।

'बेटा...' रवि ने कुछ झुकते हुए मुस्कराकर बच्चे से पूछा, 'क्या नाम है तुम्हारा?'

'राजा।' बच्चे ने कुछ झेंपते हुए कहा, नीलिमा के घुटनों के मध्य साड़ी में कुछ मुखड़ा छिपाते हुए।

'अच्छा! यह तो बड़ा अच्छा नाम है।' रवि ने हर्ष प्रकट किया। बोला, 'एक दिन तुम अवश्य क्रिकेट के राजा बनोगे। मैं तुम्हें क्रिकेट सिखा दूंगा।'

'आपको क्रिकेट खेलना आता है?' राजा ने उसमें रुचि ली।

'हां बेटा, मुझे क्रिकेट खेलना आता है? कभी मैं भी क्रिकेट बहुत खेलता था। परन्तु अब...' रवि ने एक गहरी आह भरकर नीलिमा को देखा। उसका भी एक सपना था ... क्रिकेट

का बहुत बड़ा खिलाड़ी बनने का। काश, नीलिमा ने उसका साथ नहीं छोड़ा होता तो शायद आज वह भारत की टोली का एक खिलाड़ी होता।

नीलिमा ने रवि की अभिलाषा भरी दृष्टि का मतलब समझा। उसे रवि के सपनों के टूटने का दुख हुआ। उसका मन हुआ वह अपने राजा बेटे को गोद में उठाकर भाग जाए, परन्तु एक अज्ञात ताकत ने उसे रोक दिया।

रवि ने मानो बात बदल दी। बोला - 'परन्तु अब मैं फिर क्रिकेट खेलना आरंभ कर दूंगा ... केवल तुम्हारे लिए। मेरा राजा बेटा बड़ा होगा और तब इस देश का सबसे अच्छा खिलाड़ी बनेगा।' रवि ने राजा के समीप आकर झुकते हुए अपने दोनों हाथों से उसके गाल पकड़े। फिर पूछा, 'क्यों बेटा, ठीक है ना?'

'आप तो बहुत अच्छे हैं।' राजा रवि से तुरंत घुल-मिल गया। उसने भोलेपन से पूछा, 'क्या आप सच्ची-मुच्ची मुझे क्रिकेट खेलना सिखलाओगे?'

'बिल्कुल सच्ची-सच्ची तुम्हें क्रिकेट खेलना सिखा देंगे।' रवि ने राजा के साथ बच्चा बनकर कहा।

'अच्छा।' राजा ने कहा, 'तब तो मैं आपसे ढेर सारी दोस्ती कर लूंगा। आपको मैंने अपना नाम बता दिया। अब आप भी बताइए कि आपका नाम क्या है?'

'मेरा नाम?' रवि ने सीधा खड़े होकर सोचा 'ऊं...मेरा नाम बेटा अंकल है।'

'बेटा अंकल?' राजा ने भोलेपन से पूछा, 'यह कैसा नाम है?'

राजा की बात सुनकर नीलिमा के होंठों पर एक मुस्कान चली आई। राजा की बात पर रवि चौंक गया। उसने तुरंत कह - 'बेटा अंकल नहीं - 'केवल अंकल। बेटा तो मैं तुम्हें कह रहा हूं।'

राजा ने कोई उत्तर नहीं दिया। रवि ने नीलिमा को देखा। उसके होंठों की कलियों पर अब भी मुस्कान की कम्पन थी। रवि को ऐसा लगा मानो उसके फार्म के चप्पे-चप्पे पर फूल खिल उठे हों। कलियों से मुस्कराकर बात करने वाली नीलू .... फूल में खिलकर उसके अस्तित्व पर छा जाने वाली नीलू - अपनी सांसों की भीनी - भीनी सुगन्ध लिए उसके दिल की गहराई में उतर जाने वाली नीलू...अपने शहद समान मीठे स्वर द्वारा उसके कानों में रस घोल देने वाली नीलू - उसकी नींदों में स्वप्न बनकर उतर जाने वाली नीलू - उसके जागते सोते विचारों में सदा समाई रहने वाली नीलू ..... नीलू बिल्कुल वही थी ... बिल्कुल वही .... फिर भी बहुत बदल गई थी। वही सुन्दर प्यारी-प्यारी आंख परन्तु चमक नाम मात्र भी नहीं थी। वही कलियों जैसे सुन्दर होंठ परन्तु चटकने की बेकरारी जरा भी नहीं थी।

नीलिमा वह नहीं थी जो पहले थी, फिर भी वही थी। उसके अन्दर सब कुछ बदल गया था फिर भी कुछ नहीं बदला था।

मानो एक युग बीत गया उससे मिले हुए। इस युग में वह पांच वर्ष के बच्चे की मां बन गई थी फिर भी उसकी सुन्दरता में कोई अन्तर नहीं आया था। अन्तर आया था तो केवल उसके जीवन में...स्वभाव में। सागर किनारे खड़े एक यात्री पर मानो पानी का एक रेल आया था और सिर से होता हुआ वापस चला गया था - अपने साथ यात्री की सारी प्रसन्नताएं समेटता हुआ। रवि नीलिमा को बहुत ध्यान से देखता रहा।

नीलिमा को यह खामोशी अच्छी नहीं लगी। रवि की दृष्टि उसे चुभने लगी। रवि को अब उसे इस प्रकार देखने का क्या अधिकार पहुंचता है? अब वह एक पत्नी है ... आदर्श पत्नी। उसके स्त्रीत्व, उसकी पति-भक्ति ने मानो उसे चुनौती दी, परन्तु रवि ने अपने होंठों द्वारा उसके कोई अनुचित बात नहीं कही थी इसलिए वह खामोश ही रही। हां, वह गम्भीर अवश्य हो गई, कुछ इस प्रकार मानो मुस्कराते हुए रवि की बात में रुचि लेकर उससे कोई पाप हो गया था! रवि के समीप इस प्रकार खड़ा होना उसे उचित नहीं लगा। बल्कि उसके अन्दर एक भय समाने लगा तो वह घबराई हिरणी के समान इधर-उधर देखने लगी। यहां से भाग निकलने का बहाना ढूंढने लगी।

तथा रवि ने एक ओर बढ़कर घास पर से गेंद उठा ली। गेंद उठाकर उसने राजा को देखा। फिर बोला - 'अच्छा राजा बेटा, हम बाल फेंकते हैं। जरा देखें कि तुम बाल कैसे रोकते हो?'

राजा नीलिमा के पास से हटकर खड़ा हो गया। रवि भी कुछ पीछे हटा। फिर उसने बहुत हल्के से गेंद फेंक दी। गेंद राजा के बल्ले को छूकर जब एक ओर बढ़ी तो ढलवान का सहारा लेकर लुढ़कती हुई कुछ दूर आगे निकल गई। राजा अपने हाथ में बल्ला लिए गेंद उठाने को दौड़ पड़ा। नीलिमा एक बार फिर रवि के साथ अकेली पड़ गई। उसका दिल धक-धक करने लगा।

रवि नीलिमा के पास आया ... बहुत समीप। नीलिमा की सांस गले में अटक गई। रवि ने नीलिमा को बड़े प्यार से देखा। फिर बड़ी आशा लिए गम्भीर स्वर में पूछा, 'नीलू, क्या तुम अब भी मुझे प्यार करती हो?'

नीलिमा ने दिल की गहराई से इच्छा की .... यह आकाश उसके ऊपर गिर पड़े - उसका दम निकल जावे। परन्तु वह एक आदर्श पत्नी थी। उसने अपने आप पर काबू किया। फिर बोली, 'रवि बाबू, नारी की मृत्यु के बाद लिया अनेक जन्म तो एक-दूसरे से सम्बन्ध रख सकता है परन्तु जो जन्म वह अपने जीवनकाल में लेती हैं उसका एक-दूसरे से कभी कोई सम्बन्ध नहीं होता। नारी अपने जीवनकाल में एक नया जन्म विवाह के बाद भी लेती है। जिस नीलू ने आपको प्यार किया था वह अपने कुंवारेपन में ही मर गई। अब मैं मिसेज गुप्ता हूं...केवल मिसेज गुप्ता। नीलिमा की बात समाप्त होते-होते वहां राजा आ गया था। नीलिमा ने अपनी बात समाप्त की और राजा का हाथ पकड़कर वह अपने बंगले की ओर बढ़ गई। राजा को मां के व्यवहार पर बड़ा आश्चर्य हुआ। वह पलट-पलटकर रवि को देखने लगा। रवि वहां

खड़ा खामोशी के साथ उसे देखता ही रह गया। नीलिमा ने एक बार भी पलटकर रवि को नहीं देखा तो उसके दिल को चोट लगी, चुपचाप सिर झुकाए वह भी अपनी जीप की ओर बढ़ गया।

नीलिमा अपने बंगले पहुंची तो उसकी छाती में तूफान मचल रहा था। राजा को उसने उसका मन बहलाने के लिए एक अच्छा खिलौना थमाया। उसका ध्यान खिलौने में लगाकर वह दूसरे कमरे में पहुंची और फिर पलंग पर गिरते हुए फूट-फूटकर रो पड़ी। रोते हुए मन-ही-मन वह स्वयं को धिक्कारने लगी। उसने रवि के साथ ऐसा व्यवहार क्यों किया? आखिर उसका दोष क्या था? वह उसी के प्यार पर तो बलि चढ़कर बरबाद हुआ है।

परन्तु अब वह उसके लिए कर भी क्या सकती है? वह एक आदर्श पत्नी है। पति भक्ति उसका धर्म है। पति के होते हुए उसके मन में एक पराए व्यक्ति का विचार भी आना पाप है।

इसके पश्चात नीलिमा रो रही थी .... आंसू बहा रही थी ... न चाहते हुए भी रवि के बारे में सोचकर परेशान हो रही थी। छाती के अन्दर दिल का यह नन्हा-टुकड़ा वश में क्यों नहीं रहता है? आखिर क्यों नहीं? क्या रवि से दूर रहने के लिए वह यह जगह छोड़कर अपनी जगह चली जाए? फिर भी वह अपने पति से कब तक दूर रह सकेगी? उसका पति अभी यह नौकरी दो वर्ष तक नहीं छोड़ सकता। उसने इस फार्म में कम से कम दो वर्ष तक अवश्य काम करने का एग्रीमेंट जो कर लिया है।

कितनी कठिनाई के बाद उसी के कारण उसके पति ने यह नौकरी प्राप्त की थी .... वह भी भारत के इस कोने से, संसार की चहल-पहल से दूर ताकि वह प्रसन्न रह सके। अब वह किस मुंह से कहेगी कि उसे यह जगह पसंद नहीं कि पिछले दिन वह इस इलाके की प्रशंसा किए बिना नहीं थकती थी?

काश उसे मालूम होता कि यह फार्म रवि का है तो वह यहां कभी नहीं आती। परन्तु अब क्या हो सकता है? नीलिमा को फिर भी एक आशा थी। यदि वह रवि से कहेगी कि उसका पति कहीं और काम करना चाहता है तो रवि उसके पति को एग्रीमेंट की पाबन्दी से अवश्य मुक्त कर देगा। उसे रवि पर अब भी विश्वास था। रवि उसे प्यार करता हैं उसकी बात से वह कभी इनकार नहीं करेगा। जहां उसने उसके लिए इतना किया वहां यह छोटी-सी बात क्या महत्व रखती थी? परन्तु नीलिमा यह नहीं जान सकी कि जब उसका पति इसका कारण पूछेगा तब वह उसे क्या उत्तर देगी? अपने भाग्य को दोष देकर उसने तय कर लिया, वह यहां पर सदा रवि की दृष्टि से दूर रहने का प्रयत्न करेगी। इतनी जल्दी यहां से पीछा छुड़ाने के लिए कोई भी प्रयत्न करना उचित नहीं था। ऐसा करने से उसके पति को सन्देह हो सकता था।

* * *

रवि अपने बंगले पहुंचा। जीप उसने पोर्टिको के नीचे खड़ी की और फिर भारी मन से बंगले के अन्दर प्रविष्ट हुआ। मां बैठी हुई कढ़ाई कर रही थी। उसने मां के पैर छुए और फिर अपने कमरे की ओर बढ़ गया। मां को बड़ा आश्चर्य हुआ। रवि दो दिन के लिए बाहर गया हुआ था। फार्म के किसी न किसी काम से वह बाहर जाता ही रहता था और जब भी वापस आता वह उनके पग छूने के बाद कुछ न कुछ बातें अवश्य करता था। परन्तु आज जब उसने ऐसा नहीं किया तो उन्हें आश्चर्य बहुत हुआ परन्तु उन्होंने कहा कुछ भी नहीं। यूं भी जब से बहू का निधन हुआ है बेटे के मुंह से मानो जबान ही छिन गई थी।

बहू के निधन के कुछ ही बाद बेटे की इच्छा पर उन्होंने दिल्ली का सारा कारोबार बेच दिया था और यहां एकांत में चली आई थीं ताकि उनके बेटे को शांति प्राप्त हो सके। यहां लाकर बेटे को सदा समझाती रहती थीं। उसे अपना अतीत भूल जाना चाहिए। वह जवान है। जीवन के दिन ही कितने देखे हैं? उसे अपना जीवन नए सिरे से आरंभ करना चाहिए। बेटे का अतीत भुलाने के लिए उन्होंने बहू की सारी ही तस्वीरें छिपा दी ऐसा न हो कि बेटा अपनी पत्नी की तस्वीरों को देखकर कर तड़पता रहे। उनके विचार में रवि अपनी पत्नी के गम में ही डूबा रहता है। उन्होंने बेटे का घर बसाने के अनेक प्रयत्न किए परन्तु वह सदा ही इनकार कर गया था। परन्तु उस दिन के बाद वह बिल्कुल ही निराश हो गई जब रवि ने साफ शब्दों में कह दिया कि यदि उन्होंने भविष्य में कभी उसके विवाह की बात छेड़ी तो वह सदा के लिए घर छोड़कर चला जाएगा। अब तो उन्हें केवल ईश्वर का ही सहारा है। शायद वह वह रवि का दिल किसी और लड़की के लिए भी झुका दे।

रवि अपने कमरे में पहुंचा तो सबसे पहले उसने शराब की बोतल निकाली और गिलास में उड़ेलकर तुरंत गटागट पी गया, शराब वह प्रतिदिन ही पीता था -पूर्णिमा के मरने के बाद आरंभ में बहुत अधिक परन्तु धीरे-धीरे जब समय ने उसे अपनी तड़प पर काबू पाने की शक्ति प्रदान की तो उसने शराब पीना कम कर दिया था। यद्यपि फार्म में अनेक नौकर-चाकर थे, फार्म मैनेजर बूढ़ा तथा बहुत अनुभवी था, सारा काम वह स्वयं ही संभाल लेता था फिर भी रवि अपने अतीत से पीछा छुड़ाने के लिए अपने-आपको काम में बहुत अधिक व्यस्त रखता था। परन्तु शाम ढलते ही जब वह हाथ में शराब का जाम लिए अपने कमरे की खिड़की के समीप बैठकर दूर क्षितिज में टिमटिमाते तारों को देखता या फार्म की सीमा पर अपने कर्मचारियों के क्वार्टर्स की खिड़कियों द्वारा झलकता धुंधला प्रकाश देखता होता तो उसके एकाकीपन का सहारा लेकर नीलिमा बहुत चुपके से उसके मस्तिष्क की खिड़की खोलकर दिल के अंदर झांक लिया करती थी। परन्तु अब वह नीलिमा के लिए पहले समान तड़पता नहीं था - रोता नहीं था ... आंसू नहीं बहाता था। शराब पीते समय बाहर के सूने तथा अन्धकारमय वातावरण को देखते वह केवल नीलू के लिए सोचता रहता था। सोचना उसका स्वभाव बन चुका था -

नीलू की तड़पती याद में अब एक मिठास भर गई थी ... मीठा - मीठा दर्द दिल में समाया रहता था जिसे उसने अपने प्यार के कारण सदा के लिए छाती से लगा लिया था।

परन्तु आज नीलिमा को सामने देखकर रवि का घाव फिर ताजा हो गया था। नीलिमा से उसने ऐसे व्यवहार की आशा कभी नहीं की थी। परन्तु नीलिमा ने जब उससे ऐसा व्यवहार किया तो उसका दिल टूट गया था। शराब का गिलास समाप्त करने के बाद उसने कबर्ड में से नीलिमा की तस्वीर निकाली। इस तस्वीर को वह दो-ढाई वर्ष के बाद देख रहा था। अपने अतीत से पीछा छुड़ाने के लिए उसने एक दिन नीलिमा की तस्वीर जला देना चाहा था परन्तु तस्वीर हाथ में लेते ही उसने तस्वीर को चूमकर अपनी छाती से लगा लिया था। किस प्रकार वह उस तस्वीर को जलाता जो उसकी आंख की ज्योति थी - दिल की धड़कन थी तथा होंठों की प्यास थी? उसकी अपनी आत्मा जल कर राख नहीं हो जाती।

उसके बाद तस्वीर जलाने के बजाय उसने कबर्ड में छिपा लिया था। परन्तु उस दिन के बाद उसने तस्वीर देखना अवश्य छोड़ दिया था। दिल की तड़प कम करने का कोई और उपाय भी तो नहीं था। कितनी कठिनाई के बाद वह अपने आप पर काबू पाने में सफल हुआ था यह वही जानता था। परन्तु आज नीलिमा को देखने के बाद वह फिर इस तस्वीर को देखने पर विवश था।

पांच वर्ष के बच्चे की मां बनने के पश्चात भी नीलिमा बिल्कुल इसी तस्वीर समान थी - बल्कि उसका बदन अब और निखर आया था। परन्तु क्या अब उसके लिए ऐसी बातें सोचना उचित है। क्या उसे अब भी नीलिमा से प्यार प्राप्त करने का अधिकार पहुंचता है? क्या नीलिमा को अपना वचन निभाने के लिए पति के होते हुए एक पराए व्यक्ति से प्यार करना चाहिए? पराया व्यक्ति। क्या वह पराया है? क्या प्यार के सारे बन्धन झूठे थे?

रवि ने शराब पीते हुए इन बातों पर जितना ध्यान दिया उसका मस्तिष्क उतना ही और उलझता गया। नीलिमा की बात बार-बार उसके कानों में गूंज जाती थी, 'रवि बाबू, नारी का मृत्यु के बाद लिया अनेक जन्म तो एक-दूसरे सम्बन्ध रख सकता है परन्तु जो जन्म वह अपने जीवन काल में लेती है उसका एक-दूसरे से कभी कोई सम्बन्ध नहीं होता। नारी अपने जीवन काल में एक नया जन्म विवाह के बाद भी लेती है। जिस नीलू ने आपको प्यार किया था वह अपने कुंवारेपन में ही मर गई। अब वह मिसेज गुप्ता है -केवल मिसेज गुप्ता।'

'हूं हूं!' रवि ने मानो क्रोध में स्वयं पर झल्लाकर गिलास की बची शराब समाप्त करने के बाद एक झटके से कहा। फिर उसने अपने हाथ द्वारा भीगे होंठ पोंछे। दिल ही दिल में बड़बड़ाया, वह नीलू कैसे मर सकती है जो कुंवारी बनकर उसके जीवन में प्रविष्ट हुई थी? वह तो आज भी जीवित है ..... उसके दिल के अन्दर। अपने दिल के अन्दर उसने सदा उसी के प्यार का दीपक जलाया है। इसके सहारे अन्दर ही अन्दर सुलग रहा है वह, इसी प्यार का सहारा लेकर उसने पूर्णिमा से विवाह नहीं किया।

जब वह नीलिमा से दूर रहकर अपना अतीत नहीं ठुकरा सका तो उसके समीप रहकर कैसे अपना अतीत ठुकरा सकता है? - वह अतीत जिसकी माला उसने मोतियों से सुनहरे तार में पिरोकर बनाई थी परन्तु जिसे नीलिमा ने अपने खानदान की प्रसन्नता फिर रखने के लिए एक ही झटके में तोड़कर छिन्न-भिन्न कर दिया। नीलिमा ने उसके प्यार का सहारा लेकर केवल अपनी ही प्रसन्नताओं का ख्याल रखा है ... उसकी प्रसन्नता, उसके सुख तथा शांति का ध्यान कभी नहीं रखा और अब वह अपनी प्रसन्नताएं स्थिर रखने के लिए उससे बहाना करती है। वह वैसी ही पत्थर की देवी है जैसे पहले थी। उसने अपना काम बनाने के लिए उसे दूध की मक्खी के समान निकल फेंका है। वह स्वार्थी है। अपने स्वार्थ के लिए ही उसने उसके साथ प्यार का खेल खेला था।

अपने बहकते विचारों पर काबू पाने के लिए रवि ने जितनी भी शराब पी, उसका मन उतना ही और काबू से बाहर होने लगा, उसकी आंखों के सामने नीलिमा के साथ बिताए सुनहरे दिन आए। पिकनिक में डाक बंगले के अन्दर का वह दृश्य सामने आ गया जब उसने उसका शरीर अपनी बांहों में उठा लिया था।

उस दिन यदि नीलिमा के शरीर पर लिपटा कम्बल पूर्णतया सरक जाता तब क्या होता? उस नीलिमा के अंग अंग का उसने कितने प्यार से चूमा था। तब नीलिमा ने उसके प्यार में डूबकर अपने आपको सौंप देना चाहा था, परन्तु ऐन मौके पर उसी ने अपने आपको संभालकर उसका यौवन हनीमून के लिए सुरक्षित रख लिया था।

वह दिन, प्यार की वह घड़ी वह कैसे भूल सकता है? आज जब नशे की अवस्था में रवि उस घड़ी को याद करने लगा तो नीलिमा का यौवन बारम्बार उसके मन मन को उकसाने लगा। जिस यौवन पर उसे पूरा अधिकार था आज वह उसकी आंखों के सामने ही किसी और का है...किसी और व्यक्ति का - और अब वह नीलिमा को अपनी आंखों से देखकर दिन रात उसके यौवन की आग में जलता रहेगा - तड़पता रहेगा और उसके लिए तरसता रहेगा। आखिर क्यों? क्या दोष है उसका? रवि के दिल में अचानक ही शैतान सिर उठाने लगा। शराब का नशा उसे उकसाने लगा।

उसने नीलिमा को सदा प्यार किया, उसकी इच्छाओं पर बलि चढ़ाते हुए उसने अपने जीवन की भी परवाह नहीं की परन्तु नीलिमा ने उसे क्या दिया? यह नरक, जिसकी आग में वह आज तक जल रहा है। उसे इस नरक की आग में झोंककर अपने लिए उसने एक स्वर्ग बना लिया और फिर कहती है कि उसका नया जन्म है? हूं हूं।

रवि नीलिमा के प्रति जीवन में पहली बार अनुचित विचार लाया। ... ऐसे गन्दे विचार। वह इस विचार पर जरा भी नहीं पछताया बल्कि मन ही मन कोसता रहा। नीलिमा को उस स्वर्ग में रहने का कोई अधिकार नहीं है। यदि उसने उसे प्यार करने से इनकार कर दिया तो वह

उसका जीवन भी नरक बना देगा। रवि एक के बाद एक पैग शराब पीता गया। यहां तक कि उसे यह भी नहीं पता चला कि कब शाम बीत गई तथा रात गहरी हो चुकी है।

सहसा रात के लगभग दस बजे उसकी दीवानगी अपनी चरम सीमा पर पहुंच गई। बांहें नीलिमा को छाती में समाने के लिए फड़कने लगीं। अपने आप पर उसे काबू पाना कठिन हो गया तो उसने तस्वीर कबर्ड में रखी और फिर नीलिमा से तुरंत मिलने के लिए चल पड़ा। अब तो जो भी हो देखा जाएगा।

परन्तु रवि ज्यों ही अपने कमरे से निकलकर बड़े कमरे में आया मां सामने पड़ गई। मां जी रवि की आदत से परिचित थीं, उसे शराब पीने के लिए मना करते-करते वह हार गई थी। बहू के निधन के बाद रवि का कई वर्ष तक रात के खाने का कोई ठिकाना नहीं रहता था। कभी खाता था तो कभी बिल्कुल भी नहीं।

वह उनके साथ केवल सुबह की चाय पर ही साथ बैठता था, परन्तु पिछले दो-ढाई वर्षों से रवि के जीवन में एक ठहराव-सा अवश्य आ गया था। वह उसके साथ हर समय का खाना ही नहीं खाता था। बल्कि थोड़ी बहुत बातें भी कर लिया करता था। परन्तु आज रवि के बदले हुए व्यवहार से वह चौंक उठी थी।

रवि बहुत देर तक कमरे से नहीं निकला था तो वह समझ गई कि उसे आज फिर अपनी पत्नी की याद सता रही है। यही कारण था कि वह उसके पास नहीं गई थीं। कुछ कहती तो उसके घाव को और चोट पहुंचती। इसलिए वह बड़े कमरे में बैठी अब तक जाग रही थी। ऐसा न हो कि रवि भटकने के लिए घर से बाहर निकल जाए जैसा वह आरंभ में किया करता था जब उन्होंने यह फार्म खरीदा था। आज रवि को समझाना उन्होंने अपना कर्त्तव्य समझा था। ऐसा ना हो कि रवि की आदतें फिर पहले समान पड़ जाएं। रवि अपने कमरे से लड़खड़ाता निकला तो मां को सामने देख रुक गया।

'इतनी रात गए कहां जा रहे हो बेटा?' मां ने बेटे की स्थिति पर मन-ही-मन रोते हुए कहा।

'कहीं नहीं मां।' रवि ने अपने आपको संभालने का प्रयत्न किया। उसका स्वर दर्द में डूबा हुआ था।

'कहीं नहीं तो फिर इतनी रात गए बाहर क्यों जा रहे हो?'

मां ने पूछ।

रवि से कोई उत्तर नहीं बन पड़ा।

'बेटा...'' मां ने फिर कहा 'यदि बाहर गए तो मैं भी तुम्हारे साथ-साथ चलूंगी।'

'मां!' रवि को मां से ऐसी आशा हरगिज नहीं थी।

'हां बेटा...' मां ने समीप आकर ममता से भीगे स्वर में कहा ऐसी स्थिति में तुझे कुछ हो गया तो रात के इस समय कौन मुझे तेरी सूचना देने आएगा?'

'लेकिन मां मैं तो...' रवि ने स्वयं को संभालकर बहाना बनाना चाहा।

'मैं कुछ नहीं जानती।' मां ने जिद की, 'तू कहीं नहीं जाएगा, जाएगा तो मैं भी तेरे साथ चलूंगी।'

रवि चुप हो गया बाहर जाने के लिए उसके पग आगे नहीं बढ़ सके। उसके कारण मां भी तो बहुत परेशान है? क्या अधिकार है उसे अपने साथ मां को भी परेशान करने का। मां संतुष्ट हो गई।

जब कभी रवि ने रात के समय शराब पीकर बाहर भटकना चाहा तो उसे रोकने के लिए वह ऐसी ही बातें करेगी।

रवि अपने कमरे में पहुंचकर बहुत देर तक शराब पीता रहा, यहां तक कि जब उसे चक्कर आने लगे लगा तो वह बिना कपड़े बदले ही अपने पलंग पर सो गया। उसे अब अपना न किसी और का होश था। शायद मानव गम गलत करने लिए ही शराब पीता है। ऐसे दुखी मानव के लिए शराब का अर्थ ही यह है कि वह पिए और खूब पिए ताकि उसे न होश रहे अपना न किसी और का था। तभी वह जीवित रह सकता है, हर दिन मर-मर कर तो वह हर पल ही जीता रहता है।

दूसरी शाम उसकी आंखें खुली तो उसका सिर भारी था इसीलिए आंखें खुलने के बाद भी वह पलंग पर उसी प्रकार बहुत देर तक लेटा रहा। मस्तिष्क में पिछली शाम वाली घटना घूम जाती थी।

पिछली रात शराब के नशे में उसने क्यों नीलू के प्रति अनुचित बात सोची? उसने तो नीलू से निःस्वार्थ प्यार किया था। उसकी प्रसन्नता के लिए तो उसने जीवन की भी परवाह नहीं की। फिर पिछली रात वह क्यों उसका जीवन नष्ट कर देना चाहता था? रवि मन-ही-मन लज्जित हुआ। उसने मां को धन्य कहा जिसने उसे शराब के नशे में बाहर निकलने से रोक दिया था। यदि शराब के नशे में वह नीलिमा के घर चला जाता तब क्या होता?

उसे नीलिमा का घर बरबाद करके क्या मिलता? फिर निश्चय ही नीलिमा उसे कभी क्षमा नहीं करती। उसका प्यार नीलिमा की दृष्टि में गिर जाता। उसके इतने बड़े त्याग के पीछे वह एक गन्दा ढोंग समझती। अब उसके अपने जीवन में बचा ही क्या है जो वह मन का सन्तोष तलाश करे?

रवि ने मन-ही-मन प्रण कर लिया कि वह भविष्य में अब कभी भी नीलिमा के विरुद्ध कोई अनुचित बातें नहीं सोचेगा, वह उससे मिलेगा भी नहीं। उसे देखकर दूर से ही अपना रास्ता बदल देगा।

शायद नीलिमा भी ऐसा ही करेगी। एक आदर्श पत्नी के नाते वह कभी भी अपने पर आंच नहीं आने देगी। वह भी उसके वचन तथा प्यार की खातिर किसी बात पर विवश नहीं

करेगा। प्यार करने वाले अपनी प्रसन्नता नहीं दूसरे की प्रसन्नता का ध्यान रखते हैं ... दूसरे का स्वार्थ देखते हैं ... उससे, जिसमें प्यार किया जाए। सच्चे प्यार की यही पहचान है।

* * *

दिन के लगभग ग्यारह बजे होंगे। रवि मां के कमरे में बैठा हुआ था। मां अपनी बड़ी बहन की बातें कर रही थीं जो कलकत्ता में इस समय बीमार थी। मां लगभग हर दूसरे-तीसरे दिन टेलीफोन से बातें करके अपनी बहन के स्वास्थ्य के बारे में जान लेती थी।

वह अपनी बहन से लगभग एक वर्ष पहले मिली थीं जब रवि के जीवन में ठहराव आ गया था और अब शायद एक दो दिन में वह फिर अपनी बहन के पास चली जातीं परन्तु पिछली रात रवि की स्थिति देखकर उन्होंने अपना जाने का विचार स्थगित कर दिया था। रवि के कहने के पश्चात कि वह रात में शराब पीकर बाहर नहीं निकलेगा, मां नहीं गई थी। कुछ दिन रुककर वह अपने बेटे की स्थिति परख लेना चाहती थी।

आखिर कल अचानक ही इतने दिनों बाद उसके बेटा को बहू की याद क्यों सताने लगी थी? रवि ने अपने दिल का भेद मां पर कभी भी प्रकट नहीं किया था और न ऐसा करने का कभी विचार ही था। मां को वास्तविकता ज्ञात होती तो अपने बेटे की मूर्खता तथा दीवानगी पर सिर पीट लेती। इसके अतिरिक्त पूर्णिमा के प्रति सहानुभूति भी उसके दिल में समाप्त हो जाती। पूर्णिमा का निधन हो चुका था। वह अपने पापों का दण्ड भोग चुकी थी। अब उसे किसी की दृष्टि में निंदित करना उचित नहीं था। मृत्यु के बाद तो लोग शत्रु को भी क्षमा कर देते हैं।

सहसा नौकर ने आकर बताया कि फार्म मैनेजर आए हैं। रवि ने उन्हें बड़े कमरे में बिठाने को कहा और फिर थोड़ी देर बाद वह उनसे मिलने के लिए गया तो वहां उनके साथ एक अपरिचित व्यक्ति को भी बैठे देखा। दोनों ही उसे देखकर नमस्ते करते हुए खड़े हो गए।

'बैठिए-बैठिए।' रवि नमस्ते करता हुआ स्वयं भी एक सोफे पर बैठ गया।

वे दोनों भी वहीं सोफे पर बैठ गए। अपरिचित व्यक्ति रवि के समीप ही बैठा था।

'यह हमारे नये सहायक फार्म मैनेजर है...मिस्टर गुप्ता।' सहसा फार्म मैनेजर ने अपरिचित व्यक्ति की ओर इशारा करते हुए रवि से कहा, 'इन्हें आपसे मिलना आवश्यक था इसलिए यहां ले आया।'

'ओह!' रवि ने गुप्ता को बहुत ध्यान से देखा। उसकी नीलू के दिल का राजा। कितना भाग्यवान है यह व्यक्ति। कल तक जिस नीलू पर उसे अधिकार था। आज इस व्यक्ति को है। रवि ने अपने दिल के अन्दर इस व्यक्ति के प्रति डाह का आभास किया।

106

एक कांटा चुभ गया था दिल के अन्दर। टीस सी उठी। फिर भी बैठे ही बैठे मुस्कराने का प्रयत्न करते हुए उसने गुप्ता से हाथ मिलाया परन्तु मुस्कुरा नहीं सका। उसने कहा -'बड़ी प्रसन्नता हुई आपसे मिलकर। आशा है आपको यह स्थान पसन्द आएगा।'

'जी हां। यह स्थान तो वास्तव में बहुत सुन्दर है। गुप्ता ने कहा। परन्तु उसके कहने में कुछ हिचक थी। मुखड़े पर भी कुछ गम्भीरता तथा चिन्ता छा गई थी।

रवि ने उसके मुखड़े की रेखाएं पढ़ लीं तो चिंतित हो उठा। कहीं पिछले दिन नीलिमा ने तो अपने पति से उसके बारे में कुछ नहीं कह दिया है उसने भेद भरी दृष्टि से गुप्ता को देखा। फिर टोह लेने के लिए पूछा, 'लगता है आपको यह स्थान पसन्द नहीं आया।'

'नहीं-नहीं, ऐसी बात बिल्कुल भी नहीं है। गुप्ता तुरंत बौखला कर बोला, 'यह स्थान तो मुझे बहुत अधिक पसन्द है। पसन्द न आने का का तो कोई प्रश्न ही नहीं उठता।' गुप्ता ने वाक्य पूरा करने के पश्चात मानो बात अधूरी छोड़ दी थी।

'दसअसल...' सहसा फार्म मैनेजर ने बीच में हस्तक्षेप करते हुए मानो गुप्ता की बात पूरी। उन्होंने कहा , 'इनकी धर्मपत्नी को यह स्थान पसन्द नहीं है।'

'जी?' रवि ने कनखियों से उन दोनों को ही देखा। उसके दिल का सन्देह ठीक ही निकल रहा था।

'पहले दिन तो उसे यह स्थान बहुत अधिक पसन्द आया था। इस क्षेत्र के एक-एक चप्पे की प्रशंसा करते वह नहीं थकती थी।' गुप्ता ने अपनी बौखलाहट पर काबू पाते हुए कहा, 'परन्तु कल रात जब मैं शहर से वापस लौटा तो जाने क्यों उसे बहुत परेशान सा पाया। तब उसका मन भी किसी बात में नहीं लग रहा है। वैसे मैंने उसे समझा दिया है। हर नए स्थान पर ऐसा ही होता है। धीमे-धीमे मन लग जाएगा।'

'ओह।' रवि ने मन-ही-मन एक गहरी सांस ली, वह जानता था नीलिमा इस स्थान को क्यों नहीं पसन्द कर रही है। वह उससे दूर रहना चाहती है। ऐसा न हो कि उसके पिछले जीवन का भेद उसके पति पर खुल जाए। उसने भेद भरे ढंग से गुप्ता को फिर देखा। रवि के दिल में चोर था इसलिए उसने पहले से ही अपनी स्थिति साफ कर लेना उचित समझा। बोला, 'आपकी धर्मपत्नी से कल शाम मेरी भेंट हुई थी।'

'जी हां, उसने मुझे बताया था।' गुप्ता ने कहा।

'क्यों?' रवि के मन में प्रश्न उठा। दिल धड़कने लगा। नीलिमा ने अपने पति को क्या कहकर बताया होगा कि उसकी भेंट इस फार्म के मालिक से हुई थी? परन्तु उसने जबान से कुछ नहीं पूछा। पूछने से गुप्ता को उस पर किसी प्रकार का सन्देह हो सकता था। उसे विश्वास हो गया कि नीलिमा ने भी पहले अपनी स्थिति बचाने के लिए कह दिया होगा कि उसकी भेंट यूं ही इस फार्म के मालिक से हो गई थी। यदि वह नहीं कहती तो यह बात उसका बेटा कह सकता था।

'राजा कह रहा था कि आप उसे क्रिकेट सिखाएंगे।' गुप्ता ने फिर कहा।

'जी हां, मैंने उससे अवश्य ऐसा कहा है। बहुत प्यारा बच्चा है। जब अभी से उसे क्रिकेट का इतना शौक है तो आगे जाकर एक बड़ा खिलाड़ी बनना उसके लिए स्वाभाविक बात हो जाएगी।

'यह शौक उसके अंदर मेरी पत्नी ने ही उत्पन्न किया है।'

'ओह!' रवि ने केवल इतना ही कहा। उसे विश्वास होने लगा कि नीलिमा उसे अब भी प्यार करती है दिल-ही-दिल में, परन्तु एक आदर्श पत्नी होने के नाते अपनी जबान पर इस प्यार का नाम भी नहीं ला सकती। उसे सन्तोष मिला। बल्कि हार्दिक प्रसन्नता प्राप्त हुई। परन्तु इस प्रसन्नता में भी एक दर्द था। ऐसे प्यार से क्या लाभ जिसमें प्रेमी-प्रेमिका एक-दूसरे के समीप रह-रहकर भी एक-दूसरे से बहुत दूर हैं? नीलिमा उसकी कभी नहीं बन सकती। कभी नहीं। यह बात निश्चित थी। परन्तु आग के पास तेल कब तक सुरक्षित रह सकता है? कभी-न-कभी तो आग भड़क कर तेल को अपने साथ अवश्य भस्म कर देगी।

उसने नीलिमा का विषय छोड़ दिया, ऐसा न हो कि नीलिमा में उसकी रुचि देखकर गुप्ता को किसी प्रकार के सन्देह हो, नीलिमा का घर उजाड़ने का उसे कोई अधिकार नहीं। वह इधर-उधर की बातें करने लगा। फिर कुछ देर बाद फार्म मैनेजर तथा गुप्ता के लिए सोचने लगा। उसके भाग्य की सराहना करने लगा तथा अपने भाग्य को धिक्कारने लगा। न चाहते हुए भी वह नीलिमा के बारे में सोचने पर विवश था। दिल पर भला किसका अधिकार रहा है?

उस दिन रवि शाम को बाहर निकला तो मन के अन्दर एक ठहराव-सा था। नीलिमा से भी अब कभी न मिलने का उसने प्रण कर लिया था। इसी में नीलिमा की प्रसन्नताएं सुरक्षित थीं, इसी में उसका निःस्वार्थ प्यार सुरक्षित था। उसने तय कर लिया था कि वह नीलिमा को दूर से ही देख-देखकर प्यार करता रहेगा -बहुत खामोशी के साथ नीलिमा की दृष्टि से बचकर। भले ही उसे प्यार से कुछ न प्राप्त हो परन्तु उसके दिल का सन्तोष इसमें अवश्य सुरक्षित था। प्यार करने का भी अलग-अलग ढंग होता है। रूप होता है। रवि के प्यार करने का भी यह एक अलग ही ढंग, अलग ही रूप था।

रवि अभी ढलवान पर कुछ ही दूर पैदल गया होगा कि उसे राजा दिखाई पड़ गया। वह अकेले ही गेंद पकड़े बल्ला चलाता हुआ खेल रहा था। रवि का मन चाहा कि वह दूसरे रास्ते से निकल जाए -वहां नीलिमा का होना आवश्यक था। परन्तु दिल नीलिमा से कभी न मिलने का प्रण करने के पश्चात नीलिमा से दो बातें करने के लिए मचल उठा। गुप्ता की बात तुरन्त कानों में गूंज गई तो आशा बंध गई कि नीलिमा उससे मिलने से इनकार नहीं करेगी। अपने राजा बेटे के अन्दर क्रिकेट का शौक उत्पन्न करना इस बात का प्रतीक था कि वह अब भी अपने रवि को पहले समान ही प्यार करती है। परन्तु जब वह राजा की ओर बढ़ा तो राजा उसे देखते ही गेंद उठाकर उसकी ओर लपक आया।

रवि ने इधर-उधर देखा नीलिमा कहीं थी। उसने पूछा, 'राजा बेटे, आज तुम्हारी मम्मी तुम्हारे साथ नहीं है।

'नहीं अंकल!'

'घर पर है?'

'हां अंकल!'

अच्छा!' रवि ने एक पहल सोचा। वह अपनी उत्सुकता पर काबू नहीं कर सका, उसने पूछा, 'भला इस समय घर पर तुम्हारी मम्मी क्या कर रही है?'

'पापा के साथ बैठी बातें कर रही हैं वह।'

रवि ने कुछ नहीं कहा। मन के अन्दर उसके पति के विरुद्ध डाह उत्पन्न हुई। डाह का उत्पन्न होना स्वाभाविक था। परन्तु वह कर भी क्या सकता था? नीलिमा अपने पति से बातें नहीं करेगी तो किससे बातें करेगी? वह तो दिन रात उसके साथ रहती है। हर पल उसके साथ उठती-बैठती है उसका मन हुआ वह राजा से बहुत-सी बातें पूछे। नीलिमा अकेले में क्या करती है? पति के साथ उसका प्रेम व्यवहार कैसा है? परन्तु वह बातें उसने राजा से पूछना उचित नहीं समझा। वह अपने घर में सारी बातें बता सकता था। फिर जाने क्या हो जाता? भेद खुलने के बाद नीलिमा का घर बरबाद हो सकता था। पति से अलग होने के पश्चात वह दूसरा व्यक्ति को कभी स्वीकार नहीं करती। वह एक सच्ची भारतीय नारी है ... पतिव्रता। रवि को विश्वास था कि यदि अपने स्वार्थ के लिए उसने नीलिमा का घर बरबाद कर दिया तो वह उसे कभी क्षमा नहीं करेगी। वजह अपनी नीलू की दृष्टि में सदा के लिए गिर जाएगा। उसका वह तमाम त्याग निरर्थक चला जाएगा जो उसने अपने प्यार के लिए किया है इसलिए वह खामोश हो गया।

'आप हमें क्रिकेट नहीं सिखाएंगे?' सहसा राजा ने पूछा।

'सिखाएंगे बेटा ... अवश्य सिखाएंगे।' रवि ने झुककर उसके हाथ से गेंद ले ली। उसे बल्ला ठीक से पकड़ना सिखाया और फिर गेंद फेंककर उसे थोड़े समय तक खेलना सिखाता रहा परन्तु मस्तिष्क उसका एक पल के लिए भी नीलिमा के विचार से वंचित नहीं रहा।

उसे रात रवि ने जब शराब पी तो एक बार फिर वह नीलिमा के बारे में अनुचित बातें सोचे बिना नहीं रह सका। नीलिमा ने उसे धोखा दिया है। उसके प्यार से अनुचित लाभ उठाया है। उसे बरबाद कर दिया तथा अपना स्वर्ग बना लिया हैं उसे इस स्वर्ग में रहने का कोई अधिकार नहीं। उसका मन उसे उकसाने लगा कि वह नीलिमा की प्रसन्नताएं नष्ट कर दे। जिस प्रकार प्रेम का भुगतान वह चुका रहा है नीलिमा को भी चुकाना चाहिए।

जिस प्रकार वह प्रेम की आग में जल रहा है नीलिमा को भी जलना चाहिए। यदि वह इस आग में नहीं जलना चाहती तो उसे अपने प्यार की आग में दूसरे को जलाने का कोई अधिकार नहीं। शराब के नशे में डूबकर रवि का दिल प्यार की आग में जल रहा था .... जल

रहा था ... शोले उसे जलाकर भस्म कर देना चाहते थे। यह आग कैसे बुझ सकती थी? हां यह आग कैसे बुझ सकती है।

रवि का दिल तड़पने लगा कि वह नीलिमा के पास जाए उसे अपनी बांहों में समा ले। उसके शरीर के निखार से अपने दिल की आग बुझा ले। हां, यह आग तभी बुझ सकती है, नीलिमा को बांहों में समाने के बाद, उसे प्यार करने के बाद और शायद...शायद उसे अपना बनाने के बाद। परन्तु यह कैसे संभव था।

नीलिमा का पति तो उसके साथ रहता हैं रवि बड़ी कठिनाई से अपने ऊपर काबू पाने में सफल हुआ। और जब उसने ठन्डे दिल से अपने भयानक तथा गन्दे विचार पर ध्यान दिया तो महसूस किया कि उसे नीलिमा के बारे में ऐसा नहीं सोचना चाहिए - हरगिज नहीं। यह उसके निःस्वार्थ प्यार का अपमान है। त्याग का मूल्य नहीं लिया जाता।

समय बीतने लगा। कुछेक दिन बीत गए। राजा रवि के साथ क्रिकेट खेलने के लिए प्रतिदिन ही उसके बंगले पहुंच जाता था। वह रवि से बहुत अधिक घुल मिल गया था। रवि उसके लिए नया छोटा बल्ला, गेंद तथा छोटे स्टैम्प ले आया था। राजा ने आरंभ में जब यह बात नीलिमा को बताई तो नीलिमा का मन हुआ कि वह राजा को क्रिकेट सिखाने के लिए मना कर दे।

वह पछता रही थी कि राजा में क्रिकेट सीखने का शौक उत्पन्न करके उसने अच्छा नहीं किया। परन्तु अब मना करने का समय हाथ से निकल चुका था। फिर भी उसने सोच लिया कि अब यदि राजा ने क्रिकेट में रुचि कम दिखाई तो वह उस और हतोत्साह करेगी।

नीलिमा घर से बहुत कम निकलती थी। ऐसा न हो कि रवि सामने पड़ जाए। इस इलाके में उसका जीवन घुट-घुटकर व्यतीत हो रहा था। ऐसा लग रहा था मानो उसका दम ही निकल जाएगा, एक-एक पल सहमा-सहमा बीत रहा था। छाती के ऊपर मानो कोई बहुत बड़ा बोझ रखा हो। बड़ी कठिनाई से ही वह अपनी स्थिति अपने पति से छिपाने में सफल हो रही थी। कभी भी कुछ होने का डर लगा रहता था। सिर के ऊपर मानो कच्चे धागे से बंधी एक तलवार टंगी हुई थी। फिर भी वह अपने पति के लिए मुस्कराने पर विवश थी। यदि उसका पति कभी उसके मुखड़े की उदासी देख लेता तो केवल यही समझता कि जिस प्रकार नीलिमा को दिल्ली के वातावरण में समझौता करने में कठिनाई हुई थी उसी प्रकार यहां हो रही है, समय के साथ वह ठीक हो जाएगी।

रवि ने भी नीलिमा को इतने दिनों तक नहीं देखा तो समझ गया कि नीलिमा उसके सामने नहीं पड़ना चाहती है। रवि जब होश में रहता तो नीलिमा की भलाई के पक्ष में ही सोचता। उसे नीलिमा का घर बरबाद करने का कोई अधिकार नहीं। उसका प्यार तभी सार्थक है जब वह नीलिमा की प्रसन्नता के लिए अपने दिल पर पत्थर रख ले। नीलिमा के दिल की शांति के लिए उसे उसके समीप कभी नहीं जाना चाहिए। परन्तु जब रात का अंधकार उसके कमरे में

काला नाग बनकर प्रवेश करता तो नशे की अवस्था में वह फिर नीलिमा के प्रति अनुचित बातें सोचे बिना नहीं रह पाता।

उसका एकान्त जीवन नीलिमा की कमी महसूस करने लगा नीलिमा का कसा हुआ शरीर उसकी आंखों के सामने चला आता।

यह सारे ही दृश्य सामने दिखाई पड़ने लगते जो उसने अपने सुनहरे दिनों में उसके साथ व्यतीत किए थे। नीलिमा का शरीर स्पर्श आज भी उसकी बांहों में आता था। होंठों पर प्यार की मिठास अब भी शेष थी। शराब का नशा मन को उत्तेजित करने लगता तो उसकी छाती नीलिमा को अपने में समाने के लिए फड़कने लगती। वह मुट्ठियां बांधता तथा खोलता हुआ बहुत बेचैन हो उठता। तब वह नीलिमा को तुरंत अपनी बांहों में समेटने के लिए तड़पने लगता, उसकी तस्वीर को सामने रखकर वह बहुत देर तक उसे देखता रहता। जब सब्र नहीं होता तो दीवानों के समान तस्वीर चूम भी लेता एक बार नहीं, अनेक बार नहीं, अनेक बार। उसने नीलिमा से क्यों इतना प्यार किया?

आखिर नीलिमा ने उसके उस प्यार के बदले में क्या दिया? प्यार करने वाले परिणाम की चिन्ता नहीं करत। प्यार पर खामोशी के साथ निछावर हुए जान दे देते हैं परन्तु उफ भी नहीं करते।

परन्तु रवि क्या कर सकता था - विशेष कर ऐसी स्थिति में अब उसकी प्रेमिका उसकी आंखों के सामने ही किसी ओर की बनकर रही थी? आखिर रवि भी तो जवान था। दिल की धड़कने जवान थी। ख्याल और जज़्बात जवान थे। बहुत कठिनाई के बाद ही रवि अपने आप पर काबू पाने में समर्थ होता था।

एक दिन रवि की मां का कलकत्ता से टेलीफोन प्राप्त हुआ। बहन की स्थिति बहुत गम्भीर है। मां को जाना पड़ गया। रवि नहीं गया। मां से कहा दिया कोई अशुभ घटना घटे तो फोन कर दे। वह कलकत्ता पहुंच जाएगा। मां के जाने के बाद रवि को सूचना मिली कि अब उसकी मौसी की स्थिति सन्तोषजनक है। परन्तु मां अब वहां कुछ दिन रहने के बाद ही आएगी तो रवि बंगले में बिल्कुल अकेला ही पड़ गया। परन्तु इन दिनों भी उसने अपने आप पर काबू रखा। शराब पीने के बाद भी ऐसी कोई बात नहीं उत्पन्न की जिससे उससे उसके प्यार पर आंच आती तथा परिणाम स्वरूप नीलिमा का घर बरबाद होता। अपने ऊपर काबू पाने के लिए उसने अपनी छाती पर सब्र का पत्थर रखना पड़ता था। बांहें नीलिमा को अपने में समाने के लिए तड़प-तड़प उठती थीं। आखिर नीलिमा को उसे इस प्रकार अपने प्यार पर बलि चढ़ाने का क्या अधिकार था।''

इन्हीं दिनों मां की अनुपस्थिति में रवि को एक निमन्त्रण मिला, निमन्त्रण गुप्ता ने आकर स्वयं ही दिया था। राजा की छठवीं वर्षगांठ थी। रवि को जाना पड़ा। जब अवसर मिला तो नीलिमा को देखने की इच्छा दिल के अन्दर जोर पकड़ गई।

जबसे नीलिमा यहां आई है वह उसे एक ही बार तो देख सका है। अब वह जानें कैसी हो गई हो? ऐसा लगता था मानो उसे युगों से नहीं देखा है। रवि के लिए ऐसा समझना स्वाभाविक था, राजा के लिए एक अच्छा-सा उपहार लेकर वह शाम के समय नीलिमा के घर पहुंचा।

गुप्ता के बंगले पर फार्म के अन्य कर्मचारियों के बच्चे भी थे। फार्म का यह छोटा-सा संसार बिल्कुल अलग ही था। रंगीन वस्त्रों में बच्चे उछल कूद रहे थे - नाच तथा गा रहे थे। रेडियो ग्राम की धुनें बड़े कमरे में बिखरी हुई थीं। वर्ष गांठ की पार्टी में कुछेक बच्चों के माता-पिता भी उपस्थिति थे। रवि को देखकर सभी ने उसे पूरा सम्मान दिया। रवि ने राजा को झुकते हुए प्यार किया और फिर उसके हाथ में उसका उपहार पकड़ा दिया, फिर उसने गुप्ता से बातें करते हुए कमरे में चारों ओर दृष्टि डाली। एक किनारे नीलिमा खड़ी हुई थी - सहमी-सहमी - उससे दृष्टि चुराए।

अपने पति के दिल में कोई सन्देह न उत्पन्न करने के लिए उसे रवि के स्वागत में आगे आना पड़ा। हल्के से हंसने का प्रयत्न करते हुए उसने अपने हाथ जोड़े और मानो गले का थूक घोंटती हुई बड़ी कठिनाई से बोली, 'नमस्ते!'

रवि को ऐसा लगा मानो नीलिमा के मीठे स्वर के नीचे रेडियो ग्राम की धुन मद्धिम पड़ गई हो। कमरे का वातावरण थिरक उठा था। उसने भी उत्तर में नमस्ते के लिए हाथ जोड़ दिया।

गुप्ता रवि को अन्दर की ओर ले गया। जहां एक किनारे सोफे रखे हुए थे। साथ में नीलिमा भी थी। गुप्ता ने रवि को सोफे पर बिठाना चाहा परन्तु रवि ने खड़ा रहना ही पसन्द किया।

नीलिमा किसी बहाने वहां से सरक जाना चाहती थी। परंतु तभी प्रवेश द्वार पर फार्म मैनेजर अपने कुटुम्ब सहित आ गए। गुप्ता ने आगे बढ़कर उनका भी स्वागत करना आवश्यक समझा, उसने नीलिमा से कहा - 'नीलू, तुम रवि बाबू से बातें करो। मैं अन्य मेहमानों का स्वागत करता हूं।' गुप्ता ने कहा और रवि से क्षमा लेकर प्रवेश द्वार की ओर बढ़ गया।

नीलिमा की सांसे घुटने लगीं। कुछ समझ नहीं आया कि क्या करें? उसने अपनी पलकें झुका लीं। रवि से दृष्टि मिलाते हुए उसका दिल कांप रहा था।

रवि ने नीलिमा को बहुत ध्यान से देखा - बहुत हसरत से। कितनी सारी अभिलाषाएं उसकी आंखों में छिपी हुई थी, नीलिमा देख लेती तो रवि के दिल में समाए अथाह प्यार की गहराई उसे मिल जाती। नीलिमा ने इस समय हरे रंग की रेशमी साड़ी पहन रखी थी जिसमें उसका मुखड़ा मानो हरी पत्तियों के मध्य सफेद गुलाब के समान खिला हुआ था। कानों में सुनहरे छल्ले - गले में एक हार। सुन्दरता की यह प्रतिमा कभी उसकी सम्पत्ति थी और अब वह इसे दूसरे की सम्पत्ति के रूप में देख-देखकर तड़पता रहेगा। वही रूप...वही रंग, बल्कि पहले से अधिक ही निखार उसके अन्दर आ गया है। अंग-अंग खिल रहा था। अपनी ओर रवि को आकृष्ट कर रहा था। नीलिमा ने ऐसा क्यों किया? क्यों उसे छोड़ दिया? रवि ने अपने दिल में उठते तूफान पर काबू किया और हल्के से मुस्करा दिया। दबे स्वर में उसने कहा,

'नीलू...नीलिमा का दिल धड़क गया, उसने रवि की ओर एक बार भी दृष्टि नहीं उठाई। दृष्टि उठाकर देख लेती तो जाने क्या हो जाता, शायद भूचाल आ जाता। रवि ने अपनी बात जारी रखी, बोला, 'तुम अब भी बहुत सुन्दर हो - बिल्कुल पहले समान। तुम्हारी उस तस्वीर की मैं अब भी पूजा करता हूं।'

नीलिमा को दृष्टि उठानी ही पड़ी। कांपकर उसने रवि को देखा - कुछ घूरकर भी। यदि रवि की यह बातें किसी ने सुन लीं तब क्या होगा? उसका तो जीवन ही नष्ट हो जाएगा। फिर किसी को मुंह दिखाने के बजाए, उसे आत्महत्या कर लेनी पड़ेगी।

ऐसी बदनामी से तो मृत्यु ही भली है। उसने कहा - 'रवि बाबू, आप भूल रहे हैं कि मैं मिसेज गुप्ता हूं। भविष्य में आप मेरे बारे में अनुचित बातें सोचने का साहस भी नहीं कीजिएगा।' नीलिमा का स्वर सख्त था। उसके स्वर में कंपन भी थी। उसने अपनी बात पूरी की और फिर पलटकर अन्दर के कमरे में चली गई।

रवि को अपनी बात का अफसोस हुआ। नीलिमा से अब ऐसी बातें करने का उसे क्या अधिकार पहुंचता है? यदि उसकी बात किसी ने सुन ली होती तब नीलिमा का क्या होगा? उसका तो कुटुम्ब ही नष्ट हो जाता। फिर भी नीलिमा की बात सुनकर उसके दिल के अन्दर टीस उठने लगी। उसका मन उचाट हो गया, उसे इस पार्टी में नहीं आना चाहिए था, आया था तो नीलिमा से ऐसी बातें नहीं करनी चाहिए थी। अब उसे यहां नहीं ठहरना चाहिए था।

अब उसे यहां नहीं ठहरना चाहिए था। वह यहां रुकेगा तो नीलिमा इस पार्टी का जरा भी आनंद नहीं उठा सकेगी। रवि ने इधर-उधर देखा। एक किनारे गुप्ता अपने मेहमानों के साथ बहुत व्यस्त था। अचानक इस प्रकार चले जाने का उसे कारण भी क्या बताता?

उस रात जब नीलिमा अपने राजा बेटे के साथ पलंग पर लेटी तो बहुत देर रवि के बारे में सोचती रही। अच्छा हुआ रवि चला गया था वरना पार्टी में उसके सामने उसका खड़ा रहना भी कठिन हो जाता। रवि के अचानक चले जाने की सूचना उसे अपने पति से मिली थी जब वह रवि को सख्त बात सुनाने के बाद एकान्त में एक कमरे के अंदर अपनी स्थिति पर काबू पाने का प्रयत्न कर रही थी। तब उसका पति रवि को इधर-उधर आश्चर्य से ढूंढता हुआ उसके पास चला आया था। रवि के अचानक चले जाने की बात सुनकर उसके दिल को ढाढस मिल गया था और तब उसने तुरंत अपनी स्थिति संभालकर अनजानपन प्रकट कर दिया था।

रात के इस समय हल्की-हल्की ठण्ड पड़ रही थी इसलिए उसने अपने तथा राजा के शरीर पर हल्का कम्बल डाल रखा था, उसका पति बगल के पलंग पर लेटा हुआ था परन्तु उसे नींद नहीं आ रही थी। नीलिमा ने एक करवट बदली तो अचानक उसके पति ने पूछा, 'नींद नहीं आ रही क्या?'

'नहीं।' नीलिमा ने अपने परेशान विचारों पर काबू पाते हुए छोटा-सा उत्तर दिया।

'मुझे भी नींद नहीं आ रही है।' गुप्ता ने नीलिमा की ओर करवट बदली।

'क्यों?'

'मैं रवि बाबू के बारे में सोच रहा था।'

'क्या?' नीलिमा ने डरते-डरते पूछा।

'पार्टी से वह अचानक क्यों चले गए? न तुमसे कुछ कहा - न मुझे कुछ बताया।'

'होगा कोई कारण।' नीलिमा ने हल्के से कहा।

'हूंह!' गुप्ता ने मानो स्वयं से कहा - अजीब व्यक्ति है। न कभी हंसता है न मुस्कुराता है।'

नीलिमा ने कोई उत्तर नहीं दिया। उसे रवि से अब और डर लगने लगा था। रवि के पास उसकी तस्वीर है। शायद अन्य तस्वीरें तथा उसके लिखें पत्र भी उसके पास अब तक सुरक्षित होंगे।

यदि पत्र तथा तस्वीरें किसी और के हाथ में पड़ गयी तब क्या होगा? उसे उन तस्वीरों तथा पत्रों को वापस लेकर नष्ट कर देना चाहिए। उसने सोच लिया कि रवि से मिलेगी - एकांत में और वह उससे वह अपनी तस्वीरों और पत्रों की भीख मांगेगी - उसके निःस्वार्थ प्यार का वास्ता देकर। वह उसे प्यार करता है, अपने निःस्वार्थ प्यार के पीछे उसने क्या त्याग नहीं किया? वह उसकी बात अवश्य मान लेगा।

नीलिमा ने रवि से एकांत में मिलने का निश्चय कर लिया। वह रवि पर अपनी मजबूर स्थिति प्रकट करके यह भी कहेगी कि वह उसके पति को यहां की नौकरी से मुक्त कर दे। कोई कारण उत्पन्न करके उसके पति से कह दो कि अब उसे सहायक फार्म मैनेजर की आवश्यकता नहीं रही। रवि उसकी बात से इनकार नहीं करेगा। नीलिमा को रवि पर अब भी विश्वास था। रवि अब भी उससे प्यार करता है। उसकी तस्वीर की पूजा करता है। वह उसकी मजबूरी समझने का पूरा प्रयत्न करेगा।

उस रात नीलिमा को बहुत देर बाद नींद आई। दिल में रवि का विचार समाया हुआ था शायद इसीलिए उसने एक स्वप्न देखा - रवि का। उसने देखा कि एक सुन्दर पार्क है। वह रवि के साथ हरे-भरे लॉन में बैठी हुई है - हाथों में हाथ डाले। अगल-बगल चारों और क्यारियों में रंग-बिरंगे फूल खिले हुए हैं। फूलों पर तितलियां फुदक रही है - भंवरे मंडरा रहे हैं - वातावरण महका-महका - सा है। सहसा रवि ने उसे अपनी छाती पर खींच लिया।

वह उसे प्यार कर रहा है - चूम रहा है, उसकी पलकें, कपोल होंठ, ठुड्डी, गर्दन के नन्हे गड्ढे में भी उसने अपने होंठ धंसा दिए हैं - बिल्कुल उसी प्रकार जैसे उसने एक दिन पिकनिक में डाक बंगले के अन्दर उसे दीवानों के समान चूमा था, उस समय, जब उसके शरीर पर एक भी वस्त्र नहीं था, केवल एक कम्बल लिपटा हुआ था।

नीलिमा ने स्वप्न में देखा कि रवि के इशारे पर उसके साथ वह बहक जाना चाहती है। उसकी छाती में वह समाती चली जा रही है। उसकी सांस तेज-तेज चलने लगी। आंखों में

गुलाबी डोरे समा गए हैं। होंठ भीग गए हैं। परन्तु तभी अचानक आंखें खुल गयीं। वह बुरी तरह चौंक गई। उसकी सांसें तेज चल रही थी।

परन्तु वह रवि की नहीं अपने पति की बांहों में थी। उसका पति उसे चूम रहा था - प्यार कर रहा था - अंग - अंग को। जाने कब वह उठकर उसके पास चला आया था। राजा को नींद में अपने पलंग पर लिटाकर उसके पलंग पर लेट गया था। नीलिमा दिल-ही-दिल में लज्जित होकर पानी-पानी हो गई। छिः! एक स्त्री के लिए यह कितनी गन्दी बात थी। वह अपने पति की बांहों में समाई सो रही थी। परन्तु स्वप्न एक पराए पुरुष का देख रही थी।

उसके दिल की धड़कन उसके पति की छाती पर धड़क रही थीं परन्तु आंखों के सपनों में रवि समाया हुआ था। परन्तु सपने किसी के अधीन नहीं होते। सपनों पर किसी का अधिकार नहीं जिसे जो जब चाहे आंखें बन्द करके अपनी इच्छानुसार देख सके।

मानव तो कभी-कभी ऐसा भी स्वप्न देख लेता है जिसके बारे में उसने कभी सुना न देखा - कभी जीवन में सोचा भी नहीं। फिर रवि तो कभी नीलिमा के जीवन का एक अंग था ... कभी उसके शरीर के रक्त की एक-एक बूंद में रवि का प्यार समाया हुआ था। यदि रवि उसके सपनों में आ गया तो उसने कौन - सा पाप कर दिया?

इसके पश्चात नीलिमा अपने इस अनजाने पाप पर पछता रही थी, रो रही थी ... अन्दर-ही-अंदर तड़प रही थी ... स्वयं को धिक्कार रही थी। उसने ऐसा सपना देखने का पाप क्यों किया? और इसीलिए पाप के इस एहसास से छुटकारा पाने के लिए वह अपने पति की छाती से और बुरी तरह लिपट गई .... उसकी छाती में समाती ही गई ... समाती ही गई। अब उसके लिए उसका पति ही सब कुछ था।

कुछेक दिन बाद गुप्ता को फार्म के काम से शहर से बाहर जाना पड़ गया। नीलिमा को रवि से मिलने का अवसर मिल गया।

रवि की मां जी भी अभी तक वापस नहीं आई थी इसलिए नीलिमा ने रवि से एकान्त में उसके घर पर ही मिलना उचित समझा।

वहां उसे रवि से अपनी तस्वीरें तथा पत्र भी प्राप्त हो सकते थे। इसके अतिरिक्त बाहर मिलती तो उसकी भेद-भरी गम्भीरता पर लोग जाने क्या अनुमान लगा सकते थे? लोगों का मुंह कौन बन्द कर सकता है? नीलिमा एक विवाहित स्त्री थी। उसके दिल में चोर था इसलिए उसके लिए ऐसी बात सोचना स्वाभाविक था।

अपनी बातें वह राजा के सामने नहीं कर सकती थी क्योंकि राजा अब छः वर्ष का हो चुका था। वह हर बात को समझने लगा था।

उस रात उसने राजा को खाना खिलाकर सुलाने के बाद एक आया के सहारे छोड़ दिया। फिर एक शाल उठाकर सिर से लपेटती हुई वह अपने घर से बाहर निकली ... चेहरे को कुछ अधिक ही ढांपते हुए। ऐसा न हो कि रवि के बंगले की ओर जाते हुए कोई उसे पहचान न ले

और बदनाम करे। अन्धकार पूर्णतया छाया हुआ था। सुनसान वातावरण। कभी-कभी इसमें उल्लू तथा चमगादड़ के बोलने का स्वर गूंज जाता था। ऊंची-नीची ढलवान पर दूर-दूर गिने-चुने बंगले बने हुए थे जिनकी खिड़कियों से मलगजा प्रकाश झलक रहा था। काफी दूर पर छोटे कर्मचारियों के भी क्वार्टर्स एक पंक्ति में बने हुए थे। रवि का बंगला एक अलग ढलवान पर था - बिल्कुल एकांत में ... एक लावारिश मजार के समान।

नीलिमा को वहां पहुंचने में जरा भी कठिनाई नहीं हुई। वह रवि के बंगले के मुख्य द्वार में बहुत तेजी के साथ प्रविष्ट हुई। फिर रुकी। दम साधा। इधर-उधर देखा। कहीं कोई नौकर चाकर तो नहीं है? लॉन में उसे कोई दिखाई नहीं दिया। बंगले के बरामदे के मद्धिम प्रकाश में लाल प्रकाश सिसक रहा था - मजार पर रखे दीपक के समान - जिसका तेल अब और तब समाप्त होना चाहता था, बिल्कुल रवि के समान। लॉन की साधारण फुलवारी उजड़ी मजार पर बासी फूलों के समान चढ़ी हुई थी जिस पर आकाश शबनम के आंसू बहा रहा था। बंगले का खामोश वातावरण रवि की उजड़ी हुई कहानी सुना रहा था। नीलिमा तेजी के साथ लॉन पार करके बरामदे पर चढ़ गई। उसके दिल की धड़कन तेज हो गई। उसके अन्दर एक अज्ञात भय समा गया।

कहीं रवि उसके एकान्तपन से लाभ उठाने का प्रयत्न न करे! उसका मन हुआ वह वापस लौट जाए। परन्तु उसे रवि पर विश्वास था।

अपने प्यार के पीछे उसने जो त्याग किया था। वह कोई साधारण त्याग नहीं था। नीलिमा की आंखों के सामने पिकनिक में बंगले के अन्दर का वह दृश्य घूम गया जब रवि ने कम्बल में लिपटा उसका शरीर अपनी बांहों में उठा लिया था। तब वह कुंवारी थी, तब उसके अन्दर फूलों-सी ताजगी थी। रवि ने जब उस समय उसकी आज्ञा प्राप्त करने के पश्चात उससे कोई लाभ नहीं उठाया तो अब क्या लाभ उठाएगा। अब तो वह विवाहित है .... एक बच्चे की मां है। उसका शरीर एक बासी फूल है।

बंगले का प्रवेश द्वार बन्द था। बरामदे के सभी द्वार बन्द थे, नीलिमा ने धड़कते दिल के साथ दरवाजे पर पहुंच घन्टी बजा दी।

सहसा एक कुत्ते ने हुक लगाई। बंगले के कहीं आस-पास ही, यह कुत्ता अपना भयानक स्वर लिए रो रहा था। नीलिमा का दिल बहुत जोर से धड़का। जाने क्या होने वाला हो? जाने क्या हो रहा है। उसका मन किया वह वापस लौट जाए। शायद वह लौट भी जाती परन्तु तभी दरवाजा एक खटके के साथ खुल गया।

नीलिमा के दिल के ऊपर एक अज्ञात भय छाने लगा, नीलिमा एक पग पीछे हट गई। उसके सामने दरवाजे के अन्दर बिजली के प्रकाश में रवि खड़ा हुआ था ... जुए में अपना सब कुछ हारे हुए जुआरी के समान ... शराब के नशे में धुत ... बहकता। नीलिमा को रवि की

स्थिति पर दया आई। रवि उससे बिछड़ने के बाद कितनी कठिनाई से अपना जीवन बिता रहा है। आखिर रवि की दुर्दशा की, वही तो एकमात्र उत्तरदायी है। क्यों वह इतनी कठोर बन गई थी? क्यों, उसने रवि के साथ इतना बड़ा अन्याय किया, नीलिमा ने अपने दिल को संभाला। फिर अपना शाल सिर से सरकाकर कन्धे पर गिरा दिया ताकि रवि उसे पहचान ले।

तुम? रवि चौंक गया। उसे अपनी आंखों पर विश्वास ही नहीं हुआ। क्या यह उसका प्यार तो नहीं है जिसकी डोर में बंधकर नीलिमा रात के इस सन्नाटे में यहां आ पहुंची?

'मैं...अन्दर आ सकती हूं?' नीलिमा ने गम्भीर स्वर में पूछा।

'हां-हां...अवश्य। यह भी कोई पूछने की बात है?' रवि ने एक ओर हटते हुए नीलिमा के लिए रास्ता छोड़ा।

नीलिमा अन्दर चली आई, दरवाजे की आड़ में खड़ी हो गई, ऐसा न हो कि कोई उसे बाहर से कमरे में अन्दर प्रकाश में देख ले।

रवि ने नीलिमा की यह बात भांप ली। उसने पूछा, 'दरवाजा बन्द कर दूं?'

नहीं रवि बाबू, मैं केवल दो मिनट के लिए आई हूं, आपसे कुछ आवश्यक बातें करनी है। कुछ भीख मांगने आई हूं।'

'भीख?' अब उसके पास बचा ही क्या है जो वह नीलिमा को दे सकता है? उसने नीलिमा को ऊपर से नीचे देखा। नीलिमा परेशान थी परन्तु रवि को यह नीलिमा की निजी परेशानी प्रतीत हुई।

रवि को उसके अन्दर अपने प्रति कोई भी परेशानी नहीं झलकी। रवि के दिल को चोट लगी। बल्कि क्रोध भी आने लगा, परन्तु उसने अपने आपको संभाल लिया। बोला, 'तो आओ, मेरे कमरे में वहीं चलकर बातें करते हैं। यहां कोई भी आ सकता है।'

रवि ने आगे बढ़कर दरवाजा बन्द कर दिया। परन्तु लॉक नहीं किया, कुत्ते का विलाप मद्धिम हो गया। रवि नीलिमा की किसी बात की प्रतीक्षा किए बिना अपने कमरे की ओर बढ़ गया।

नीलिमा ठिठकी, परन्तु फिर वह रवि के पीछे-पीछे उसके कमरे की ओर बढ़ गई। रवि ने उसे एक सोफे पर बिठाना चाहा परन्तु वह खड़ी ही रही। खिड़की खुली हुई थी। बहुत दूर, फार्म की सीमा पर कर्मचारियों के क्वार्टर्स का खिड़कियों से धुंधला प्रकाश झलक रहा था। रवि ने आगे बढ़कर खिड़की बन्द कर दी।

नीलिमा ने कमरे में चारों ओर एक सरसरी दृष्टि डाली। फिर तुरंत अपनी बात पर उतर आई। बोली, 'रवि बाबू, मैं आपसे अपनी उन तस्वीरों तथा पत्रों को लेने आई हूं, जो शायद आपके पास अब तक सुरक्षित हैं।'

'स्वार्थ! हर काम में स्वार्थ, हर काम में स्वार्थ।' रवि के मस्तक पर बल पड़ गए। उसने यहीं मेज पर गिलास रखी शराब एक ही घूंट में हलक से नीचे उतार दी। फिर अपनी आस्तीन

से भीगे होंठ पोंछने के बाद नीलिमा को देखा। नीलिमा को देखते ही शराब ने उसके अंदर अपना रंग दिखाना आरंभ कर दिया। नीलिमा ने इस समय कोई श्रृंगार नहीं किया था, फिर भी उसके यौवन में ऐसा निखार था जो रवि ने पहले कभी नहीं देखा था। यह शराब का असर था या एक वास्तविकता रवि नहीं जानना चाहता था परंतु नीलिमा उसे आकर्षणशील अवश्य लग रही थी।

सम्भवतः रात के एकांत निर्जन वातावरण के कारण ही रवि का ऐसा महसूस हो रहा था। रवि ने फिर भी अपने ऊपर काबू किया।

'आपने मेरी बात का उत्तर नहीं दिया?' नीलिमा ने फिर कहा - बहुत शांत भाव से।

'तुम्हारी तस्वीरें मेरी जिन्दगी का सहारा है। यदि मैं उन्हें तुम्हें नहीं दूं तो?'

'रवि बाबू, आप समझते हैं?' नीलिमा ने विनती करते हुए कहा, 'अब आपको उन तस्वीरों को रखने का क्या अधिकार रहा? आप जानते हैं मैं अब किसी और की बन चुकी हूं। किसी की धर्मपत्नी हूं मैं।'

रवि नीलिमा की बात अनसुनी करके मेज के पास आया। गिलास में बोतल से शराब उड़ेलते हुए पूछा उसने, 'और भी कुछ कहना है?'

'हां-' नीलिमा रवि के समीप आई रवि का गिलास शराब द्वारा आधे से अधिक भर चुका था। गिलास हाथ में लेकर रवि नीलिमा की ओर पलटा। नीलिमा ने अपनी बात जारी रखी। विनम्र निवेदन करती हुई बोली, 'कृपया मेरे पति को नौकरी के एग्रीमेंट से मुक्त कर दीजिए।'

'यह कैसे संभव है? आखिर फार्म में और भी तो कर्मचारी है। उन्हें हम क्या जवाब देंगे।'

'मेरे पति को नौकरी से निकाल दीजिए।' नीलिमा ने तरकीब बताई।

रवि ने बात की तह को समझने का प्रयत्न किया। उसने शराब के घूंट लिए। फिर मस्तक पर बल डालकर भेद भरे ढंग में पूछा, 'कोई इल्जाम लगाकर?'

'कुछ भी करके।' नीलिमा ने एक गहरी सांस ली। वह कितनी अभागिन है। उसके प्यार ने उसे ऐसी स्थिति में पहुंचा दिया है कि वह अपने निर्दोष पति पर झूठा दोष लगवाने से भी नहीं चूक रही है।

परन्तु वह विवश थी। इसी में उसके छोटे कुटुम्ब की प्रसन्नता सुरक्षित थी - उसके पति का प्यार तथा नन्हे राजा का भविष्य सुरक्षित था। अपनी इस विवशता पर उसकी पलकों के कोने भीग गए।

'और अगर उसने हरजाना मांगा तो?'

'मैं अपने गहने बेचकर आपको दे दूंगी। उन्हें बेचकर फार्म की ओर से मेरे पति को दे दीजिएगा।' नीलिमा ने दृढ़ मन से कहा।

'ओह!' रवि ने नीलिमा के आने का मकसद समझा। अपने पति के साथ वह इस इलाके में आकर पछता रही है। वह उससे दूर चली जाना चाहती है ताकि उसका स्वर्ग सुरक्षित रहे।

उसे बरबाद करके उसने प्रसन्नता प्राप्त कर ली है और अब वह इस प्रसन्नता को किसी भी अवस्था में नहीं गंवाना चाहती है -क्या यही था उसका प्यार? क्या इसलिए उसने इस लड़की से प्यार किया था ताकि उसकी प्रसन्नता पर कठपुतली बनकर नाचता रहे? आखिर नीलिमा ने उसे समझ क्या रखा है? रवि का स्वाभिमान उसे चुनौती देने लगा। दिल के अंदर शैतान सिर उठाने लगा तो उसने गिलास में बची हुई सारी शराब को पीकर समाप्त कर दिया।

गिलास रखने के बाद अंगुलियों द्वारा अपने भीगे होंठ पोंछे। फिर नीलिमा के समीप आया - बिल्कुल समीप। नीलिमा को उसने ऊपर से नीचे तक देखा - सुन्दरता की प्रतिमा - आकर्षक यौवन। उसकी बांहें नीलिमा को अपनी छाती में समान लेने के लिए फड़कने लगी।

उसने नीलिमा की आंखों में झांका। एक विचित्र ही दृष्टि थी वह जिसमें प्यार के साथ वासना भी मिली हुई थी। नीलिमा ऊपर से नीचे तक कांप गई। दिल सहम गया, रवि ने कहा, 'नीलू मैं तुम्हारी हर बात मानने को तैयार हूं। तुम्हारी तस्वीर लौटा दूंगा। तुम्हारे पति के साथ किया एग्रीमेंट तोड़कर उसकी मुंह मांगी कीमत भी अदा कर दूंगा। तुम जो चाहोगी वह कर दूंगा परन्तु...रवि थोड़ा रुका। बहुत भेद भरे ढंग में उसने नीलिमा को देखा। फिर बोला, 'एक शर्त पर।'

सहसा कुत्ते के रोने का स्वर फिर सुनाई पड़ा। खिड़की से कुछ ही दूर वह विलाप कर रहा था। जाने कब उसने रोना बन्द कर दिया था। यह पता ही नहीं चला था। नीलिमा का दिल एक अज्ञात भय से कांपने लगा। उसने धड़कते दिल से पूछा - 'क्या?'

'तुम आज की रात अपने आपको मेरे हवाले कर दो।' रवि ने मस्तिष्क झटककर बात पूरी कर दी।

'रवि बाबू।' नीलिमा चीखते-चीखते रह गई।

'मैं ठीक कह रहा हूं नीलू। रवि नीलिमा के और समीप आया। उस पर थोड़ा झुकते हुए बोला, 'आज वर्षों से मैं तुम्हारे प्यार की आग में जल रहा हूं। आज इस आग को बुझ जाने दो। मुझे...'

'रवि बाबू होश में आइए।' नीलिमा कांपकर दो पग पीछे हट गई। सख्ती से बोली, 'क्या यही है आपका प्यार ... आपका त्याग?'

'तुम क्या जानो प्यार किसे कहते हैं ... त्याग किस वस्तु का नाम है?' रवि ने तिरस्कृत भाव में कहा - 'तुमने मुझे कभी प्यार नहीं किया। प्यार मैंने किया था और त्याग भी मैंने ही किया। और आज उसका जो फल मुझे मिल रहा है वह तुम अच्छी तरह जानती हो।' रवि नीलिमा की ओर बढ़ा। नीलिमा पीछे हटने लगी।

रवि ने बात जारी रखी, 'तुमने मुझे अपने स्वार्थ के पीछे बलि चढ़ा दिया। मेरे निःस्वार्थ प्यार से लाभ उठाकर मुझे नर्क की आग में झोंक दिया और अपने लिए स्वर्ग बना लिया। तुम वास्तव में एक पत्थर की देवी हो निकलीं। यदि तुम्हारी छाती में दिल होता तो मेरी तड़प

देखकर तुम्हारी छाती फाड़ता हुआ बाहर आ जाता। याद करो नीलू ... पिकनिक का वह दिन, जब डाक बंगले के अंदर तुम मुझे अपने आपको सौंपने के लिए तैयार हो गई थीं और मैंने तुम्हें छोड़ दिया था .... केवल अपने सच्चे प्यार के कारण। सोचा था विवाह के बाद ही तुम्हारे शरीर को अपना बनाऊंगा...हनीमून की रात तुम्हारी आत्मा, तुम्हारे शरीर में रच जाऊंगा। परन्तु तुमने मेरा यह अधिकार छीनकर किसी और के हवाले कर दिया। लेकिन आज ... आज मैं अपना वह अधिकार प्राप्त करके ही दम लूंगा। तुमको अपना बनाकर ही रहूंगा। अब और अधिक मैं इस आग में नहीं जल सकता और अधिक नहीं सुलग सकता। यह मेरी सहन शक्ति के बाहर है।' रवि ने एक झटके के साथ आगे बढ़कर नीलिमा की एक बांह पकड़ ली।

'रवि?' नीलिमा क्रोध में बिफर उठी। एक पराए व्यक्ति की यह मजा कि उसके शरीर को हाथ लगाए। रवि, और पराया? परन्तु नीलिमा अब किसी और की पत्नी थी। रवि उसके लिए पराया ही था। वह रवि की पकड़ से स्वतंत्र होने के लिए ताकत लगाती हुई कुछ तेज स्वर में बोली, 'मुझे छोड़ दो, वरना मैं शोर मचा दूंगी।'

'शोर मचा दोगी तो मचा दो।' रवि ने भी कड़ककर कहा, 'बदनाम मैं नहीं तुम होगी क्योंकि रात के इस पहर तुम मेरे बंगले में आई हो, मैं तुम्हारे घर नहीं गया हूं।' रवि का नशा उसके मस्तिष्क पर पूरी तरह चढ़ चुका था। वह मानव से पशु बन चुका था। जब तक नीलिमा उसकी दृष्टि से दूर थी वह अपने आपको संभालने में सफल था परन्तु अब नीलिमा उसकी दृष्टि के सामने थी ... उसके बिल्कुल समीप एकांत में ... उसके बंगले के अंदर।

अब वह किसी भी अवस्था में अपने आप पर काबू पाने में असमर्थ था।उसने नीलिमा को अपनी ओर खींचकर प्यार कर लेना चाहा।

नीलिमा पिंजरे में बन्द पक्षी के समान फड़ाफड़ा कर रह गई। उसे रवि से ऐसी आशा रजा भी नहीं थी। वह यहां आकर कहां फंस गई? उसने अपने आपको स्वतंत्र करने के लिए पूरी ताकत लगाई तो रवि ने उसे दोनों हाथों से पकड़ लिया। नीलिमा रवि की बांहों में छटपटाने लगी। रवि ने उसे अपनी ओर खींचते हुए अपने होंठ उसके मुखड़े की ओर बढ़ा दिए -शराब से महकते होंठ।

तभी नीलिमा ने अपना एक हाथ किसी प्रकार छुड़ा लिया। तुरत उसका यह हाथ हवा में लहरा गया और फिर उसने पूरी ताकत से रवि के गाल पर एक थप्पड़ जमा दिया - तड़ाक।

थप्पड़...और वह भी एक नारी के हाथ से ... उस नारी के हाथ से जो कभी उसकी बांहों की शोभा बनने के लिए तरसती रहती है तथा जिसके प्यार में फंसकर उसने अपना जीवन नरक बना लिया है।

रवि इतना बड़ा अपमान सहन नहीं कर सका उसने नीलिमा की एक बांह उसी प्रकार मजबूती से पकड़े रखी तथा दूसरा हाथ बढ़ाकर मेज पर रखी शराब की बोतल उठा ली।

बोतल मुंह से लगाकर उसने उसका ढक्कन खोलकर नीचे गिरा दिया। फिर उसी प्रकार बोतल मुंह लगाकर उसने गटागट शराब के कई घूंट लिए। शराब उसके होंठों के किनारों से बहने लगी।

इस बीच नीलिमा तड़प-तड़पकर हर प्रकार का प्रयास करती रही कि वह स्वतंत्र हो जाए परंतु रवि पर शैतान की ताकत पूरी तरह छाई हुई थी।

उसने जी भरकर शराब पीने के बाद बोतल मेज पर रखी। फिर मजबूती के साथ इसे ऊपर से पकड़ा। इसके बाद उसने बोतल का निचला भाग मेज के किनारे पर दे मारा। बोतल नीचे से टूट गई। शीशे के टुकड़े फर्श पर बिखर गए। बोतल का ऊपरी भाग उसके हाथ में था। बोतल के बीच टूटे नए स्थान पर आड़े - तिरछे तथा छोटे बड़े नुकीले शीशे निकल आए थे ... तेज धारदार छुरी के समान। शीशे की एक छुरी तो काफी लम्बी तेज तथा नुकीली बन गई थी। रवि नीलिमा को छोड़कर उसके सामने खड़ा हो गया। नीलिमा ने कुछ दूर सामने खुले द्वार की ओर देखा ... भाग निकलना भी चाहा, परन्तु रवि उसके सामने दीवार बनकर खड़ा था, रवि ने तुरंत बोतल का टूटा भाग नीलिमा की गर्दन पर रख दिया। नीलिमा का गला सूखने लगा। मानव प्यार में दीवाना बनने के बाद यहां तक गिर सकता है, यह नीलिमा ने कभी स्वप्न में भी नहीं सोचा था। कांपकर वह पीछे हट गई।

रवि भी उसके समीप आगे बढ़ गया .... टूटी हुई बोतल की तेज छुरियां उसकी प्रकार उसकी गर्दन की ओर बढ़ाए हुए। कुत्ता रो रहा था ... रोता रहा। उसके रोने का मद्धिम स्वर भी बहुत भयानक था। नीलिमा का गला सूखने लगा।

'बोलो।' रवि ने पूछा, 'अब भी मेरी बनने से इनकार करती हो?'

नीलिमा ने रवि की आंखों में देखा, पलकों की झोली फैलाए इस प्रकार मानो अपनी इज्जत की भिक्षा मांग रही हो। परन्तु रवि की आंखों में वासना की भूख ही नहीं थी, क्रोध की लाली भी थी। उससे किसी प्रकार की आशा रखना व्यर्थ था। वह पीछे हटने लगी।

पीछे हट वह सामने के खुले द्वार की ओर भाग निकलना चाहती थी जिसके बाद बड़े कमरे का द्वार अन्दर से बन्द था परन्तु उसके साथ-साथ रवि भी आगे बढ़ रहा था उसी प्रकार शीशे की लम्बी छुरी उसकी गर्दन से सटाए हुए। नीलिमा भाग न सकी।

'बोलो....अपने आपको मेरे हवाले करती हो या नहीं?' रवि ने फिर पूछा।

'नहीं...कभी नहीं।' नीलिमा ने उसी प्रकार पीछे हटते हुए दृढ़ मन से कहा।

रवि आगे बढ़ रहा था .... आगे बढ़ता रहा। नीलिमा सहमी तथा कांपती हुई उसके साथ-साथ पीछे हट रही थी। उसकी दृष्टि बोतल के नुकीले तेज धारदार किनारों पर लगी हुई थी जो कभी भी उसकी छाती में धंस सकते थे, गर्दन में चुभ सकते थे तथा उसके मुखड़े का रंग-रूप बिगाड़ सकते थे। रवि दीवानगी में इतना पत्थर दिल इन्सान हो जाएगा, वह कभी सोच भी नहीं सकती थी। परन्तु वह अपने मन की दृढ़ थी। उसने सच्चे मन से प्रण कर रखा था कि वह

अपने पति-धर्म को कभी भ्रष्ट नहीं होने देगी। पतिव्रत धर्म पर कभी आंच नहीं आने देगी। स्त्रीत्व पर कभी कलंक नहीं लगने देगी - मरते दम तक।

वह पीछे हटती गई- और - और ... यहां तक कि अन्त में जाकर उसकी पीछे दीवार से सट गई। इसके बाद वह पीछे नहीं हट सकी थी। रवि उसके सामने खड़ा हो गया .... उसके बिल्कुल समीप - उसकी गर्दन पर शीशे की लम्बी तेज छुरी उसी प्रकार रखे हुए। उसने पूछा, - 'बोलो मेरी बनती हो या नहीं?'

'नहीं...मरते दम तक नहीं।' नीलिमा ने गर्दन उचकाकर कहा दीवार से सिर सटाते हुए। वह दीवार से इस प्रकार सट गई, मानो दीवार में समा जाना चाहती हो।

रवि ने टूटी बोतल की छुरी नीलिमा की गर्दन पर बहुत हल्के से दबाई। शायद अब वह मान जाएगी। उसने कहा, 'हां।'

'नहीं।' नीलिमा ने तब भी इनकार किया। शीशे का कोना उसकी गर्दन में चुभने लगा इसलिए स्वर मद्धिम निकला।

'हां।' रवि ने शीशे का कोना उसकी गर्दन पर और अधिक दबाया। शायद अब वह इनकार नहीं कर सकेगी।

नीलिमा की गर्दन फूल के समान कोमल थी। चुभन उससे सहन नहीं हो सकी तो वह तड़प उठी। उसने नहीं के इशारे पर सिर हिलाते हुए इस चुभन से मुक्ति पाना चाहा परन्तु शीशा नुकीला था। नीलिमा की तड़प का झटका पाकर शीशे की यह नुकीली तथा तेज छुरी सीधी उसकी कोमल गर्दन के अन्दर तक प्रविष्ट हो गई। रवि ने कांपकर टूटी बोतल तुरंत बाहर खींच लेनी चाही परन्तु इससे पहले ही नीलिमा मछली समान तड़प चुकी थी। शीशे की छुरी नीलिमा की गर्दन की नली छेद गई।

रवि ने बोतल बाहर खींचकर फेंक दी। नीलिमा की गर्दन से रक्त की मोटी धार निकल गई। रक्त देखकर रवि का सारा नशा तुरंत उतर गया। उसने तुरंत नीलिमा को दोनों बांहों से पकड़ लिया। नीलिमा को चक्कर आने लगा। उसका शरीर दीवार के सहारे नीचे गिरने लगा तो रवि ने उसे सहारा देकर नीचे दीवार के सहारे बैठा देना चाहा परंतु नीलिमा फर्श पर गिरने लगी तो उसने उसे वहीं लिटा दिया और स्वयं भी उसके पास बैठ गया।

नीलिमा ने रवि का देखा ... बहुत असहाय दृष्टि से ... मानो इस संसार से जा रही हो और उसे अब कोई भी नहीं बचा सकता ... क्या यही थी उसके सपनों की तस्वीर? वह स्वप्न जा उसने अपने पति की छाती में समाकर रवि के लिए देखा था। क्या उस अनजान पाप की यही सजा थी?

कुत्ता रो रहा था...रोता रहा। उसका विलाप पहले से कुछ अधिक ही तेज था। बहुत लम्बी तथा भयानक तान थी उसके स्वर में। जाने किसकी मृत्यु की प्रतीक्षा थी।

नीलिमा की आंखों में आंसू आ गए। रवि तड़प उठा । तड़प कर रो पड़ा। यह उसने क्या कर दिया? नीलिमा की एक हथेली अपने दोनों हाथों द्वारा पकड़कर उसने अपनी आंखों पर रख लिया और बोला, 'नीलू...नीलू मैं..' उसका स्वर आंसुओं में डूबा हुआ था।

'रवि...' नीलिमा ने कहा। उसका गला भर आया था। आंखों के आंसू कनपटी से बहकर कानों के गड्ढे में एकत्र होने लगे।

उसकी बात सुनकर रवि खामोश हो गया। उसने उसी प्रकार नीलिमा का हाथ पकड़े रखा और आंसू भरी आंखों से नीलिमा की आंखों में झांका। नीलिमा कह रही थी, 'मैं पत्थर की देवी नहीं हूं। मेरी छाती में भी दिल है। यही कारण था कि लाख प्रयत्न करने के पश्चात मैं अपने आपको कभी नहीं समझा सकी। मैंने सदा तुम्हीं को प्यार किया है। परन्तु ... विवाह के बाद मेरा एक धर्म था - मुझे उसकी .... रक्षा करनी ही ... थी।

नीलिमा का गला खरखराने लगा। स्वर अटक-अटककर निकलने लगा। उसकी सांसें फूलने लगीं, उसने तब भी अपनी बात जारी रखी। बोलीं -

'रवि...मैंने कहा था न ... कि ... कि अंतिम सांसों में ... ओह!' नीलिमा को सांस लेने में कष्ट होने लगा। वह तब भी होंठों द्वारा दिल की बात कहने का प्रयत्न करती रही। उसके होंठ हिल रहे थे। होंठों ने बहुत मद्धिम स्वर के साथ निकल रहा था जिसे केवल रवि ही सुन सकता था। नीलिमा की अंतिम तथा टूटती सांसों के साथ निकला, 'र...र...व...वि' और तभी उसके होंठ स्थिर हो गए। उसकी सांस टूट चुकी थी परंतु उसकी आंखों खुली हुई अब भी रवि को देख रही थी। आंखों के दर्पण पर केवल रवि का ही प्रतिबिम्ब था जो अमिट बन गया। आंखों से मानो अब भी आंसू निकलकर कनपटी पर बह रहे थे। उसके गले से अब भी गाढ़ा रक्त निकलकर फर्श पर फैलता जा रहा था।

नीलिमा का हाथ उसी प्रकार रवि की हथेली में था, बिल्कुल ठण्डा था - बर्फ के समान। नीलिमा चली गई, सदा के लिए। अंतिम सांसों में भी उसके होंठों पर रवि का ही नाम था। उसने एक बार कहा था, अंतिम सांसों में भी उसके होंठों पर केवल उसी का नाम होगा, उसके रवि का और आज उसके प्यार ने इसे सत्य सिद्ध कर दिखाया था।

'नीलू -' रवि बहुत जोर से चीखते हुए नीलिमा की छाती पर गिर पड़ा। रात के सन्नाटे में उसकी चीख का बंगले के बाहर जाना आवश्यक था। 'नीलू - नीलू, मुझे क्षमा कर दो - नीलू .... मुझे क्षमा कर दो।' रवि फूट-फूटकर रो पड़ा। दीवानों समान उसने अपने बाल नोंच डाले।

रात के सन्नाटे में इस बंगले के अंदर एक लाश पड़ी हुई थी जिस पर इस समय केवल एक ही व्यक्ति रोने वाला था और वह रो रहा था - रोता रहा - फूट-फूटकर - सिसक - सिसककर - तड़प-तड़पकर। अपने दिल का घाव केवल वही जानता था - और कोई नहीं। आखिर वह क्यों नहीं अपने प्यार की कसौटी पर खरा उतरा? इतना बड़ा त्याग करने के बाद भी बहक गया?

नीलिमा वास्तव में पत्थर की देवी नहीं थी। वह तो मोम की एक गुड़िया थी - गुड़िया - जिसे प्यार की हल्की सी आंच भी मिल जाए तो पिघल जाती है। काश, काश नीलिमा कुंवारी होती तो आज उसका बनने में उसे कोई भी नहीं रोक सकता था।

जाने कब कुत्ते ने विलापना बंद कर दिया था। शायद नीलिमा की सांस टूटते ही वह चुप हो गया था। उसे मन की शांति प्राप्त हो गई थी। इस अनूठे चक्र में जाने क्या भेद छिपा है प्रकृति का?

रवि ने उसी रात अपने आपको पुलिस के हवाले कर दिया। सारा दोष उसने अपने ऊपर ले लिया। नीलिमा उसके यहां कुछ काम से आई थी - शायद उसकी मां से मिलने। शायद उसे नहीं मालूम था कि उसकी मां बाहर गई है। वह बंगले में अकेला था इसलिए जब वह आई तो उसे देखते ही उसने उसकी इज्जत लूटने का प्रयत्न किया और जब नीलिमा ने अपना बचाव किया तो टूटी बोतल द्वारा बहुत निर्दयता के साथ उसकी हत्या कर दी।

नीलिमा का पति आया तो उसे नीलिमा की हत्या पर दुख से अधिक आश्चर्य हुआ। नीलिमा जानती थी कि रवि की मांजी बाहर गई हुई है इसलिए वह रवि की मां से मिलने नहीं जा सकती, उसने तुरंत नीलिमा के पिता को सूचित किया - गंगा प्रसाद को।

वह अपनी धर्मपत्नी सहित तुरंत रवि के फार्म पहुंचे। हत्यारे का परिचय प्राप्त किया तो इस प्रकार बौखला गए मानो नीलिमा की हत्या अनजाने उन्हीं से हो गई हो। उनकी स्थिति देखकर गुप्ता ने पूछताछ की तो गंगा प्रसाद को नीलिमा तथा रवि के सम्बन्ध के साथ पूर्णिमा के बारे में सब कुछ बताना पड़ गया।

गुप्ता को नीलिमा के लिए दुख हुआ। अब उसे ज्ञात हुआ कि नीलिमा पहले दिल्ली में और अब यहां क्यों चिंतित तथा खोई-खोई रहती थी। रवि के बारे में वह नहीं सोच सका कि उसे रवि से घृणा करनी चाहिए या उसे क्षमा कर देना चाहिए परन्तु उसने रवि के ऊपर निजी तौर से किसी भी प्रकार का कानूनी दबाव डालना उचित नहीं समझा। वह उसकी सजा अदालत पर छोड़ कर इस शहर से दूर चला गया - सदा के लिए -राजा को साथ लेकर।

रवि की मां जी सूचना प्राप्त करते ही चली आई थीं ।उन्होंने रवि को बचाने का बहुत प्रयत्न किया परन्तु रवि अपने अपराध की सजा पूरी-पूरी काटना चाहता था इसलिए उसने सदा अपने अपराध को बढ़ा-चढ़ाकर ही स्वीकार किया।

रवि को अदालत से सजा मिल गई - आजीवन कैद - अर्थात बीस वर्ष की सजा। इस सजा के मध्य हर छुट्टियों में फार्म मैनेजर के साथ उसकी मां उससे मिलने आती रहीं। फिर एक दिन उनका भी देहांत हो गया। इसके बाद फार्म मैनेजर आने लगे तो रवि ने उन्हें मना कर दिया। अब उसमें किसी से भी मिलने की इच्छा नहीं रह गई थी। जीवन के हर शेष पलों को वह नीलिमा की याद में बिता देना चाहता था और बिता रहा था।

लोहे की सलाखों के अन्दर - पत्थरों की दीवारों के मध्य जब रात के सन्नाटे में नीलिमा की मृत्यु का दृश्य उसकी आंखों के सामने चला आता तो वह चुपके-चुपके आंसू बहाने लगा। अपने लिए वह यह बीस वर्ष की सजा भी कम समझता था। क्यों नही सरकार ने उसे फांसी की सजा दे दी? इस सजा के मध्य रवि का सारा रंग-रूप ही बदल गया। कुछ ही वर्षों में लम्बे-लम्बे घने काले बालों पर सफेदी छा गई। लम्बी-दाढ़ी भी कहीं-कहीं पक गई थी। आंसू बहाते बहाते आंखें अन्दर को धंस गयी। सूनी आंखों से गहरा अंधकार छाया रहता। आह भरते-भरते होंठ सूख गए।

जाने कैसे दिन बीत रहे थे - बीतते रहे। फिर एक दिन उसकी बीस वर्ष की सजा छुट्टियां आदि काटने के बाद पन्द्रह वर्ष में पूरी हो गई। जब वह सजा काटकर एक सुबह जेल की चारदीवारी से बाहर निकला तो ऐसा लगा मानो उसके पाप का बोझ समाप्त नहीं हुआ है परन्तु कम अवश्य हो सकता है। उसने एक गहरी सांस ली, परन्तु तभी वह चौंक गया। जेल के मुख्य द्वार के बाहर उसके फार्म मैनेजर खड़े हुए थे। वहीं एक कार भी खड़ी हुई थी। फार्म मैनेजर उसे बहुत ध्यान से देख रहे थे इस प्रकार मानो पहचानने में कठिनाई हो रही हो। फार्म मैनेजर रंग रूप से वही थे जैसे पन्द्रह वर्ष पहले थे। केवल मुखड़े की झुर्रियां अधिक बढ़ गई थी। सारे बाल सफेद हो गए थे परन्तु स्वास्थ्य ठीक ही था।

'आप।' रवि ने आश्चर्य से पूछा।

'जी हां।' फार्म मैनेजर ने कहा, 'जेलर साहब से पता चलाता रहता था कि आपको कब छुट्टी मिलेगी। आज आपको छुट्टी मिलने वाली थी इसलिए आपको लेने चला आया।'

'मुझे?' रवि ने निराश स्वर में इस प्रकार कहा मानो उसे अपने पिछले संसार में वापस लौटने की जरा भी इच्छा नहीं थी।

'जी, हां। आपका फार्म अभी तक आपकी प्रतीक्षा कर रहा है।' फार्म मैनेजर ने कहा।

'लेकिन मैं वहां कैसे जा सकता हूं जहां...'

'आपके रहने के लिए मैंने दूसरा बंगला बनवा दिया है।'

फार्म मैनेजर ने रवि की कठिनाई समझी तो बात काटकर कहा।

'लेकिन फार्म तो वही है - वही दृश्य - ऊंची-नीची ढलवान - हरियाली।' रवि ने एक ठण्डी आह भरी।

'फिर भी उसे छोड़ने के लिए एक बार तो वहां जाना ही पड़ेगा।'

'ऊं?' रवि ने मानो स्वयं से कहा। फिर सोचते हुए खोए-खोए से अंदाज में बोला, 'चलिए।'

फार्म मैनेजर ने कार की ओर पग बढ़ा दिया। रवि उनके साथ चल पड़ा - चुपचाप - पिछले संसार को देखकर एक वार फिर अपने दिल का घाव ताजा करने के लिए।

रवि के कुछ जमीन फार्म मैनेजर को दे दी जिसने बहुत ईमानदारी के साथ फार्म को चलाते हुए हर बात का पूरा-पूरा हिसाब रखा था। वह बंगला भी उसे दे दिया जिसमें फार्म मैनेजर रहता था। बाकी सब कुछ उसने बेच दिया। रुपया बैंक में जमा कर दिया, यूं भी उसके नाम बैंक में लाखों रुपये थे। फिर वह इस इलाके को छोड़कर सदा के लिए चला गया। - यह इलाका, जहां एक दिन वह दिल की शांति ढूंढने के लिए चला आया था ताकि जीवन के दिन अपनी नीलू की याद में खामोशी से बिता सके परन्तु इस इलाके ने उसके दिल की रही - सही शांति भी छीन ली थी तथा उसके निःस्वार्थ प्यार को दागदार बना दिया था।

जाड़े के दिन थे - शनिवार का दिन। दिन का समय। सेंट अंड्रूज कालेज के मैदान में चहल-पहल मची हुई थी। क्रिकेट का खेल हो रहा था। खेल का यह तीसरा तथा अन्तिम दिन था। मुकाबला एक प्रांत से दूसरे प्रांत का था। परंतु एक प्रांत में सेंट अंड्रूज कालेज का भी एक विद्यार्थी खेल रहा था इसलिए दर्शकों में सेंट अंड्रूज के लड़के-लड़कियों की गिनती अधिक थी। इस विद्यार्थी पर कालेज को गर्व था। इस खिलाड़ी ने पिछले दिन अस्सी रन बनाए थे और अब तक आउट नहीं था। उसकी एक-एक शॉट पर विद्यार्थी प्रसन्नता से चीख उठते थे।

और खेल के इस मैदान के बाहर - काफी दूर एक किनारे - बिल्कुल ही अलग एक अधेड़ आयु का व्यक्ति खड़ा हुआ था। शरीर पर गरम लम्बा कोट - पैण्ट, परन्तु पहनने का ढंग लापरवाह था। सिर पर फेल्ट हैट भी थी -दाढ़ी लम्बी परन्तु छितरी हुई। उसके हाथ में एक छड़ी है। सेंट अंड्रूज के विद्यार्थियों ने उस व्यक्ति को इससे पहले भी कई बार देखा है - शाम डूबने के बाद कालेज का सहारा लेकर किसी लॉन में पत्थर की बैंच पर बैठे हुए।

कुछेक मनचले विद्यार्थी ने उससे बातें भी की परंतु उसने किसी में भी रुचि नहीं ली। उसे केवल अपनी खामोशी से ही मतलब है - और किसी से जरा भी नहीं। विद्यार्थियों में कुछेक उसे दीवाना समझते हैं तो कुछेक पागल भी। विद्यार्थियों का विचार है कि वह कोई फिलासफर है जो केवल अपनी धुन में खोया रहता है। कोई नहीं जानता कि यह व्यक्ति कौन है? कहां से आया है? अंधकार में इस कालेज में क्यों भटकता रहता है? प्रायः शाम के समय यह व्यक्ति काफी दूर से कॉलेज के मैदान में खिलाड़ियों को क्रिकेट का अभ्यास करते देखता रहता है। क्रिकेट के खेल का यह मुकाबला पिछले दो दिनों से वह सुबह से शाम देखता रहा था - इसी प्रकार एकांत में दूर से खड़े-खड़े। जब थक जाता था तो वहीं आस-पास किसी पत्थर पर बैठ भी जाता था। आज भी विद्यार्थियों ने उसे देखा तो उसमें कोई रुचि नहीं ली। दर्शकों के लिए इस समय खेल से बढ़कर कोई बात नहीं थी।

उस व्यक्ति के कोट की पाकेट में एक समाचार पत्र है। इस समाचार पत्र में पिछले दो दिन के खेल का वर्णन है तथा साथ में उस लड़के की तस्वीर छपी हुई है जो संत अन्ड्रूज कालेज की ओर से अपने प्रांत के लिए आज इस समय भी खेल रहा है। तस्वीर के नीचे छपा है - राजा गुप्ता।

राजा गुप्ता! सुबह - सुबह यह नाम पढ़कर वह चौंक गया था। विश्वास नही होता था कि यह राजा गुप्ता हो सकता है। उसने सोचा था, राजा की आयु इस समय निश्चित रूप से इक्की वर्ष से ऊपर होनी चाहिए। शायद उसकी शिक्षा देर से आरंभ हुई हो। तस्वीर को बार-बार देखने के बाद उसने इस बात की पुष्टि करनी चाही थी कि यह नवयुवक वास्तव में नीलिमा का ही बेटा है या नहीं? डरते-डरते वह गंगा प्रसाद के घर के पास पहुंच गया था। गंगा प्रसाद तथा उनकी धर्मपत्नी शायद उसे ऐसी अवस्था में भी पहचान सकते थे परन्तु अड़ोस-पड़ोस का पहचानना असंभव सा था। एक व्यक्ति से जानकर उसे दुख हुआ कि राजा इस संसार में अनाथ है।

राजा के पिता तो राजा की मां के एक वर्ष बाद ही एक दुर्घटना का शिकार होकर चल बसे थे इसलिए राजा अपने नाना-नानी के पास रहता था। परंतु चार वर्ष पहले उसके नाना-नानी भी एक के बाद एक चल बसे तो राजा को कैथोलिक फादर ने अपने यहां हॉस्टल में रख लिया। राजा पढ़ने में तेज है तथा क्रिकेट खेलने में होनहार इसलिए उसे छात्रवृत्ति भी अच्छी मिल रही है।' पड़ोसी ने सभी कुछ बता दिया था।

'ओह!' उस व्यक्ति को राजा के दुर्भाग्य पर दुख हुआ था। उसके बाद उसने तुरंत ही एक योजना बना ली।

संत अंड्रूज के मैदान में इस समय खेल अपने जोश पर था। राजा खूब जमकर खेल रहा था। जिस सुन्दरता के साथ वह बल्लेबाजी का प्रदर्शन कर रहा था, उससे प्रकट था कि वह उन्नति कर सकता है।

परन्तु क्रिकेट जैसे खेल में उन्नति करने के लिए समय का मिलना आवश्यक था और समय ऐसे होनहार खिलाड़ियों को कम ही मिलता है जो नौकरी करते हैं। राजा को अपनी शिक्षा समाप्त करने के बाद नौकरी करना आवश्यक था क्योंकि शिक्षा की समाप्ति के बाद उसके लिए छात्रवृत्ति प्राप्त करने का कोई प्रश्न ही नहीं उठता था। दूर, मैदान के एकान्त में बैठकर खेल देखता हुआ वह व्यक्ति ऐसी बातें सोच रहा था।

क्रिकेट के मुकाबले का निर्णय लगभग तीन बजे हुआ, राजा की टीम के पक्ष में। राजा ने कुल दो सौ बीस रन बनाए और फिर भी आउट नहीं हुआ। जीत के बाद टीम डिक्लेयर हो गई। संत अंड्रूज कालेज के छात्र मैदान में कूद पड़े। लपककर उन्होंने राजा को कन्धे पर उठा लिया और उसकी जय-जयकार करने लगे, भीड़ ने राजा को घेर लिया।

और इस भीड़ का सहारा लेकर वह भेद भरा व्यक्ति, जिसके शरीर परपेंट तथा लम्बा कोट था, सिर पर फैल्ट हैट तथा हाथ में छड़ी थी राजा के समीप चला आया। लड़के राजा को कन्धे से उतारकर नीचे खड़ा कर चुके थे, वह व्यक्ति राजा के और समीप आया .... और उसके बिल्कुल सामने खड़ा हो गया। उस व्यक्ति ने राजा को बहुत ध्यान से देखा। राजा ... बिल्कुल उसकी नीलू के समान ... वही रूप ... वही आंखें। नवयुवक होते हुए भी राजा अपनी

मां की सारी झलक लिए हुए था। उस व्यक्ति के होंठों पर दम तोड़ती एक मुस्कान आ गई तो आंखों के कोने आंसुओं से भीग गए।

राजा भी उस व्यक्ति को बहुत ध्यान से देख रहा था। जाने कैसा खिंचाव था इस व्यक्ति के अन्दर जो वह अपनी दृष्टि उसके ऊपर से नहीं हटा सका, आवश्यक नहीं कि रक्त-का-रक्त से संबंध हो तो तभी ऐसा हो। रक्त से बड़ा सम्बंध तो आत्मा का होता है - आत्मा के साथ और उस व्यक्ति का आत्मिक सम्बन्ध था ... नीलिमा के साथ .... और राजा उसकी नीलू का ही बेटा था, किसी और का नहीं। राजा ने दिन के उजाले में इतने समीप में उस व्यक्ति को पहली बार देखा था। दाढ़ी-मूंछे बढ़ी हुई फिर भी होंठों से आह निकल रही थी। आंखों में असीमित उदासीनता, जाने क्यों राजा का दिल उसके प्रति सहानुभूति से भर गया, अन्य विद्यार्थी भी उस व्यक्ति को बहुत आश्चर्य से देख रहे थे। एकांत प्रेमी का इस शोरगुल में क्या काम?

उस व्यक्ति ने अपन कोट के अन्दर की पाकेट से एक बन्द लिफाफा निकाला। इसे देखा, हल्के से मुस्कराने का प्रयत्न किया, फिर लिफाफा राजा की ओर बढ़ाता हुआ बोला, 'इस पत्र को पढ़ लेना, मुझे विश्वास है तुम एक दिन अवश्य भारत के सर्वश्रेष्ठ खिलाड़ी बनोगे, बनोगे ना? उस व्यक्ति के स्वर में अथाह सागर-सा दर्द था।

राजा मानो कुछ समझा नहीं, कुछ पूछ भी नहीं सका। जबान मानो तालू से चिपक गई थी। आश्चर्य से वह उस व्यक्ति को निहारने लगा तो उस व्यक्ति ने उसका हाथ पकड़कर वह लिफाफा जबरदस्ती उसके हाथ में थमा दिया, वह पलटा और फिर भीड़ का सहारा लेकर एक ओर निकल गया। राजा ने लिफाफा खोलना चाहा, परन्तु तभी वहां लड़कियों का एक समूह आ गया। अन्य छात्रों के साथ उन लड़कियों ने भी राजा को घेर लिया।

उसके खेल पर उसे बधाई देने लगीं तो राजा ने लिफाफा अपनी पाकेट में डाल लिया। सोचा, पत्र वह बाद में पढ़ लेगा। बधाइयां स्वीकार करते हुए उसे उचककर देखा ... वह भेद भरा व्यक्ति दूर उसकी आंखों से ओझल हो रहा था। राजा अपने साथियों की चहल-पहल में खो गया।

उस शाम राजा अपने साथियों में समय पाकर अपने कमरे में पहुंचा तो अचानक उसे उस भेद भरे व्यक्ति का लिफाफा याद आ गया। उसने अपन पाकेट से लिफाफा निकालकर खोला। उसके अन्दर का पत्र बाहर निकला, परंतु तभी वह चौंक गया। पत्र के साथ उसके नाम एक चेक भी था - दस लाख रुपए का चेक। राजा का हाथ कांपने लगा। चेक हाथ से छूटकर गिरते-गिरते बचा। आंखों पर विश्वास ही नहीं होता था। कहीं उस व्यक्ति ने उससे कोई मजाक तो नहीं किया है ? उसने चेक पर हस्ताक्षर करने वाले का नाम पढ़ा। - रवि सिन्हा! वह मस्तक पर बल डालकर हल्के से बड़बड़ाया। ऐसा लगता था मानो वह नाम कभी सुना है। कब? वह याद नहीं कर सका। उसने पत्र पढ़ा। लिखा था।

मानव के जीवन में अनेक उतार-चढ़ाव आते हैं। मेरे जीवन में तो ऐसा उतार-चढ़ाव आया कि मैं अब तुम्हारे लिए कुछ भी करूं परन्तु वह कम होगा, इन सब की नींव क्रिकेट ही है, तुम्हारी तरह मैं भी क्रिकेट का एक अच्छा खिलाड़ी था। क्रिकेट ने मुझे बहुत कुछ दिया। परन्तु परिस्थिति ने सब कुछ छीन लिया। भगवान न करे तुम्हे मेरे समान किसी परिस्थिति का सामना करना पड़े, यही कारण है कि तुम्हें दस लाख रुपए का यह चेक दे रहा हूं। इसे स्वीकार करो ओर हर परिस्थिति का मुकाबला करते हुए तुम भारत के एक सर्वश्रेष्ठ खिलाड़ी बनो। बनोगे न बेटा? मेरा दिल तोड़ना। मेरे पास जो कुछ है वह सब तुम्हारा है। अपना सब कुछ उस दिन मैं तुम्हारे हवाले कर दूंगा जब तुम भारत के सर्वश्रेष्ठ खिलाड़ी बनकर मेरे दिल की साध पूरी कर दोगे। इससे मेरी आत्मा को भी शांति मिल जाएगी।

तुम्हारा
रवि अंकल

रवि! राजा ने मन-ही-मन नाम दोहराया। कौन था यह व्यक्ति? कहां से आया था? कहां चला गया? शायद वह भी क्रिकेट में भारत का सर्वश्रेष्ठ खिलाड़ी बनना चाहता था और परिस्थितियों ने उसे ऐसा नहीं बनने दिया। शायद इसीलिए उस व्यक्ति ने उसकी सहायता की है। ताकि अपने सपनों की पूर्ति वह उसके द्वारा कर ले। कुछ लोगों को खेल से इस सीमा तक प्यार होता है - दीवानगी तक। राजा की आंखों के सामने उस व्यक्ति का गम्भीर मुखड़ा घूम गया। झंखाड़ समान दाढ़ी-मूंछ के मध्य आह भरते होंठ। आंखों में असीमित उदासीनता कुछ न समझते हुए भी राजा का दिल रवि के प्रति सहानुभूति से भर गया, राजा ने एक बार पत्र फिर पढ़ा। अन्तिम वाक्य को उसने फिर दोहराया - 'इससे मेरी आत्मा को भी शांति मिल जाएगी। मेरी आत्मा!' राजा कुछ समझा नहीं जिसे रवि ने केवल अपनी नीलू के लिए ही उपयोग किया था।

रवि ने बहुत सुन्दरता के साथ अपनी वास्तविकता छिपाते हुए राजा की सहायता कर दी थी। इससे उसके दिल का बोझ और कम हो गया था। राजा ने तय कर लिया कि वह कुछ रुपए संत अंडूज कालेज को दान देगा ताकि क्रिकेट खेल का स्तर और ऊंचा हो सके। शेष राशि वह अपने खेल की उन्नति में खर्च करेगा, वह भारत का सर्वश्रेष्ठ खिलाड़ी अब बनेगा - इसलिए नहीं कि उसे रवि की बची हुई दौलत का कोई लोभ है बल्कि इसलिए कि यह खेल उसकी मां को भी बहुत पसंद था। मां की भी यही इच्छा थी कि वह भारत का एक सर्वश्रेष्ठ खिलाड़ी बने। कह कहती थी कि उसका राजा बेटा बड़ा होगा तो भारत का एक महान खिलाड़ी बनेगा। राजा को अपनी मां की बातें याद थीं। इसलिए तो वह क्रिकेट में रुचि लेकर आज इतना अच्छा खिलाड़ी बन सका था। अब तो वह और भी मेहनत करके खेल का अभ्यास करता रहेगा।

129

उस दिन के बाद संत अंड्रूज के किसी भी विद्यार्थी ने उस भेद भरे व्यक्ति को कभी कहीं घूमते-फिरते नहीं देखा। रात के अन्धकार में उसकी छाया भी कहीं नजर नहीं आई। वह भेद भरा व्यक्ति जैसे आया था वैसे ही चला भी गया। कहां? कोई नहीं जानता था। परन्तु राजा को विश्वास था कि एक दिन उसकी भेंट उससे अवश्य होगी। उसने उस बैंक से रवि सिन्हा का पता प्राप्त किया जिस बैंक का उसे चेक मिला था, परन्तु जब कभी भी वह उसके ठिकाने पर गया द्वार पर सदा ताला लगा पाया। और एक दिन थक हार कर उसे भी निराश हो जाना पड़ा। वह भेद भरा व्यक्ति जाने किस गुमनामी खाई में चला गया था।

* * *